宫本武藏

MIYAMOTOMUSASHI

火之卷

〔日〕吉川英治 著

王维幸 译

南海出版公司

新经典文化股份有限公司
www.readinglife.com
出 品

目录

火之卷

火之卷

西瓜

一

环绕着伏见桃山城的淀川之水绵延数里后，又朝着浪华江大坂城的石垣流去。因而京都一带一旦政治上有什么风吹草动，便立刻会微妙地波及大坂，而大坂一将一卒的言论也会被异常敏感的伏见城耳目捕捉。

如今，以横贯摄津、山城两国的这条大河为中心，日本文化正经历着巨大的变革。大坂城像美丽的落日一样，太阁亡后，秀赖与淀夫人却愈发显示出余威，而关原合战后，德川家康趁势在伏见城里自定战后的经纶和大策，欲从根本上革除丰臣文化的旧貌。这两股文化的融合交流已经渗透到各处，从来往河中的船只、各地的男女风俗、流行民谣和那些谋求生计的浪人的表情里，都可以看到这种融合。

"将会如何？"人们立刻便对这个话题产生兴趣。

"什么如何？"

"世道。"

"当然要变，自藤原道长以来，根本就没有什么不变的尘世。源家、平家的武士执掌政权后，就变得更快了。"

"那还会再发生战争？"

"事已至此，就算现在重新把这尘世拉向和平盛世，也是力不从心喽。"

"大坂那边似乎正在暗中拉拢诸国的浪人呢。"

"是吗……这话不敢明说，但我也听说德川大人似乎正从南蛮船那里购进很多火枪和弹药呢。"

"可是大御所大人将孙女千姬嫁给秀赖公，又是为何呢？"

"天下人所为皆为圣贤之道，我等贱民怎会懂得？"

尽管已经立秋，却比今夏的三伏天还热。连石头都被烤热，河水也煮沸了。淀川京桥口的柳树耷拉着发白的叶子，一只油蝉发疯般穿过河面，朝镇上的店铺里撞去。整个镇子也无精打采，夜间的灯火都不知消失到哪里去了，灰蒙蒙的木板屋顶都已干透。桥两侧拴着无数运石船，放眼望去，河里是石头，陆上也是石头。这些石头大都是两叠大小的巨石。被阳光晒透的石头上，运石工们一脸麻木地或躺或坐。现在正是吃饭时间，他们都在享受这片刻的休息。一架牛车正在卸木材，拉车的牛流着口水，浑身爬满苍蝇。

这里是正在修筑的伏见城。修城并非因为被世人称为"大御所"的德川家康正居住在这里，而是这本就是德川势力战后的政策之一。这样做是为了不让谱代大名放松，也是为了消耗外样大名的财力。还有一个理由，即若想让一般百姓歌颂德川的政策，最好就是在各地大兴土木，增加下层百姓的收入。

现在，修城已在全国展开。光是大规模工程，就有江户城、名古屋城、骏府城、越后高田城、彦根城、龟山城、大津城，等等。

二

重修伏见城的劳工有近千人，他们大多是来修筑新城郭的石垣。伏见町的娼妓、车夫和卖东西的小贩也因此激增。

"还是大御所时代景气。"商人们歌颂起德川的政策。"如果打起仗……"他们抓住机会掀起了投机热，敏锐地算计着各种社会现象可能带来的盈亏，"赚钱的地方就是这儿。"于是，商品便在无形中活跃地流动起来。不用说，其中大部分都是军需品。

百姓们与其说是在怀念太阁时代的文化面貌，不如说正在醉心于大御所推行新政带来的眼前利益。掌权者是谁无关紧要，只要能够满足自我的小小欲望，人们便不会有意见。家康并没有违背百姓的这种心理。这似乎是一个比向孩子们撒糖果还容易的事情，而且还无须用德川家的钱来做。让那些实力过强的外样大名出工出钱，不仅可削弱他们的实力，还可收获民心。

在施行筑城政策的同时，在农村，大御所也决不允许再出现以往那种散漫的掠夺式征用和持国大名的垄断，不断地布下德川式的封建统治。同时，家康基于"使民不知政治而靠政治"主义，施行"勿使百姓饥饿且勿任由百姓，此为赐百姓之慈悲"的方针，构筑起德川统治的永久大计。不久，同样的方针也被施加在大名和商人身上，构筑起封建统治的基础，打造出甚至令他们三代以后都无法反叛的手铐脚镣。

不过，百年后的事情没有人会考虑。不，这些为挣钱而来搬石头的修城劳工甚至连明天的事情都不去想。他们刚吃完午饭，便祈祷"晚上快快降临"，这就是他们的全部欲望，但偶尔也会谈起时局。

"要打仗了？"

"什么时候开始？"

他们虽会激烈谈论，但全都带着无所谓的心理。"就算打仗了，我们也不会比现在更差。"因此，他们既不会真的担忧，也绝不会去想局势转向哪方才会于国于民有利。

"要西瓜吗？"午休时分，总会有一个农家姑娘抱着西瓜筐过来叫卖。一群劳工正在石头后面猜铜钱的正反面赌博，她刚在那里卖了两个。

"要不要西瓜？买不买西瓜？"从这一群到那一伙，姑娘不停地叫卖。

"浑蛋，大爷没钱！"

"不要钱的话，倒是能帮你吃几个。"

净是这种声音。

此时，一个孤零零的年轻劳工抬起无力的双眼。他脸色苍白，抱膝倚在石头间。"西瓜啊？"此人正是本位田又八，他又瘦又弱，眼睛凹陷，皮肤晒得黝黑，已经完全变了模样。

三

又八在手掌上数好仍沾着泥土的铜钱，交给卖西瓜的姑娘，换回一个西瓜抱在怀里，又有气无力地低着头，倚了石头一会儿。

"咳……咳……"突然，又八一只手撑地，像牛一样朝草丛里吐起唾沫。西瓜从膝头滚下，他连拿回来的气力都没有，而且似乎也不是因为想吃才买的。他只是用迟钝的目光望着西瓜，眼神迷茫，没有丝毫意志力和希望。每次喘起气来，肩膀就抖个不停。

"可恶！"

映在又八脑海里的全是他要诅咒的人，其中既有阿甲白皙的脸庞，也有武藏的身影。一回想起沦落到如今这般逆境的过程，他就会想，若是没有武藏将会如何，假如没有遇见阿甲又会如何。

第一步过错便是参加关原合战，接下来就是没有抵挡住阿甲的诱惑。若没有这两件事，他现在一定还在故乡，并成为本位田家的当家人，拥有美丽的妻子，受到所有村民的羡慕。

"阿通一定在怨恨吧……她现在怎样了呢？"

只有在空想阿通时，又八的心情才能得到安慰。自从认清了阿甲的本质后，虽仍与阿甲同居，他的心却早已回到了阿通那里。不久，他非常体面地被蓬之寮撵出来，开始更多地想念阿通。

后来，又八从京内武士的传闻中得知，那个名为宫本武藏的新锐剑士便是自己的老朋友武藏，心里怎么也无法平静。"好，我也能有出息！"他戒了酒，一改游手好闲的恶习，投入了新的生活。"我要争口气，让阿甲那婆娘看看！等着瞧！"

不过，又八最终还是没能找到合适的工作。五年多没有接触社会了，尽管被年长女人豢养的错误决定让他痛彻心扉，可后悔已经迟了。"不，为时不晚。我才二十二岁，无论做什么也不晚……"这或许是任何人都会产生的乐观心态，可又八是咬紧牙关，带着翻越命运断层般的悲壮，来到伏见城做工的。从这个夏天到秋天，在炎炎烈日下，他居然一直干了下来，连他自己都觉得很神奇。

我也要成为一个了不起的男人让你们看看。至于武藏的那点技艺，我也不是无法做到。不，我早晚会把他踩在脚下，出人头地让他看看。到时候也能默默地报复阿甲。好好瞧着，给我十年时间就行。

可是，又八忽然想到，十年后阿通又有多少岁了呢？她比自己还小一岁。如此算来，十年后她就三十一岁了。在那之前，阿通还能一直独身等着他吗？他已经久久没有故乡的消息了。如此想来，十年太久了，至少得在五六年内，无论如何也要立身出世，返回故乡，向阿通致歉并迎娶她。

"对……五年，或者是六年之内。"又八望着西瓜的眼睛微微放出光来。

忽然，巨石对面的一名伙伴支着胳膊肘说道："喂，又八，你又在一个人嘟囔什么啊？瞧你脸色发青，疲惫不堪，到底怎么回事？是不是吃了烂西瓜拉肚子了？"

四

又八强打精神，微微笑了笑，可是头晕目眩的痛苦感觉立刻又涌了上来。他又吐了会儿唾沫，摇摇头。"没、没事，没什么，好像有点中暑了……对不住了，就让我歇一刻吧。"

"真是个没用的东西。"强壮的同伴怜悯地嘲笑道，"怎么回事，那西瓜？你连吃都吃不了，怎么还买？"

"我觉得对不住大家伙儿，就想请大家吃点。"

"你这家伙还真会做人。喂，又八请客喽，快来吃啊！"说罢，那男人拿起西瓜在石角上摔开。

顿时，运石工们像蚂蚁一样围上来，贪婪地吃起滴着红色汁水的甘甜碎片。

"喂，干活喽！"运石头的小头目爬上高处的石头呵斥。监工的武士手持鞭子从遮阳的小棚里走出，汗臭味顿时在大地上涌动，连马胃蝇都嗡嗡地闹起来。

巨石放在杠杆或滚木上，在一把多粗的绳子牵引下徐徐向前，仿佛移动的云峰。随着各地大规模地开展筑城行动，一种叫运石歌的歌谣也流行起来。此刻，劳工们唱的就是这种歌。阿波城主蜂须贺至镇外出督工时，给故乡领国写的信里就有这些内容："昨夜于此地学得一首名古屋运石歌，一并记上。"歌词则是如下内容："我们大老爷，藤五郎大人。我们从粟田口，运啊运石头。嘿哟，嘿哟，豁上老骨头。光听那声音，四肢就瘫倒。若再添上些，一命呜呼了。"信中还写道："老少皆在传唱。倘若未至此地，当无法见此浮世矣。"

由此可见，运石歌甚至成了用琴弦伴唱的流行弦歌，就连蜂须贺侯那样的大名都把它当作夜兴的小曲哼唱。

歌谣能在街市流行起来，要归功于太阁盛世。在室町将军时代，即使有歌谣，也只是些颓废的室内歌，儿童唱的歌谣也大都阴暗扭曲。自从到了太阁之世，歌谣变得明快、大气而充满活力，哪怕是在烈日下挥汗如雨地劳作，民众们也很喜欢唱。

关原合战后，德川家的风格逐渐影响了社会文化，歌谣也稍有变化，豪放的感觉日趋淡薄。在太阁大人主政时，歌谣自然而然地从民众中涌现，可自从大御所统治后，就变成由德川家的作者创作歌谣然后提供给民众。

"啊，真痛苦。"又八抱着火一样热的头。同伴们吼出的运石歌像嗡嗡叫的牛虻一样扰乱着他的耳膜。"五年，五年……啊，就算干上五年又能如何？干一天吃一天，若是不干，就只能饿肚皮。"唾沫也吐光了，他仍低垂着苍白的脸。

也不知是何时，不远处来了一个高个的年轻人，粗眼草笠压得很低，裙裤腰上绑着修行武者的包袱，半开的铁骨扇搭在草笠檐上，正焦急地观察伏见城的地势和修城工程的状况。

佐佐木小次郎

一

修行武者也不知在想什么，忽地坐了下来。他前面是一块一坪左右的平整石头，跟桌子差不多高，坐下来正好可以把胳膊肘支在上面。"呼……呼……"他吹了吹烤热的石头上的沙砾，成队的蚂蚁也被吹飞。他头戴草笠，把双肘支在石头上，托着腮待了一会儿。石头反射的阳光很是热辣，青草散发的热气也笼罩四周，令人感觉相当燥热，他却一动不动，凝望着筑城工地。

不远处就是又八，不过修行武者似乎并不在意，又八也不关注近旁的这个人——管对方在不在，反正又不是来找自己。头和胸口依然难受，又八仍不时吐出酸水，背对那人休息。

这时，大概是听到了又八那痛苦的喘息声，草笠男动了一下。"运石头的，"他打了声招呼，"你怎么了？"

"中暑了……"

"难受吗？"

"稍微好点了……但还是很想吐。"

"我给你点药吧。"说着，他打开小药盒，拿出一粒黑色药丸，起身塞进又八口中，"马上就会好。"

"多谢。"

"你还要在那儿休息吗？"

"嗯……"

"如果来人，麻烦你知会我一声。用小石头给我打个暗号就行，拜托。"说着，修行武者又坐回先前的位置，从矢立里取出笔，在石头上展开和式装订的小记事本，专心地画了起来。

隔着笠檐，他的视线不停地投向城墙和城外，并不断朝城后的山峦、河川和天守阁等方向移去，看他的样子，他一定在描绘伏见城的地形和城郭内外的形势图。

关原合战前，这座城曾受到西军浮田部和岛津部的进攻，增田廓、大藏廓以及各处垒壕都曾受到严重破坏。而今，这座城在太阁旧貌的基础上又增加了铁壁，睥睨着一衣带水的大坂城。

现在，倘若瞅瞅修行武者专心描绘的略图就会发现，不知何时，他已经从位于城后的大龟谷、伏见山上眺望这座城池的角度勾画起另一幅城郭后门地形图来，绘制得十分精细。

"啊！"又八惊叫一声。此时，也不知是监督工程的大名家臣，还是伏见的直臣，只见一名脚穿草鞋、身背太刀的轻装武士已经在修行武者发现之前默默地站在了那里。对不住了——又八真的觉得很歉疚，可是已经迟了，无论扔石头还是打招呼都为时已晚。

不一会儿，当修行武者用手驱赶叮在脖子后的马胃蝇时，"啊"地一仰头，随即惊讶地睁大了眼睛。监督工程的武士死死瞪着他，朝石头上的示意图默默地伸出了戴着铠甲的手。

二

眼看着自己忍受炎炎烈日好不容易绘制起来的城池示意图还没派上用场，就忽然被这伸过来的手抢走揉烂，修行武者立刻像着了火的火药罐子一样怒喝一声："干什么?！"然后一把抓住监工的手腕站起身来。

为了不让抢来的图纸被夺回去，监工把手高高举起。"给我看看。"

"无礼！"

"这是我的职责。"

"我怎么知道你是谁！"

"怎么，不能看吗？"

"不行！你这样的人看了也不懂。"

"总之，我先没收了。"

"不行！"

示意图被双方撕裂，每人握着半张。

"再不老实就把你押走！"

"押到哪里去？"

"奉行所。"

"你是官差吗？"

"当然。"

"哪里的？谁的？"

"这些事就用不着你问了。我乃工程现场的巡视官，觉得你可疑，特意过来调查。你究竟是受了谁的指使，在这里描摹城池的地势和施工？"

"我是修行武者，正在参观学习诸国的地理形势和筑城工程，以作后学所用。有什么不对吗？"

"拿这种借口游荡的间谍比蚊蚁还多。总之，这个是不会还给你了。你也要先接受一下盘查，给我到那边去一趟。"

"哪边？"

"工事奉行所的公堂。"

"你要把我当罪人？"

"给我乖乖走吧。"

"官差，喂！你是不是被惯出毛病来了啊！你以为自己一拉下那张官脸，老百姓就会害怕？"

"你到底走不走？"

"我倒要看看你怎么让我走！"

修行武者摆出一副连杠杆都无法撼动的架势。巡视官顿时青筋暴起，一下子将图纸扔到地上踩烂，接着从腰间抽出二尺多长的铁尺，退后一步摆好架势，只等修行武者的手往刀上一落，就打向对方的胳膊肘。看到对方并没有动刀的样子，他又一次喝道："你若不走，休怪我用绳子绑了！"

话音未落，修行武者已经抢先一步。随着一声大喊，巡视官的衣领已被揪起。随后，修行武者用另一只手抓住他护有铠甲的腰。"你这个鼠辈！"说着便将他朝巨石角上扔去。巡视官的头顿时像刚才被运石工撞碎的西瓜一样没了样子。

"啊！"又八忙捂住脸。

血红的味噌般的东西甚至溅到了又八身旁，然而远处的修行武者却泰然自若。大概是已经习惯了杀人，或是发泄完愤怒后又冷静下来了，总之，他并未仓皇欲逃，而是捡起被巡视官踩烂的图纸残片和散落在地的废纸，然后平静地搜寻起将对手扔出的一瞬间绳带断开飞走的草笠。

又八被眼前的惨状惊呆了。目睹那人恐怖的力量，他毛骨悚然。修行武者看上去还不到三十，骨骼突出的脸晒得黝黑，长着浅浅的麻子，从耳下到下巴的部分缺失，占了脸部的四分之一。若说真的没有倒也难以置信，或许是因为被太刀所伤的地方奇怪地萎缩了。他耳朵上也有黑色的刀痕，左手手背上也有刀伤。倘若脱掉内衣，大概还会有若干处同样的刀伤。总之，修行武者脸上透着一股勇猛气概，让人望而生畏。

三

修行武者捡起草笠戴在怪异的脸上，突然加快了脚步，像风一样朝远处逃去。当然，这一切只发生在一瞬间。像蚂蚁一样劳动的几百名运石工，还有手持鞭子和铁尺，呵斥着偷懒者的监工们，谁都没有注意到这一瞬间发生的事。不过，有一双独特的眼睛却在高处不断巡视着广阔的工程现场，那便是站在圆木搭建的望楼上的木工与监工的上司。只听得上面忽然大喊一声，在望楼下喝茶处围着茶釜冒出的浓烟做事的足轻们立刻喊起来："什么事？又打架了？"说着便跑到外面。

此时，建在筑城现场与商户交界处的竹篱笆门处，黑压压聚集着的人群正在黄色的尘埃中发出一阵阵怒号：

"间谍！大坂的！"

"真是不长记性！"

"杀了他！"

人们吵吵嚷嚷，运石工、拉土工和工事奉行的属下全都像遇见敌人似的拥去。

只剩一半下巴的修行武者被抓住了。当他躲在向竹篱笆外移动的牛车后面，企图迅速溜出栅门时，引起了哨卫的怀疑，一下子被一种埋着钉子、叫作刺叉的长柄工具勾住了脚。

这时，望楼上传来一声呼喊："把那个戴草笠的给我抓起来！"

哨卫们顿时二话不说往上一冲，将修行武者按倒在地，武者也一改模样，像野兽一样拼起命来。被夺去刺叉的男人第一个便被刺叉的尖端勾住了头发。武者率先把四五人打倒在地，接着只见亮光一闪，他已抽出了佩在腰间的名刀胴田贯。这种刀作为平常的佩刀有点硬挺，作为阵太刀却正合适。只见他一下子抽出来，挥向头顶。"不怕死的就来吧！"光是把眼一瞪，那重围就立时缩了回去。于是武者便一冲而出，欲杀开一条血路。

顿时，人们"哇"的一声四处散开，唯恐避之不及，而就在这时，无数小石头从天而降。

"杀了他！打死他！"由于那些武士都畏缩不前，平时早就十分反感修行武者的劳工们一下子愤怒起来。在他们眼中，修行武者平时仗着一知半解的知识和学问，一贯作威作福、横行霸道，还不以为耻，反以为荣，他们完全就是一群无产的怪物，一群闲乐之人。

"杀了他！弄死他！"劳工们怒吼着，从四面八方抛来无数石头。

"你们这些臭劳工！"修行武者往外一冲，劳工们顿时一哄而散。可是武者那眼神与其说是发现了自己的生路，毋宁说已超越了理智和利害关系，淡然看向那些朝自己抛来石头的人。

四

尽管伤了好多人，死者也有好几个，可不一会儿，人们又各自返回岗位，这里又恢复成一处平静的工地。仿佛什么事情也没有发生一样，运石工们依然在运送石头，拉土工们仍在担土，凿石工们则用凿子切割石头。凿子溅着火花发出令人烦躁的单调声音，被高温炙烤的马儿发出疯狂的嘶鸣，已是下午，可秋老虎时节的天气让人热得简直连耳膜都要麻痹，天空中没有一丝凉风，从伏见城涌向淀川方向的云一动不动。

"此人已经快死了，在奉行来之前就这么放着吧，你在这儿看着。若是死了就算了。"又八记得工头和目付的确这么吩咐过。可是不知自己究竟是怎么了，自从目击了刚才那一幕，他就觉得像是做了一个噩梦，就连刚刚被吩咐的事情也变得十分遥远。尽管眼睛和耳朵还有意识，可这一切都无法进入大脑中心。

"人，真是没意思。刚才还在那里描绘城池示意图的那个男人……"又八用暗淡的目光凝望着地上距自己有十步之遥的一个物体，模模糊糊地陷入了虚无的思考。"看来已经死了……还不到三十岁。"他怜悯地想。

只剩一半下巴的修行武者被粗麻绳五花大绑，因流血而沾满泥土的黑脸悔恨地紧皱着，他横躺在地，绳子一端缠在旁边的巨石上。在又八看来，武者已经是连一个字都说不出来的死人了，用不着如此夸张地绑着。也不知是被什么东西打的，武者的胫骨以一种奇怪的姿势从破烂的裙裤中露出来，肉已绽开，折断的白骨突出。武者的头发黏糊糊的，身上淌血之处聚满了牛虻，手上和脚上也爬满了蚂蚁。

既然出来做修行武者，就该有抱负吧。他的故乡在哪里？有无父母呢？一想到这些，一种不快感袭上又八的心头，他连自己究竟是在想修行武者的一生，还是在想自己的下场都弄不清了。"即使怀有抱负，也似乎该有更加明智的出世之路啊。"又八叨念着。

时代正处在从分到合的过渡期，纷乱的世事不断地煽动着年轻人的野心。

"年轻人要有理想""年轻人要站起来"，甚至连又八都感受到了这种氛围，也梦想着白手起家成为一国一城之主。因此，年轻人纷纷背井离乡，义无反顾地走出家门，毫不留恋骨肉亲人，其中有很多走上了修行武者之路。

若是做了修行武者，在如今的世道里，到哪儿都能衣食无忧，因为就连乡村野夫也开始关注起武道来。就算是依靠寺院也能混日子，运气好的话还可以成为地方豪族的座上宾。若撞上大运，有时还会被大名们作为预备役，用"赈济粮饷"或"赈济居所"等供养起来。

不过，在众多的修行武者当中，究竟多少人能有这种运气呢？无疑是少之又少。能够功成名就，成为一名堂堂食俸禄者，一万人之中不过两三人而已。可是，修行之苦、目标实现之难，却永无休止。

愚蠢至极……又八不禁可怜起同乡好友宫本武藏所走的道路。就算将来要超越他，自己也决不会选择如此愚蠢的道路。光是看看死在这里的修行武者的惨状便会这么想。

"咦？"忽然，又八的身子往后一退，睁大了眼睛。原以为已经死去的浑身爬满了蚂蚁的武者，手忽然一哆嗦，居然动了起来，然后便像甲鱼一样，只把手腕从绑着他的绳子的空隙间伸出来撑在地上，不久便蓦地挺起肚子，抬起头，缓缓向前爬了一尺左右。

五

又八咽了口唾沫，又后退了一步。震惊之余，他连声音都发不出来了，只是睁大了惊奇的眼睛，茫然地注视着眼前的一切。

"咻……咻……"修行武者似乎想要说什么。本以为已经死了的男人居然还活着。他的气息时断时续，喉咙里发出"咻、咻"的气息，嘴唇又黑又干，已经不可能说出话来。恐怕他是想拼命说出什么，才发出破笛般的声音。

又八吃惊并不是因为这个男人还活着，而是因为他居然用被绑在身下的两手向自己爬来。光是这力量就已经足够骇人了，可是那绳子缠着的至少有几十贯重的巨石竟然也在这濒死之人的牵引下哧溜、哧溜，一尺、两尺地向前移来。

简直就是妖怪一般的怪力。修城的劳工当中有不少力大无穷者，也有人自称有十人之力或二十人之力，不过像这修行武者一样的人物却一个都没有，而且他还是濒死之身。但或许正因如此，才会发出非人的怪力。总之，修行武者那几乎要突出来的眼睛死死盯着又八，爬了过来，吓得又八浑身发软，缩成一团。

"拜……拜……拜托……"修行武者又发出不同的声音，但还是完全弄不清楚他的意思，只有通过他的眼睛能够判断——那分明是一双知道自己即将死去的眼睛。布满血丝的眼里，微微湛着眼泪般的东西。"求……求……求你……"

说着，武者的头忽然倒向地面。这次大概是真的断气了，他脖子后的皮肤很快变成青黑色。草丛里的蚂蚁已经聚集到他有些发白的头发上，还有一只爬到血已凝固的鼻孔处窥探。

他究竟拜托我什么事呢？又八一片茫然。他总觉得这名力大无比的修行武者临终的执着附到了自己身上，硬是给自己加上了无法违背的责任重担。他看到自己病痛难忍，给了自己药，还拜托自己有人来时给他个暗号，可自己一时疏忽，竟没能告诉他，这一切似乎注定是深深的宿缘。

运石歌声逐渐远去，工地逐渐沉入暮霭。不觉间黄昏已经降临，伏见城的街市上早早地闪烁起灯火。

"对……或许这里面有东西。"又八轻轻摸了摸系在死者腰上的包袱。如果看看里面，一定就会明白他和骨肉亲人的身份。

大概是让我把遗物送回故土吧，又八如此判断。于是，他从死者身上取下包袱和药盒，装入怀里。他想着再留下点头发吧，正要剪下一绺，可一看死者的脸，不禁打了个寒战。

脚步声传来。又八从石头后面一看，原来是奉行手下的武士。一想到擅自从死者身上取下东西放入怀里，又八立刻意识到这么做的危险，再也无法待在那儿。于是他猫起腰，从一块石头后面躲到另一块石头后面，像野鼠一样逃去。

六

傍晚的风中已有了秋意，丝瓜已经长大。丝瓜架下面，正泡在浴盆中的粗点心店女主人听到家中的动静，从门板后面探出雪白的肌肤。"谁啊？又八兄弟吗？"

又八借住在这户人家。他刚慌慌张张地回来，便乱翻起橱柜，找出一件单衣和一把腰刀，更换了装束，用手巾包住头和双颊，然后立刻穿上草履。

"很黑吧，又八兄弟？"

"不，没事。"

"我马上就去点灯。"

"不用了，我马上就出去。"

"不冲个澡？"

"不用了。"

"擦擦身体再走多好。"

"不用。"说罢，又八便急匆匆从后门奔了出去。虽说是后门，也只是无门无墙的一片草地。他刚从那户人家出来，便有数个人影穿过远处的茅草，从前后分别进入粗点心店，其中还有几个修城工事的武士。

"好险啊。"又八暗道一声。

有人从修行武者的尸体上拿走包袱和药盒之事，应该立刻就被发觉了。盗取的嫌疑自然会落到当时在场的又八身上。

"不过……我并不是偷的。我是在修行武者的再三祈求下，才不得不为其保管。"

又八并不歉疚。那东西就在怀中，他是将其作为寄存保管的东西带在身上的。"已经无法去运石头了。"对于就要开始的流浪生活，他毫无打算。但假如没有这个转机，或许他就要一直运石头了，一想到这些，他反倒觉得前途变得光明。

茅草叶子没到了肩膀，四周全都是夕露，也无须担心远处有人会发现自己的身影，这样的逃跑实在是轻松畅快。那么，今后该去哪里才好呢？无论去哪里也是性命一条。不管好运还是厄运，一定正在前方等着自己。现在一步走错就会酿成终生的大错。人生绝不是注定不变的，只能凭偶然走下来。

　　大坂、京都、名古屋、江户——又八——考虑着自己的流浪地点，可是哪里都没有知己，哪里都像掷色子一样不可靠。正如掷出的色子中没有定数一样，又八也没有命定之选。他决定如果发生什么偶然之事，自己就跟着偶然走下去。可是，在伏见乡下的茅草地上，无论又八怎么走，也没有遇到什么偶然，只有越来越多的虫鸣和不断加重的露水。单衣的下摆被露水彻底打湿，紧紧地贴在腿上，小腿上沾满了草籽，痒得很。

　　又八忘记了白天的病苦，却又感到饥肠辘辘——他连胃液都吐空了。自从不再担心遭到追击，他突然发现了走路的痛苦。

　　"真想找个地方睡一觉啊。"这欲望无意间把又八带到了矗立在原野尽头的一处房屋，走近一看，墙和门早已在风吹雨打中变得扭曲歪斜，也没有任何修理的痕迹，恐怕连屋顶也不像样了。不过，这里像是一栋深宅大院，一定曾有从都城来的文雅丽人乘坐着绒线轿辇拨开胡枝子走进这里。又八走进那没有门框的门里，望着深埋在秋草中的配房和正房，忽然想起《玉叶集》中西行的词句来：闻相熟侍人居于伏见，前往寻访，但见满庭荒草没人径，虫啼不已——"满袖哀伤拨草入，露庭虫鸣哀戚戚"。

　　想起这些词句，又八顿觉毛骨悚然。一阵风吹来，原以为肯定没有人住的屋内竟忽然燃起了红红的炉火，不久便传来尺八的声音。

七

看来是一名把这里当成过夜的安乐窝的虚无僧。炉火红红地燃烧着，巨大的人影婆娑地映在墙上。僧人正独自一人吹着尺八，既不似吹给他人听，也非独自陶醉的声音，无非是为打发这无边的秋夜孤独而已。

一曲终了。"啊……"虚无僧似乎对这栋旷野中的房子十分满意，竟自言自语起来，"人都说四十不惑，可我却在过了四十又七之后做下那等失策之事，丢禄败家，还让独生子流浪他国……想来惭愧之至。既无颜面对死去的妻子，也无脸见活着的儿子……看我这样的例子，所谓的四十不惑，说的终究只是圣人之事，对凡夫俗子而言，再也没有比四十岁更危险的时候了。这是一座绝不可大意的山，更何况这是关于女人的。"

僧人盘腿而坐，前面竖着一管尺八，两手叠在吹口上。"二三十岁的时候，我也曾因女人之事一错再错，但那时无论暴出什么样的丑闻，人们也会原谅我，不会对将来造成伤害……可是到了四十岁，我竟更加厚颜无耻，而一旦造成像阿通那样的情况，世人就再也不会原谅了，还会对自己的名誉造成致命的打击，以至家破人亡，丢官败爵……而且，这失败，倘若发生在二三十岁尚可挽回，可四十岁的失败却再也无力回天了。"那僧人像个盲人似的低着头，嘟嘟囔囔的，似乎在忏悔。

尽管又八已悄然进入那人旁边的屋子，可一看到虚无僧那模糊地浮现在炉火前的干瘦的脸颊和身影、像野狗一样尖削的肩膀和没有半点光泽的蓬乱头发，一听到他的告白，又八立刻便想起夜鬼的身影，毛骨悚然，无论如何都不敢上前与之打招呼。

"啊……造孽啊……我……"虚无僧仰面朝天，骷髅般的大鼻孔呈现在又八眼前。他身穿普通浪人那种肮脏的衣服，唯一能证明他是普化禅师弟子的不过是裹在胸前的一片黑色袈裟而已。身下铺的一张席子是可卷起来带在身边的唯一的栖身之物，是他的家。"尽管无可挽回……可再也没有比四十岁更不能掉以轻心的年纪了。我自以为见过世面，也理解人生，就仗着得来的那一点点地位，动辄做出不知廉耻之事，才会导致这样的失败，是命运之神让我吃下这教训，残酷之至。"

仿佛在对某人谢罪一样，虚无僧垂下头，而且越垂越低。"我还倒好，尚且能在忏悔中生存在宽恕我的自然的怀抱里。"忽然，虚无僧老泪纵横，"可是我对不住的，却是我的儿子。我做下的祸害没怎么报应我，反倒更多地降临到城太郎身上。总之，我若是好好地做我那姬路池田侯的藩臣，我的儿子起码也还是个千石武士的儿子。可如今，背井离乡，远离父亲……不，更重要的是，当城太郎长大成人，有朝一日得知父亲竟是因为女人之事才被藩地赶了出去，那我该怎么办？我无颜面对儿子。"

虚无僧羞愧地捂住脸。不久，他似乎想起了什么，从炉边站起。"算了，我怎么又发起牢骚来了……哦，月亮该出来了吧。索性到原野上去，把所有的抱怨都尽情地倾洒到原野上。对，把牢骚和烦恼全部都丢到原野上。"说罢，他带上尺八，径直朝外面走去。

八

真是个奇怪的虚无僧。又八站在角落里，默默看着他摇摇摆摆地走出去。那瘦削的鼻子下面似乎长着一撮浅浅的泥鳅胡，虽然年纪并不算太大，脚步却已蹒跚。

忽然间出去，过了半天仍没有回来，大概是精神有点异常吧。又八恐惧的同时，又觉得可怜。这还倒好，令他不安的是残留在炉里的火苗。夜风噼噼啪啪地煽动着火焰，那掉出来的柴火不是已经把地板烧焦了吗？

"危险！危险！"又八慌忙走过去，迅速把水壶里的水洒在上面。这个旷野中的破宅子倒还无所谓，倘若是再也无法第二次建起的飞鸟朝和镰仓朝的寺院，后果就不堪设想了。

"到处有这样的僧人，所以奈良和高野才会起火。"又八在虚无僧离去的地方坐下，竟生出不合自己身份的公德心。虽然没有家产和妻子儿女，但那些流浪者绝不会因此就多一点社会公德心，他们似乎毫不觉得火是恐怖之物。

因此，就算四周是寺庙正殿的精美壁画，他们也会毫不在意地燃起火，仅仅为了温暖毫无用处地活在世上的这一具躯壳。

"不过……这也不全是浪人的过错。"

又八又想起自己的流浪之身。再也没有比当今浪人更多的时代了。这些浪人源自哪里？战争！因战争而飞黄腾达者有的是，但同时，像草芥一样被弃之尘世的人又何其多。就算这种现实情况会给下一代文化造成枷锁，那也只能无奈地接受。这些流浪之徒无意间用火焚毁的国宝之塔的数量，比起战争中有意识地烧毁的高野、叡山、皇都之物来，简直就是沧海一粟。

"哦……居然还很雅致。"又八无意间看了看一旁，咕哝起来。无论是这里的炉子还是壁龛，重新审视一遍，似乎原本就是用作茶室的闲雅之室。壁龛上一件物什吸引了他的目光，那并非高级花瓶或香炉，而是缺了口的酒壶和黑锅。锅里的杂煮还剩一半，晃晃酒壶，咕咚一声，残缺的口里还透出酒香。

"真幸运。"此时，饥饿的胃让他根本没有时间去考虑这些食物的所有权。又八一阵狼吞虎咽，喝了酒壶里的浊酒，又吃光了锅里的杂煮。

"啊，终于填饱了肚子。"又八枕着胳膊躺下，迷迷糊糊地在炉火旁打起盹来。原野上的虫鸣如同雨点一样密集。不光是户外的原野、墙壁、顶棚，就连破旧的榻榻米都沉浸在虫鸣中。

"对了。"又八忽然想起什么，蓦地重新坐了起来。他忽然想起怀中的包裹——那个修行武者临死时托付给自己的包裹，趁这个时间看一看吧。

又八试着解开。那是一个脏透了的苏芳染包袱，从里面掉出来的是洗褪色的衬衣和普通旅行者携带的用具之类，再打开替换的衣服一看，只听吭当一声，一份东西带着重重的声音跌落在膝前。那是十分珍重地用油纸包起来的卷纸大小的东西，以及装有盘缠的钱袋。

九

那是一个紫色的皮革钱袋，里面散乱地包着金币银币，数额不少。光是数一数，又八心里就害怕不已。"这是别人的钱。"他不禁特意念叨了一句。再打开另一个油纸包一看，里面是一个卷轴。花梨木的轴，金线织花锦缎的装裱，不觉使人产生一种正在解开神秘物品的感觉。

"这是什么呢？"又八全然猜不透，于是把卷轴放到地上，一面从一端徐徐展开，一面看下去，内容如下：

出师证明

佐佐木小次郎阁下
中条流太刀之法

表

电光、车、圆流、浮舟

里

金刚、高上、无极

右七剑

神文之上

口传授受之事

越前宇坂之庄净教寺村

富田入道势源门流

后学　钟卷自斋

月　　日

后面还贴着另外一张纸片，上题"奥书"二字，左边写着一首内含秘诀的诗歌：不掘之井，无积之水，月映其上，无影无形，人而汲之。

"哈哈，原来是剑术的真传证书啊。"这一点又八一看便知，可关于钟卷自斋这个人物，他毫无所知。当然，若是提起伊藤弥五郎景久，他便立刻心领神会："你说的是那个创始一刀流，号一刀斋的高人吧？"而伊藤一刀斋的师父便是钟卷自斋，又名外他通家，乃是继承了早已被社会遗忘的富田入道势源的正宗道统，晚年隐居在偏远田舍的高纯之士，这些又八哪里会知道。

比起探寻这些，又八更注意那个名字。"佐佐木小次郎阁下？哈哈，莫非这小次郎，便是今日在修城工地上凄惨死去的那个修行武者？"他点点头，继续自语道，"应该很厉害。即使看看这出师证明也能明白，毕竟是继承了中条流之辈，死得可惜……他一定在这世上留有遗憾吧。那临终时的表情，分明是不愿死去的遗憾神情。而且他求我办的，也必然就是这东西。他想说的，一定是要我把这些东西送到他故乡的亲友手里吧。"

为了死去的佐佐木小次郎，又八在口中念起佛来，并下定决心，一定要将这两样东西送到死者希望的地方去。

他再次骨碌一下躺了下来。由于感到有些凉意，他一面躺着一面往炉子里添柴火，在火焰的陪伴下迷迷糊糊地睡着了。

大概是那个走出去的奇异虚无僧吹的吧，遥远的原野上传来尺八的声音。他在寻找什么，又在呼唤什么呢？或许正如他临出去时念叨的那样，他正拼命把牢骚和烦恼全都丢弃在原野上。总之，他一定会在被烦恼压垮之前整夜地吹，整夜徘徊在原野上。又八已疲惫至极，昏睡过去，无论尺八的声音还是虫鸣，全都沉浸在昏然的睡梦中。

狐雨

一

灰色的云笼罩着原野。今晨的凉意使人不觉一下子想起立秋来，似乎万物都沉浸在露水中。门被吹倒的厨房里，狐狸的足印清晰可见。尽管天已放亮，松鼠仍在屋里游荡。

"啊，冷。"虚无僧睁开眼睛，端正地坐在宽敞厨房的地板上。黎明时分，他精疲力竭地回来，抱着尺八就躺倒在地，睡了过去。由于整夜在原野游走，他仿佛受到了狐狸魅惑的男人一样，脏兮兮的夹衣和袈裟已被草籽和露水弄花。

气温已经无法同昨日的残暑相比，大概是着凉了吧，他鼻子一皱，打了个大喷嚏。若有若无的泥鳅胡上挂着鼻涕，虚无僧却一脸恬然，连擦都不擦一下。

"对了，昨晚的浊酒应该还有。"他咕哝着站起来，穿过净是狐狸脚印的走廊，向里面有炉子的房间找去。等到白天再一看，才发现这座空宅子还真大，大到不仔细找都弄不清方向。当然，仔细找还是能够找到那个房间。

咦？虚无僧惊慌失措地张望着四周。酒壶不见了。可不久后，他就发现酒壶已倒在炉边，而找到这空酒壶的同时，他还发现一个陌生人正枕着胳膊，流着口水熟睡。

"是谁呢？"

虚无僧弯腰瞅瞅那人。那是一个睡得正香的男人，鼾声如雷。那酒一定是被这家伙喝了！一想到这里，虚无僧便愤怒起来。但事情没有就此结束。他特意留在锅里当早饭的那杂煮呢？一望锅底，早已连一粒米都不剩了。

虚无僧顿时脸色大变。这是一个事关生死的问题。"喂！"他踢了那人一脚。

"唔……唔……"又八拿开胳膊，一下子抬起头来。

"喂！"

刚一睁眼，又八就又挨了一脚。

"你干什么？"又八睡眼惺忪的脸上顿时青筋暴起，忽地站了起来，"是你踢我了吧？你踢我？"

"光是踢你还不解恨。是谁让你把锅里的杂煮吃了？"

"是你的吗？"

"我的！"

"那我向你道歉。"

"一句道歉就想完事？"

"那你想怎么样？"

"给我吐出来！"

"你就是让我吐出来我也办不到啊，饭已经进了肚子，与我今日的生命连在一起了。"

"我也是要活命的人。就算站在人家门边吹上一整天的尺八，要来的钱也顶多能买一顿饭的炊米和一合浊酒而已。凭什么让与我毫不相干的你都吃了！吐出来！吐出来！"这声音厉如恶鬼。饥饿的泥鳅胡虚无僧的脸上暴起一道道青筋，气势汹汹地吼了起来。

二

"不要说得这么难听嘛。"又八鄙夷地说道，"不就是锅底的一点杂煮和不到一合的浊酒嘛，至于发那么大的火吗？"

虚无僧依然愤愤不平。"你胡说！就算是剩饭，那也是我一天的口粮，一天的生命！吐出来！你若不吐出来——"

"怎么样？"

虚无僧一把抓住又八的手腕，"我决不会放过你！"

"别开玩笑了。"又八反过来抓住虚无僧的领口。虚无僧身子瘦弱得简直如同饥饿的流浪猫。又八本想一下子把他摔倒在地，让他尝尝厉害，可没想到尽管他已被抓住领子，却仍向又八的喉咙抓来，力气中居然充满了一股韧劲。

"你这老东西！"又八重新使了把劲，可对方纹丝不动，反倒是又八自己被掐得难受，不禁抬了抬下巴。"唔……"又八挤出奇怪的一声，接着噔噔噔地一直被推到另一间屋子。他正要反抗，却被对方趁势巧妙地扔到墙壁上。

屋里的梁柱全已腐朽，壁土不堪一击，顿时坍塌，又八顷刻淹没在泥土中。

"噗！噗！"又八猛然吐了几口唾沫站起来，脸色铁青，二话不说拔出太刀跳了上去。

虚无僧也毫不示弱，以尺八交锋，可残酷的是他立刻喘起粗气。又八怎么说也有年轻的优势。

"活该！"又八压倒性地一顿猛砍，丝毫不给他一点喘息的机会。

虚无僧的表情都快变成鬼了。身体的跳跃也不够灵活，一不小心似乎就会被绊倒。他每次都发出那种难以形容的临死时的叫喊，左躲右闪，好不容易才躲过太刀。

可是，这种骄傲最终导致了又八的失败。看到虚无僧像猫一样跳到庭院里，又八就想追过去，可是刚踩到走廊上，因雨水而腐烂的地板却忽然断裂。又八的一只脚一下子踩到了窟窿里，摔了一跤。这正中虚无僧下怀，他立刻跳回来，抓住又八的前襟，劈头盖脸就是一顿痛揍。

由于一只脚不听使唤，又八毫无办法，任由自己的脸像四斗酒樽一样肿了起来。就在这时，金币银币忽然从他拼命挣扎的怀中洒落。每挨一拳，钱币便带着动听的声音散落在地上。

"咦？"

虚无僧放了手，又八急忙躲开。

简直把拳头都打痛了。发泄完愤怒的虚无僧肩膀起伏，盯着散落在地的金币银币。

"喂，畜生！"又八捂着肿胀的脸，颤抖着说道，"有、有什么了不起啊，不就是锅底的一点剩饭嘛！不就是一合左右的浊酒嘛！你也看见了，我的钱多得都快烂掉了。饿鬼，别那么贪婪。你若是那么想要，我给你，你都拿走。不过你刚才打我的，得统统还回来。喂，剩饭和浊酒钱，我会连本带利都还给你的，伸出头来，把头给我伸过来！"

三

无论又八如何谩骂，虚无僧连哼都不哼一声。又八也终于静下心神，仔细一看，发现虚无僧竟埋头哭了起来。

"你这畜生，一看到钱就一副可怜样！"又八恶骂道。

尽管受到如此侮辱，虚无僧却没有了刚才的气势。"卑鄙！啊，无耻！我为什么变成了这样。"这已经不再是对又八说的，而是一个人内心苦闷和悲痛的流露。这种强烈的自省也与常人不同："你这个浑蛋，你到底有多少岁了？竟已如此落后于尘世，没落到这种地步了，竟还不知道悔改，你这个畜生！"说着，他还把头砰砰地撞在一旁的黑柱子上，边撞边哭，边哭边撞。"你为什么要吹尺八？不就是为把一切牢骚、邪念、迷惘、固执和烦恼都从六孔里吹掉吗？居然为了一点剩下的冷饭和浊酒，就与人如此拼命打斗，而且还是和一个跟自己儿子差不多大的年轻人。"

真是个奇怪的男人。刚哭着悔恨地说了一会儿，接着忽然又把头朝柱子上撞，不把头撞成两半似乎决不罢休。这种自责的责打比打又八的次数多得多。

又八目瞪口呆，直到虚无僧的额头上渗出血来，他才终于忍不住劝阻："算、算了，别做没用的傻事了。"

"别管我。"

"你怎么了？"

"我只是憎恨我自己。像我这样的人，最好被打死去喂乌鸦，可我不甘心还在愚钝中就被打死。至少得像常人一样得到人性，之后再扔到野外啊，我是为自己都拿自己没办法而焦急啊……或许这也算是病吧。"

又八突然觉得虚无僧可怜，于是捡起散落在地上的金币银币，塞到他手里一些。"我也不对。这钱给你吧，你就原谅我吧。"

"不要。"虚无僧缩回手，"不要臭钱，不要。"

为锅底的一点剩饭都如此愤怒的虚无僧，仿佛看见了肮脏的东西，使劲摇着头，膝盖朝后缩。

"你真是个怪人。"

"随你怎么看。"

"虚无僧，你的话里不时夹着些中国口音啊。"

"我是姬路人。"

"哦……我是美作人。"

"作州？"虚无僧盯着又八，"作州的哪里？"

"吉野乡。"

"哎？吉野乡，多么熟悉的名字。我曾在日名仓的哨卡做过目付，对那边的情况也算相当了解。"

"那，你是原姬路藩的武士？"

"对。我以前也算是个武家人，名叫青木……"他刚要报上姓名，忽然间又似乎觉得不忍回顾从前，不想夸耀自己的过去。"骗你的，刚才是骗你的。啊……我得去市镇上吹尺八了。"说着他忽然站了起来，朝原野走去。

幻术

一

怀中的钱币成了又八的心病。一想起这不能花的钱，又八就为之心烦。多了的话当然不好，可若是只从中借一点来花，应该不会有罪吧，他最终如此想道。

"就算是死者求自己把遗物送回乡里，也是需要旅费的。这费用就算从怀中的钱币里出，也不会有关系的。"又八想到这里，心情轻松了几分。当他心情轻松的时候，便是一点一点地开始花这钱的时候。只是除了钱，还有死者托付给自己的"中条流出师证明"卷轴中的那个佐佐木小次郎，究竟哪里才是他的生身之地呢？

那个死去的修行武者一定就是佐佐木小次郎。又八如此猜测，可他究竟是浪人，还是有主人的武士？究竟有过何种经历？又八全然不知，也无从知晓。

唯一的线索，便是授给佐佐木小次郎出师证明的师父钟卷自斋。倘若找到自斋，也就清楚小次郎的来历了。于是，在从伏见下到大坂的路上，一见到茶店、饭馆和客栈之类，又八就去打听："这儿有没有一个叫钟卷自斋的高人？"

结果得到的回复都一样："没听说过此人。"

"他可是继承了富田势源流派的中条流大家啊。"即便又八这么解释，还是没有一个人知晓。

这时，路边遇到的一个武士似乎多少对武道有点心得，他说："这个叫什么钟卷自斋的人，就算活着，恐怕也已经垂垂老矣。此人似乎在关东一带，听说晚年隐居在上州的什么山之后，就再也没有在世间露过面。你若是想打听此人消息，最好去大坂一趟，拜访一个叫富田主水正的人。"

又八又问富田主水正是何许人物，对方回答说，此人乃是秀赖公的武道教头之一，似乎是出自越前宇坂之庄净教寺村的富田入道势源一族。

虽然有些不大相信，不过又八反正也打算去一趟大坂，于是一进入城内，他便马上在一处繁华地段的客栈住了下来，询问城内究竟有无那武士。

"那人好像是富田势源大人的孙子，但不是秀赖公的教头，也曾教过城内之人一些武道，但都已是陈年旧事，他早在数年前就回到越前国了。"店里的人如此答道。虽说是商人，可也是在城内奉公的人，所以他的话可信度比先前武士的更高一些。店里的人还忠告又八："就算是远寻到越前国去，主水正大人是否真在那里也无把握，所以与其到远国去寻那并无把握之人，还不如去找那个近来有名的伊藤弥五郎先生更方便。那位先生好像也是在那个中条流钟

40

卷自斋那里修行之后，才开创了一刀流这个流派。"

这忠告倒也有一定道理，只是又八寻找这弥五郎的住处时，有人告诉他，虽说这位先生近年一直在京外的白河结庵而住，可最近大概是出去修行了吧，京城和大坂一带已杳然不见他的身影。"哎，真是麻烦。"又八也没办法了，"其实也用不着这么急。"他自言自语道。

二

自从来到大坂，又八身上沉睡已久的野心又被唤醒。这里正需要大量人才。伏见城正在大力制定新政策，创建武家制度，而大坂城则正在笼络人才，组建浪人军。当然，这一切都不是公开进行的。

"听说，后藤又兵卫大人、真田幸村大人、名石扫部大人，还有长曾我部盛亲大人，都在悄悄地接受秀赖公的生活资助呢。"商人之间也盛传这种流言。如此说来，比起其他地方，浪人最受敬重、最容易生活的，现如今，还是要数这大坂城了。

又八还听说，长曾我部盛亲等便借住在城外不起眼的小巷里，虽然年轻却剃了光头，还改名号为一梦斋，一脸"尘世之事与我无关"的表情，每天只热衷于风雅之事，流连于烟花巷，却豢养了七八百名浪人，一有情况，便会立刻义无反顾地集结在"为报太阁恩义"的大旗之下，当然，他们的生活费也出自秀赖。

又八在大坂待了有两个月，所见所闻让他十分兴奋——就是这儿了，出人头地的跳板就在这里。曾经凭光腿外加一杆枪便与宫本村的武藏一起奔向关原时的壮志，在近来已恢复健康的又八身上时隔已久地复苏。尽管怀里的钱不断减少，他却觉得"命运终于垂青我了"，每日快活不已。就连被石头绊一下，他也会忽然间在脚下发现幸运的萌芽。

首先得打点一下装束。

又八买来大小两刀佩在腰上。由于已至寒气逼人的晚秋，他又适时地买了窄袖和服和外裾。他觉得住客栈不实惠，于是租了距离顺庆堀很近的一处马具师的小房子，吃饭在外面，想看什么光景就看什么光景，回去也行不回去也行，过得很是随意。他还想趁此期间得一好知己，找条好门路，找个机会吃上公家俸禄。

过上这样的生活之后，他也十分注意保持自戒，自以为已修炼到脱胎换骨的程度。

"瞧瞧，让人扛着大枪，牵着换乘的马，带着二十多个随从招摇过市。虽说现在也算是大坂城京桥口有头有脸的人物，可顺庆川清淤的时候，他还是一介挑泥土的浪人呢。"虽说在街头经常听到这种令人艳羡的传闻，可是又八却逐渐觉得，尘世就像石垣。一旦石头堆积严实，就再也无缝可入了。不过有点疲倦的时候，他又会想：没什么，虽然在找不到门路的时候看起来似乎很难打进去，可一旦找到门道……他甚至还求租给自己房子的马具师介绍就业门道。

"老爷您年轻，又有本事，如果求求城里人，还愁找不到门道？"尽管那马具师也言之凿凿地打包票，可当差的机会一直没来。不久就进入寒冬腊月，怀里的钱也只剩一半了。

三

繁华街市中的草地上，每天早晨都白茫茫地下满了霜。每当白霜消融，道路变得泥泞时，铜锣、太鼓之类便开始鸣响。

本该在腊月里忙碌的人们悠闲地聚集在冬日暖阳下。演杂耍的艺人们则各自选了一处地方插上纸旗和毛枪，圈起粗糙的竹篱笆，为了不让人看见里面的情况，还在外面挂满席子，招揽闲人散客，争夺客源，掀起一幕幕真刀真枪的生活战。

廉价酱油的气味在人群里飘来飘去。白天，长满腿毛的男人衔着煮串，像马群一样嘶鸣不已。晚上，涂脂抹粉甩着长袖的女人则像母羊一样，咯嘣咯嘣地嚼着豆相携而去。在一处将凳子摆在室外卖酒的小摊上，一群人正在打斗，也不知孰胜孰负，留下一摊血迹之后，一群人如旋风般稀里哗啦地朝街市远处跑去。

"多谢多谢。多亏老爷在这里，店里的东西才没有遭到损坏。"卖酒人来到又八面前，不住地道谢，甚至还为又八添来并未点过的菜肴，"这次的酒烫得正好。"

又八的心情也不坏。他刚才一直盯着眼前的事态，倘若商人打架会对这贫穷的露天小摊造成损害，他一定要整治一下他们，不过好在什么事情也没有发生，无论对小摊的老板还是对他，都值得庆贺。

"老板，来来往往的人可真多啊。"

"由于都在忙腊月，人们出门也不会停下来歇歇脚。"

"一直都是好天气，真不错。"

一只鸢从人群中叼起一样东西，飞向天空。又八喝红了脸，忽然想道：对了，我在运石头的时候曾发誓戒酒，怎么不知不觉又喝起来了？但这回想起来就像别人的事情。他接着又想：算了，不管他，人活在世，如果连酒都不喝……他又安慰自己，为自己寻找起理由来。

"老板，再来一杯。"又八朝后面说道。

几乎同时，旁边紧挨着的折凳上过来一个男人，一看那打扮便知是个浪人。只是那长刀十分吓人，一看便让人避而远之，夹衣的衣领脏兮兮的，外面连一层背心都没有穿。

"喂喂，老板，赶快也给我烫一合酒。"男人说着便把一条腿盘到凳子上，用锐利的眼神扫了又八一眼。从脚下打量到脸上，他"嗨"了一声，不由得一笑。

又八也同样"嗨"了一声，说道："既然你的酒还没烫好，那就先来一杯我的如何？虽然在下已经喝了，有些失礼。"

"啊呀，那就——"说着，对方立刻伸过手来，"贪酒之人就是嘴馋啊，其实一看到兄弟在这儿喝酒，唔……太香了，我的鼻子就再也忍不住这酒香，不禁引袖而来啊。"

这人喝得磊落、豪气，又八钦佩地望着对方喝酒的样子。

四

男人堪称海量。又八又喝了一合的时候，男人已经喝了五合多，却毫无醉意。

"能喝多少？"又八问道。

"起码一升是没事的。但这还算不上什么。"对方说道。

而一谈起时局，此人连肩上的肉都凸了出来。"家康算什么东西？不把秀赖公放在眼里，居然还以大御所自居，可笑！如果除去本多正纯和那些旧臣，那老头儿还剩下什么？不过是狡猾、冷血，另外还有点武人没有的雕虫小技罢了。石田三成没能打败他，真是可惜啊！这男人想操纵诸侯，却又太过清高，而且也不够格。"刚说到这里，对方的话锋忽然一转，问道，"倘若关东与上方现在就翻脸，你站在哪一边？"

又八毫不迟疑，答道："当然是大坂一方。"

对方大喜，立刻端着酒杯站起来。"原来是我党之士啊，再敬你一杯！那么，你是哪里的藩士？"话音未落，男人又继续说道，"啊，请见谅，在下还未自报家门呢。我乃蒲生浪人赤壁八十马。不知你是否听说过塙团右卫门？在下与其是生死之交，是共待来日的好友。此人与当今名震大坂城的大将薄田隼人兼相曾共游诸国，与大野修理亮也有过三四次见面之缘。不过此人有些消极，虽然势力比兼相大得多。"对方似乎忽然意识到说得有点多，便回到原先的话题，重新问道，"对了，你呢？"

又八虽然不相信此人的话，还是感到一种受凌辱般的自卑，于是也想鼓吹一下，回敬对方。"越前宇坂之庄净教寺村富田流的开山之祖富田入道势源先生，足下听说过没有？"

"倒是闻过其名。"

"继承这道统，又开创中条流的无欲无私的大隐者钟卷自斋，便是在下的恩师。"

男人听后并不怎么惊讶，举起杯来。"那么，你原是武者？"

"正是。"谎言滔滔而出，又八觉得畅快至极。一旦大胆地说起谎，陶醉感便立刻洋溢在脸上，更觉得酒兴大发。

"其实在下刚才便有此感觉。一看足下这钢筋铁骨便与众不同，一定大有来头，原来竟是钟卷自斋的门下。那足下如何称呼？倘无妨碍，可否赐教高姓大名？"

"在下佐佐木小次郎，伊藤弥五郎一刀斋便是在下的师兄。"

"哎？"男人惊呼一声，反倒把又八吓了一跳。他本想改口说是玩笑，可赤壁八十马竟已一下子拜倒在地。事已至此，他也无法再说是玩笑了。

五

"请恕在下有眼不识泰山。"八十马连连致歉，"若说佐佐木小次郎，早就耳闻是武道高人。都怪在下一时糊涂，方才多有得罪，还望见谅。"

又八松了口气。倘若是熟知佐佐木小次郎者，抑或与其相识或相交，自己的谎言恐怕立刻就会被戳穿，痛遭一顿呵斥。

"啊，请不必拘礼。兄弟如此郑重，弄得我倒不知如何是好了。"

"不，在下从方才起就净放厥词，一定令您难以入耳。"

"哪里，我才是尚未入仕、不谙世事的晚辈。"

"可是在武道上，您可是大名鼎鼎啊，早已声名远播……"八十马咕哝着，醉眼惺忪地望着又八，"如此高人居然尚未为官，实是可惜。"

"由于只知潜心练武，世上毫无知己。"

"哦，原来如此。也就是说，足下并非全无为官之念？"

"当然，我也想早晚得一明主啊。"

"那岂不是小事一桩。有如此实力何患无官可做！当然，就算身怀绝技，倘若默默归隐山林，别人也不会轻易发现。在下虽然有幸得见高人，可直到闻听大名之后才大吃一惊。"对方大献殷勤，极力煽动，"在下来帮您引荐。"他继续说道，"其实在下也正委身于友人薄田兼相呢。眼下大坂城正求贤若渴，不论俸禄高低，倘若将您这等人物举荐过去，薄田也一定会立刻聘用。就请交给在下吧。"

赤壁八十马越发兴奋。又八虽然很想抓住这个机会，可冒用他人名义，自称佐佐木小次郎一事却令他很尴尬，让他实在下不来台。

假如自报家门是美作的乡士本位田又八，道出自己真实的履历，想必对方也不会如此热心，反而还会嗤之以鼻。看来还是佐佐木小次郎的名字管用。别慌！又八又在心里嘀咕起来：其实根本用不着担心，毕竟那佐佐木小次郎已是死去之人，而且那人便是佐佐木小次郎一事，除自己之外，恐怕无人知晓。死者所持的唯一户籍证据，即出师证明，也在他临终的托付下一直带在自己身上，谁也无法查证。而且对于一个被当成暴徒打死的人，想必那些人也不会不嫌麻烦，无休无止地调查下去。

没人会知道真相！一个大胆而狡猾的念头在又八脑海里一闪而过。他下定决心，这个死去的佐佐木小次郎自己是当定了。

"老板，结账。"说着，又八从钱包里拿出钱，正要起身，赤壁八十马也慌忙站起来。"那刚才的事情……"

"还请尽力帮忙。但这路边小摊不便谈话，还是找处有雅座的地方吧。"

"是吗，好。"八十马满意地点点头，看到又八代为支付自己的酒钱，一脸理所当然的表情。

六

两人来到一处庸脂俗粉的里巷。又八本想领他去一些更高雅的酒楼，可赤壁八十马却频频述说到后街里巷游玩的好处："与其到那些地方花冤枉钱，还不如去更好玩的地方呢。"于是又八便被拉到了这里，但这地方也并非不合又八的心意。

这里名为比丘尼小巷。夸张地说，这里的千门万户全都是卖笑人家，光是一晚上灯芯耗的油就有百石之多，看起来一派繁荣。一条涨潮的黑色河流流经眼前，仔细一看，那突出的格子门上和红灯下面竟爬满了海蛆和河蟹，仿佛致命毒蝎般令人毛骨悚然。这里虽有无数脂粉女郎，却鲜见貌美女子，其中还有年近四十者，牙齿上涂满黑色铁浆，包着比丘尼头巾，一脸悲怨地站在寒冷夜色中，多愁善感地勾引着浪子的恻隐之心。

"哪里好玩了？"又八叹息一声。

"当然好玩啊。比起差劲的茶屋女和歌姬，她们可强多了。一说娼妓，虽有低俗之感，可倘若在这里过一夜，把她们的来历当作私房话听一听，你就会发现，她们也并非生来就是娼妓。"八十马在摩肩接踵的人群中得意地辩解着，"既有在室町将军的内室里服侍过的比丘尼，也有自称父亲是武田家臣，或是松永久秀姻亲者的女子，总之名门落魄的女子比比皆是。平家没落之后就有了此处，而自天文、永禄年间起，这里更是几经盛衰。所以残花败柳就全都汇集到这尘世的污水里了。"

又八迈进一家，把游玩之事一应托付给八十马，看来此人果真是此道的老手，无论斟酒还是与女人周旋，简直得心应手。这里巷果然有趣。留宿之事自不必说，到了次日天亮，八十马也毫无倦意，而在蓬之寮时整天郁闷不已的又八，多年的抑郁也似乎在这里一扫而光。

"够了，够了。酒已经喝腻了。"又八终于撑不住了，"走，回去吧。"

"陪我到晚上。"八十马听了却一动不动。

"陪你到晚上又如何？"

"我早已与薄田兼相约好，今夜去他的宅邸与他会面，所以就算现在回去也没用……还有，您的事也得好好商量一下，否则就是去了那里，话也不好说啊。"

"那件事，我一开始也没抱什么指望。"

"这怎么行，可不能妄自菲薄。倘若兄弟带了中条流的出师证明去，只说自己是名为佐佐木小次郎的一介武士，俸禄多少都可以，只求赏个一官半职，反而会招致对方的蔑视。比如张口就先要五百石如何？越有自信的武士，给的待遇就越丰厚，这是通例，所以万万不可谦虚。"

七

仿佛山涧的岩壁一样，此处早已沉浸在日光的阴影里，大坂城高大的石垣已遮蔽了傍晚的天空。

"那便是薄田的宅邸。"

二人背对着护城河，哆哆嗦嗦地站着。在河边一站，连白天灌进腹中的酒热也顷刻间被吹走，流出的鼻涕甚至都冻住了。

"就是那个横木门吗？"

"不，是旁边那座带角的宅邸。"

"唔……很宏伟啊。"

"发迹了啊。三十岁左右时，即使提起薄田兼相的名字，世上也没有一人知道他是谁。可不知不觉间……"

又八根本不愿听赤壁八十马的话。不是怀疑，而是无比信赖，甚至到了无须再听细枝末节的程度。他望着包围着这座巨城的大小名的宅邸。我也要如此——他旺盛的斗志喷薄欲出。

"那，今晚就见见兼相，把您好好地推销给他。"八十马说着，"不过，那钱……"

"对对。"八十马一催促，又八慌忙从怀中取出皮革钱袋。尽管每次都不忍多花，可拿出来一看，不知何时，钱袋里的钱只剩下三分之一了。他把剩余的钱全划拉出来。"只有这么多了，这点钱财不知可否？"

"当然可以，足够了。"

"是不是得用什么东西包起来？"

"不用。求官时，什么推举费、献金之类，不光薄田一人会要，任何人都会公然索取，没必要顾忌。那，这些钱就由在下暂为保管了。"

当把手头的钱几乎全交到八十马手上的时候，又八忽然有点不安，慌忙追上已经走起来的八十马。"就拜托了。"

"没问题。若是对方不答应，无非不把钱给他，再拿回来便是。大坂城又不是只有他兼相有势力，实在不行，什么大野、后藤，可求的主人有的是。"

"那，什么时候有回信？"

"在这里等我倒也可以，但这河边风又冷，也没休息的地方，而且还会惹人怀疑，那就明天见吧。"

"明天在哪里？"

"到人们游玩的那块空地等我。"

"明白。"

"坐在我们初次会面的那家卖酒小摊的凳子上等准没错。"

商量好时间之后，赤壁八十马便大摇大摆地离去。看他那摇头晃脑、无所顾忌的样子，看来果然是薄田兼相贫贱时代的旧友。

当晚，又八抱着几近安心的心情，沉浸在各种各样的梦境里，他甚至都等不及次日。未到约定的时刻，他便踏着雪霜来到玩杂耍的空地上。

这天也一样，虽然腊月的风很冷，可冬阳下已经聚集了许多人。

八

不知为何，赤壁八十马这一日并未现身。"大概是有什么事吧。"又八乐观地劝慰自己，到了次日也依然坐在那卖酒小摊的折凳上。"今天……"他用一副正直的目光来来回回地搜索着空地上的人，可这一天，他同样没能看到八十马的影子，天又黑了下来。

"老板，我又来了。"第三天，又八有些害羞地说着，又坐到了折凳上。卖酒的老板觉得他每天的举动有些奇怪，便问他究竟在等谁，又八于是仔仔细细地把姓赤壁的浪人与自己相识相约的事说了出来。

"哎？那个男人？"老板的口气有些惊讶，"那么，你是不是被那家伙以帮你跑官为幌子，把钱骗走了？"

"不是被骗走，是我主动托付他，交给他作为给薄田大人的介绍费的。我想早一点得到回信，所以每天在这里等。"

"哎呀呀，你啊。"老板同情地盯着又八，"你就是等上一百年，那个男人也不会来了。"

"为、为什么？"

"那家伙是出了名的坏人。这片空地上啊，这种臭苍蝇有的是。看到善良的人，立刻就会凑上来叮。我本想提醒你一下，可又怕他以后捣乱。而且我以为你看到他那样子自然就会警惕起来，可没想到你还是让他骗了钱……唉，真不像话。"

老板的口气已超越了同情，分明在怜悯又八的无知。但又八并不觉得丢脸。由于这突然的损失和被希望抛弃的打击，他浑身颤抖，血液上涌，茫然地望着空地上的人群。

"虽然没用，但为慎重起见，你最好到幻术围子那边去看看。那边净是些苍蝇蚊子之类，整天赌钱。他得了你的钱，说不定会在那里露面呢。"

"是、是吗？"又八慌忙从折凳上站起来，"那表演幻术的曲艺场，究竟在哪儿啊？"

顺着老板手指的方向一看，那边的空地上果然有一排竹篱笆。艺人们正在表演幻术，入口则聚集了一群看热闹的。又八凑过去一看，只见入口的旗子上写着什么"巧嘴之直平""边兵童子""果心居士之一弟子"等知名幻术师的名字，外面用幕布和席子围着。宽阔的栅栏里，表演者的吆喝声和观众的鼓掌声夹杂着怪诞的音乐不时传出来。

九

又八绕到后面，发现另一个禁止看热闹者出入的通道。又八往里瞅了瞅。

"你要进去吗？"一个把门的男人问道。

又八点点头，对方便递来一个放行的眼神，又八随之入内。里面有一个蓝色顶棚，二十多个流浪汉围坐成一圈，正在赌博。

又八一站，所有人立刻朝他扫来白眼。其中一人默默地在他前面让开一个位子，又八忙问道："这里有没有一个叫赤壁八十马的男人？"

"赤壁？说起来，赤壁这家伙怎么连一点人影也看不见了？怎么回事？"

"他会来这里吗？"

"这种事我怎么知道？喂，你赌不赌？"

"不，我并不是来赌钱的。我来找那个男人。"

"喂，你开什么玩笑？不赌钱来赌场干什么？打断你的腿！"

"对不起。"

又八连滚带爬退出赌场，一个人如同臭苍蝇般追了出来。"臭小子，你给我站住！你以为这是什么地方？说一句对不起就行了？你这不逞之徒！不赌钱，就把进场钱给我留下再走！"

"我没钱。"

"没钱在赌场里探头探脑干什么？我看你一定是趁机抢钱的，你这个贼人！"

"你说什么？"

又八刚要按住刀柄，对方竟找起茬来。"混账东西！要是拿把破刀就能把老子吓趴下，老子还能在这大坂的地界上混吗？来啊，难道我害怕你杀了我不成？杀啊！"

"你知道我是谁吗？"

"管你是谁！"

"越前宇坂之庄、净教寺村流祖、富田五郎左卫门没后的门人佐佐木小次郎，便是本人。"

又八本以为说出这些，对方便会吓得屁滚尿流，可没想到对方竟大笑起来，转身把屁股对着又八，朝里面的臭苍蝇们猛喊："喂，都快来啊，这家伙刚才还滑稽地自报家门，想跟我们作对呢！快来看看他有什么手段！"

话音刚落，只听噗的一声，此人屁股便挨了一刀，跳了起来。是又八冷不丁给了他一刀。

"可恶！"

那人一声惨叫，又八只听得身后哇的一下传来一群人的叫嚷。又八立刻提着刀混进周围的人群。他想尽力往人多的地方躲藏，可他越觉得危险，眼前的每一个人看着就越像那些臭苍蝇，使他怎么也无法安心。

无意间一抬头，眼前的栅栏上垂着一块大幕，上面绘着大虎图，入口处则竖着镰枪和蛇眼花纹旗。一个商人正站在箱子上，扯着嘶哑的喉咙："虎！老虎啊！千里行，千里归。这可是朝鲜舶来的大虎！是加藤清正公徒手捕获的虎啊——"他抑扬顿挫地吆喝着吸引人的词句。

又八扔给他钱，跳到里面，才略微松了口气。他抬起头环视一圈，想看看老虎在哪里，但见正面摆着两三块门板，上面像晾衣服一样贴着一张虎皮。

十

即使是死去的虎，观众们也看得十分入迷，竟没有一个人埋怨。

"这就是虎啊。"

"可真大啊。"

观众满怀感慨，排着队从入口进来，再从出口出去。

又八想尽量拖延时间，于是一直站在虎皮前面。这时，一对行旅装扮的老年夫妇一下子站在了他的眼前。

"权叔，这虎死了吗？"老婆婆问道。

老武士则伸出手，越过竹护栏摸着虎皮，说道："本来就是虎皮嘛，当然是死的了。"

"可在入口那里吆喝的男人，说得就像是活的一样。"

"这大概也是一种幻术吧。"

老武士苦笑一下，老婆婆则恨恨地撇起嘴。"真是无聊！既然是幻术，就在招牌上明说是幻术好了。早知是看死老虎，还不如看画呢。去把钱要回来！"

"老太婆，老太婆，这样人家会笑话的，你就别吵吵了。"

"怕什么，还要什么面子！你要不愿说，我去说好了。"说着，她便拨开看热闹的人要返回去。啊！忽然，一个人影将肩膀沉入人群中。

"啊，又八！"被唤为权叔的老武士大喊起来。

阿杉眼神不好，便问道："什、什么啊，权叔？"

"你没看见吗？又八那小子刚才就站在你身后呢。"

"哎，真的？"

"跑了。"

"往哪儿跑了？"

两人急忙朝外追去。

空地上拥挤的人群已沉浸在暮色里。又八好几次撞到人，每一次都连滚带爬，头也不回地朝市镇上逃去。

"站住，你站住！儿子！"回头一看，母亲阿杉已经发疯般追了上来。

权叔也拼命挥着手。"傻瓜，你为什么要逃啊？又八，又八！"

尽管如此，又八仍未止步，于是阿杉伸出堆满皱纹的脖子，扯开喉咙："小偷！抓小偷，抓小偷啊！"她拼命喊了起来。

　　结果，商人们有的拿起布帘棒，有的抄起竹竿，像打蝙蝠一样把跑在前面的又八打翻在地。来往的行人呼啦一下把他围了起来。

　　"抓住了！""不逞之徒！""打！打死他！"人们顿时拳打脚踢，有的还朝又八吐起唾沫。

　　阿杉上气不接下气地与权叔从后面赶来，见此情形，她一下子扒拉开人群，手按在小短刀的刀柄上，龇着牙。"喂，你们这是在干什么？怎么对他如此残暴？"

　　围观者不明就里，嚷道："老婆婆，这家伙是小偷啊。"

　　"他不是小偷，是我儿子。"

　　"是你儿子？"

　　"当然，你们下脚也太狠了。身为商人，竟敢踢武士的儿子，我老婆子跟你们拼了！踢啊，跟刚才那样朝我老婆子踢踢试试！"

　　"那刚才喊抓小偷的是谁？"

　　"刚才的确是我老婆子喊的，可我并没有要你等踢他啊。我是出于父母之心，以为喊小偷儿子就会停下来，可你们竟毫不知情就对我儿子拳打脚踢，一群冒失鬼！"

怨敌

一

这里是市镇中的一处森林。朦胧的长明灯闪烁着灯光。"过来。"阿杉揪着又八的衣领，把他从大路上拖到这里。

围观者似乎被阿杉气势汹汹的架势吓住，并未尾随。不久，在鸟居下警戒殿后的权叔也赶了过来。"老太婆，你就不要再责骂他了，又八也不是个孩子了。"说着，就要把阿杉的手从又八衣领上掰开。

"你胡说些什么？"阿杉用胳膊肘推开权叔，"我教训我儿子，你插什么嘴？多管闲事！没事一边待着去。喂，又八。"

本该是喜极而泣的场合，阿杉竟十分愤怒，揪着又八的衣领往地上推。有人说，人老之后就会变得单纯而急躁。这种场合下涌出的复杂感情也许对太过枯竭的血液过于强烈，是哭泣，是愤怒，还是狂喜的变态表现？

"看见你娘的身影就跑，你还长本事了啊。你是又从树杈上脱胎转世了？不是我儿子了？你、你、你这个缺心眼！"说着，像幼时打骂一样，阿杉啪啪地打起又八的屁股来，"本以为你不一定还活在这世上，没想到你居然没羞没臊地在这大坂活得好好的，可恶！可恨！你这可恨的东西！为什么不回老家祭奠一下先祖？为什么连你老娘都不照个面？亲戚们也百般为你担心，你如何向大家交代？"

"娘，你饶了我吧，你饶了我吧！"又八像个婴儿一样在阿杉手下哭喊，"儿知道自己丢人，所以才没法回去啊。今天的事太突然了，把我吓了一跳，其实我不想逃，腿却不听使唤地跑了起来。我没脸！我丢人！我没脸面对娘，也没脸面对权叔。"他两手捂着脸哭泣道。

看到儿子这副样子，阿杉也鼻子一酸，抽泣起来。不过，这刚毅的老太婆立刻就在心底责骂起自己的脆弱。"既然说是给先祖丢脸，没脸回家，看来你终归还是没做成一件正经事。"

权叔实在看不下去，说道："算了，老太婆，你老那样打他，反倒把他打坏了。"

"谁让你又插嘴了？你一个老爷们儿却这么心软。正是因为又八没有父亲，我老婆子在当母亲的同时，还必须要做一个严父。因此我必须要责罚他。这样做还远不够呢。又八，给我坐好了！"说着，她自己在地上正襟危坐，又指指大地，让儿子也坐下。

"是。"又八抬了抬肩膀，悄然重新坐好。

二

这个母亲实在可怕。虽然也有超出世上一般母亲的慈爱，可她一下子就搬出先祖，让又八抬不起头来。

"你若有半点隐瞒，我决不饶你。自从你去参加关原合战以后，都做了些什么？仔仔细细地给我说出来，直到我老婆子满意为止。"

"我说。"又八没有隐瞒，把自己与朋友武藏从战场上落荒逃走的事，在伊吹一带潜藏的事，还有被一个叫阿甲的年长女人缠上，同居了好几年的痛苦经历，以及现在痛苦至极等等，一五一十全说了出来，仿佛将胃里腐坏的东西全吐光了，又八的心情轻松了许多。

"唔……"权叔哼了一声。

"真是个不可救药的儿子。"阿杉也咂着舌，"那你现在做什么？看你这身打扮，也像模像样的，难不成做官了，多少领一点俸禄？"

"是。"又八一不留神答应了一声，又怕露馅，连忙改口，"不，没有做官。"

"那你怎么吃饭？"

"刀——靠教点功夫什么的。"

听了这话，阿杉的脸上这才绽开笑容。"哦？你学了功夫啊？虽然过着这样的生活，却还能练功，不愧是我的好儿子……是吧，权叔？终归是我老婆子的儿子。"

权叔想趁此缓和紧张气氛，于是连连点头道："看来又八身上还是有一些先祖的骨血啊。就算一时放荡，可只要不失了先祖的灵魂……"

"那，又八，你在这上方一带，究竟跟谁学的功夫？"

"跟钟卷自斋先生。"

"唔……跟哪个钟卷先生？"

看到两人喜笑颜开，又八想让他们更高兴一些，于是取出怀中的出师证明，只把写有佐佐木小次郎的地方隐去，说道："你看，就是这样的。"说着便在长明灯的灯光下展开，"你看这儿，你看这儿。"他伸出手，却不交给阿杉，"你放心吧，娘。"

"果然如此。"阿杉晃着头，"看到了吧，权叔。有出息！这孩子从小就比武藏之流聪明，而且还有本事。"

阿杉十分满意，口水差点流下来，可又八正卷着卷轴的手忽然一滑，"佐佐木小次郎"几个字映入她眼里。

"慢着，这里写的佐佐木小次郎是怎么回事？"

"这个嘛……这是我的化名。"

"化名？为什么要用化名？你不是有本位田又八这个响当当的名字吗？"

"可是回想一下，我觉得过去的生活并不光彩，为了不玷污先祖的英名……"

"是吗？真是个可依靠的孩子。你大概还什么都不知道吧？我现在就把家里的事原原本本都讲给你听，你给我听好了。"

　　阿杉做了如此开场白后，为了激励儿子，就把后来发生在宫本村的各种事情，以及出于本位田家的立场，自己与权叔不得不离乡追杀阿通与武藏，多年以来一直在为寻找二人行踪而奔走等——虽无意夸张却禁不住夸张地——一把鼻涕一把泪地讲给了儿子。

三

　　又八一直垂着头，被母亲激烈的言辞慑服。在这种时候，他也是一个善良乖巧的孩子。不过，阿杉所讲的重点虽然全都在什么家族的脸面、武士的气概上面，可真正使又八的感情受到强烈打击的并非这些，而是阿通变心了。这是他第一次听到。

　　"娘，这是真的吗？"

　　一看又八的神情，阿杉便坚信是自己的鞭挞使他奋起，于是继续添油加醋："你若不信，可以再问问你权叔。阿通那个贱女人抛弃了你，追着武藏去了。不，如果想得更坏一些，说不定武藏早就知道你短时间内不会回村，就欺骗阿通，把她抢走了。对吧，权叔？"

　　"没错。那个泽庵和尚好不容易才把武藏吊在七宝寺的千年杉上，可他还是借阿通之手逃走了，这对男女绝不是正经关系。"

如此一听，又八不由得恨起武藏来。即便没人挑唆，他就已经对武藏抱有某种反感了，而阿杉的话语更是火上浇油。"你明白吗，又八？我和你权叔背井离乡，寻遍诸国的原因？抢走儿媳的武藏、过河拆桥离开本位田家的阿通，不砍下这二人的头，我老婆子就无颜面对先祖的牌位和父老乡亲。"

　　"我明白了……全明白了。"

　　"你也不要就这样恬不知耻地踏上故土。"

　　"我不回去。我是不会回去的。"

　　"就算豁出命，也要把这对怨敌杀死。"

　　"哎。"

　　"你的回答怎么有气无力？是不是觉得无力斩杀武藏？"

　　"不是的。"

　　权叔也在一旁打气。"不用担心，又八。还有我呢。"

　　"还有我这老婆子。"

　　"把阿通和武藏的人头当作礼物，高高兴兴地拎回故乡。然后再为你寻一房好媳妇，让你风风光光地继承本位田家的家业。只有这样，我们武士的脸面才能保住，四邻八乡的面子才能找回，我们的家统才能不输给吉野乡的任何人。"

　　"又八早就想这样了，对吧，又八？"

　　"是。"

　　"好孩子。你看，连权叔都夸你了。一定要取下武藏和阿通的人头。"

　　至此，阿杉的心情才终于平静。她一直忍受着地面的冰冷，刚要站起身。"啊……疼、疼、疼！"

"老太婆，你怎么了？"

"大概是着凉了吧，腰突然直起来，下腹就一阵绞痛。"

"那可不成，一定是又犯老毛病了。"

又八立刻背过身子。"娘，抱住我。"

"什么？你要背我……要背娘？"阿杉说着搂住又八的肩膀。"他叔，多少年了，又八终于又背起我了。"她喜极而泣。

母亲的热泪淌在肌肤上，又八不由得感到一阵畅快。"叔父，客栈在哪里？"

"现在就去找。哪里都行。走吧。"

"好嘞。"又八一面背起母亲一面迈开脚步，"真轻啊，娘。轻，真轻，比石头还轻。"

美少年

一

这条船上载的大部分是蓝靛和纸张，似乎还有一些法令禁止的烟草藏在船底，尽管是秘密运输，但一闻气味便可知晓。

这是一条每月数次从阿波国往返大坂的便船，与货物一起搭乘的客人十有八九是商人，要么是年底去大坂经商的，要么是返回的。

"怎么样，赚了不少吧？"

"根本没赚到钱。听说堺港那边倒是很景气，什么火枪锻造之类，正愁匠人不够用呢。"

另外一个商人掺和进来："你可是武器的供应商，净搞些什么背旗、甲胄之类的，怎么，不如以前赚得多了？"

"是啊。"

"那些武士的算盘也打得精了。"

"哈哈。从前，野武士们把掠夺品抬来后，我们给重新染一染，再油漆一遍，立刻又卖到战场上去。之后下一场战争来的时候，野武士们再把那些东西采集来，我们再把它们变成新货。如此就像玩杂耍的蹬盆一样循环往复，有赚不完的钱，可如今不行喽。"

商人们谈论的大多是这种怀旧的话题。"在国内，已经不可能赚到大钱喽。看来得像吕宋助左卫门、茶屋助次郎等人那样，孤注一掷，到海外谋财了。"

有人凝望着大海，谈起远方国度的财富，有人则不以为然："虽说也有种种难处，可是从武士的角度来看，我们商人还是活得舒服得多。那些武士连美食为何味都全然不知。至于大名的奢华，在我们商人看来也没什么。一旦有战事，武士就必须身裹铠甲去战场赴死，至于平时，则被那些脸面啊武士道之类束缚，喜欢的事情什么都没法做，也是些可怜之人啊。"

"照这么说，无论世道好坏，还是我们商人最好喽？"

"当然。随心所欲，想干什么就干什么。"

"只要低低头，一切都可以做到。就算郁闷多一些，也会有金钱来弥补。"

"最好是在这世上尽情享乐。"

"因为肯定有人会想说我们为何而生。"

即使在商人之中，这边的人似乎也是中等以上的阶层。铺展在船板上的舶来的毛毡显示着这一阶层的奢华。

仔细观察一下，的确，太阁故去之后，桃山的奢华似乎并未降临武家，而是转移到商人之中了。酒器的奢华、旅具旅装的绚烂、随身物品的精致，即使是一个吝啬的商人，其奢华程度也超过了一千石的武士。

"真有点腻了。"

"好，那就解解闷，开始吧。"

"开始。喂，把那边的帷幕再挂挂。"

于是，众商人便躲在由脱下的窄袖和服连成的帷幕里，让小妾或伙计斟上酒，玩起最近由南蛮船带至日本的"天正骨牌"来。能挽救一个村子饥饿的巨额财富，他们却像儿戏一样推来换去。

在船上的乘客中，商人们只占一成左右，其他的修行者、浪人、儒者、和尚、习武者等人，在他们眼里，便是终日思考"究竟为什么而活着"的人，那些人全都孤零零地躲在行李后的角落里，面无表情地凝望着冬天的大海。

·

二

在表情呆板的人群中有一名少年。"喂，老实待着。"少年靠在捆包上，眺望着冬日的海，膝上抱着一个圆乎乎、毛茸茸的东西。

"多可爱的小猴子啊。"一旁的人凑过来瞅着小猴，"真有灵性。"

"是。"

"一定驯养了很久吧？"

"不，最近才从土佐通往阿波的山中捉到的。"

"捉到的？"

"但当时让老猴群追得我好惨。"

尽管在与对方说话，少年却不抬头，只是把小猴夹在膝间为其捉跳蚤。

他额发上系着紫色的带子，华丽的窄袖和服上裹着绯色罗纱的背心外褂，尽管看起来是个少年，可称之为少年是否合适，却未可知。正如连烟管都出现了"太阁式"并一度流行一样，这种奢华的风俗也是桃山全盛时代的遗风，即使年过二十也不元服，甚至过了二十五六岁还结着童子发型，系着金带，扮出一副清童般的样子，这种风习至今仍十分盛行。

所以，这名少年不能完全以打扮来断定是未成年者。从体型来看，他是一名堂堂壮汉，肤色白皙，丹唇明眸，眉毛浓密，眉端高挑，脸庞十分紧致。

"喂，你怎么还动！"少年说着打了一下小猴子的头，他那专心给小猴子捉跳蚤的样子实在天真。虽然并非老惦记着探讨他的年龄，但倘若综合各种情况做出一个中庸的判断，他也就有十九二十岁。

至于这名美少年的身份，他原本就是旅行装扮，短皮袜上穿着草鞋，虽然浑身上下没有一处特别值得一提的地方，却明显不是藩臣，当属浪人之类。看他坐在这种船上，悠闲自如地混迹于修行者、卖艺人、乞丐般的落魄武士还有脏兮兮的庶民中间，大致就能猜测出来。

不过，虽然是一名浪人，他却带着一件非同凡响的东西。那便是用皮带斜背在绯色外裙上用作阵刀的大太刀。刀没有弯度，像竹竿一样长。

由于刀很大，做工精美，凑到少年身旁的人首先就看到了这口高耸着刀柄的刀。

"不错的刀啊。"祇园藤次在稍远的地方，也是从刚才起就被这口刀吸引的人之一。即使在京城也少见，他想。一看到不错的刀，他就会不由自主地想象，甚至从其主人一直想象到以前的经历。如果有机会，他想与这名美少年搭讪。

周围飘着冬日的雾霭，阳光照射下的淡路岛逐渐远离船尾而去。数百反帆①的大船帆，呼啦呼啦地在船客头上轰鸣，像是有了生命般淹没了浪潮的声音。

三

藤次已厌倦了旅行，轻轻地打了个呵欠。再也没有比冗长无聊的旅行更让人厌腻的东西了，他已经在这条船上连续忍耐了十四日。"也不知信送到了没有？如果送到了，阿甲一定会来大坂的码头迎接的。"他回忆起阿甲的脸，试图慰藉旅途的无聊。

曾在室町将军家的兵法所任职的名门、一直极负盛名

---

①江户时代计量帆船大小的单位。三反帆相当于一个成人所穿的棉布重量。

且家财万贯的吉冈家，到了清十郎这一代，由于生活极尽放纵，如今已耗尽家产，就连四条道场也被抵押出去，或许这个年底就得卖给商人了。

随着年底临近，各方讨债的一齐逼上门来，不知从何时起，欠下的债务竟已到了骇人的程度，即使把拳法的遗产全交出去，只戴着一顶草笠净身出户，也还不清。

这可如何是好？清十郎便与藤次商量起来。"就请交给我吧，我一定会给您好好整理一下。"由于煽动清十郎耗尽家产的一半责任都在藤次身上，他绞尽脑汁，终于想出一个主意——在西洞院西面的空地上建一座吉冈流振武阁。如今武道越发盛行，诸侯都迫切希望得到一流武士。在此情况下，为培养更多的后辈，更应当进一步扩大道场，让流祖的遗业遍及天下，这是遗弟子们理所当然的义务。

于是，藤次便让清十郎写下如此主旨的回文，带在身上，遍访分布在中国、九州、四国等地曾师从吉冈拳法的门徒，以求募集到修建振武阁的款项。上一代拳法培育的弟子有相当一部分在各地的藩里奉公，全都是相当有地位的武士。可是尽管带了募捐信去，结果也未如藤次预想的那样，二话不说便提笔在捐赠簿上记上所捐款项者实在寥寥无几，一般的回复多为"以后以书面的形式"或者"等以后进京时再议"之类。眼下，藤次带回来的钱连预计额的若干分之一都不到。

不过，这又不是自己的事，而且结果如何也早已可想而知。于是从刚才起，藤次就在努力地想象，从师父清十郎联想到久未谋面的阿甲。但即使这种想象也有厌倦的时候，呵欠再次袭来，藤次无聊极了。

令人羡慕的则是一直在为小猴子捉跳蚤的美少年，有这么好的打发无聊的方式。藤次凑过来，终于搭起讪："年轻人，你要去大坂吗？"

美少年的手仍然按在小猴子的头上，他大大的眼睛移向藤次的脸。"是去大坂。"

"家人住在大坂吗？"

"不是。"

"那就是住在阿波喽？"

"也不是。"年轻人十分冷淡，说罢，他再次专心地用手拨开小猴子的毛。

四

实在没有话题，藤次沉默了一下，又夸赞起美少年背上的大太刀来："好刀啊。"

美少年应道："啊，这是家传的。"说着一下子转向藤次，似乎很乐意接受这种夸赞，"这本来是当阵刀用的，我想托大坂的好刀师重新打造成一把佩刀。"

"要做佩刀似乎有点长啊。"

"没错，要打造成三尺长的。"

"那就是长刀喽。"

"如果连这点东西都佩不上……"美少年一笑，露出酒窝，脸上的表情分明显示出他有这样的自信。

"也不是说就不能佩带，即使四尺长也能。只是在实际使用的时候，应用自如才最重要啊。"藤次似乎在告诫美少年，"像门闩一样横着大太刀招摇过市，看上去很风光，可唯独这种人物，在逃跑时只得把刀扛在肩上。请恕在下失礼，贵公所学乃何种流派？"一旦谈起武道，藤次自然无法将这个乳臭未干的小子放在眼里。

美少年朝他妄自尊大的脸上飞快地瞥了一眼，说道："富田流。"

"既是富田流，那应该是小太刀啊。"

"正是小太刀，但也断无学了富田流就必须使用小太刀之理。我讨厌模仿别人，因而背逆师道，潜心钻研大太刀，结果惹怒师父，被逐出师门。"

"人年轻的时候，动不动就会以这种反叛精神为荣。那后来呢？"

"后来就从越前的净教寺村出走，拜访同样是师承富田流，后又创立中条流的钟卷自斋。师父可怜我，许我入门，修行了四年，一直练到连师父都说差不多的地步。"

"毕竟乡野师父容易授予出师证明啊。"

"但自斋师父并非那种人。听说师父授予出师证明的，唯有我的师兄伊藤弥五郎一刀斋一人。于是为了得到证明，我也卧薪尝胆，苦心修炼，可就在这期间，故乡的母亲去世，功败垂成，只好回国。"

"你的故国是……"

"我出生在周防岩国，归国之后也不忘修炼，每天到锦带桥畔杀燕斩柳，独自潜心钻研。这把刀便是母亲临终之际留给我的，说这是家传的刀，要我好生保管。所以我一直将这把'长光刀'带在身上。"

"哦，是长光刀啊？"

"虽然没有铭文，可一直如此流传，这刀在我的故国非常有名，甚至还有一个'晾衣杆'的别名。"

本以为这名美少年沉默寡言，没想到一谈起喜欢的话题，连不曾问到的事情都说了起来，而且一旦开口，竟理都不理对方的神色。仅从这一点，还有刚才他谈到的经历等来看，他的性格显然与长相打扮并不相符，极端自我。

五

美少年停顿了一下，眼眸中映着云的阴翳，沉浸在某种感慨中。"可是那钟卷师父也于去年终其天年，病死了。"少年叨念着，"当时我还在周防，从同门的草薙天鬼那里得到这消息时，不禁对师父感激涕零。一直侍奉在师父病床前的草薙天鬼，本是早我多年入门的师兄，与师父自斋还是叔侄，有血缘关系，可师父却没有把出师证明授给他，而是想起了远在他乡的我。据说师父生前早就写好了证明，一直想见我一面，亲自授给我。"说着，他的眼睛湿润，眼泪几欲夺眶而出。

听了这多愁善感的美少年的述怀，祇园藤次无意与年轻的他共同伤感，不过这总比一个人无聊地打发时间要强一些。"唔，原来如此。"藤次装出一副热心倾听的样子。

于是，美少年仿佛发泄心中的郁结一般继续道："若是当时立刻能赶去就好了。可我在周防，师父在上州的深山里，两地相隔几百里。时不凑巧，我母亲也正好在那前后故去，最终还是没能与师父见上一面。"

船微微摇晃了一下。太阳躲进冬云里后，大海立刻就呈现出灰色，船舷上不时溅起一堆堆冰冷的飞沫。

美少年仍未停下来，继续用他那多愁善感的语气讲述。看来他现在已处理掉故国周防的家产，为了与那个既是师父的侄子又是同门师兄的草薙天鬼会合，才开始了这样的旅行。

"师父什么亲属都没有，就把钱给了侄子天鬼，那是仅存的一点遗产。而对于远在他乡的我，则留下了中条流的出师证明。现在，天鬼正带着证明在诸国修行，我们已经通过书信约好，明年春分那天，我们从两边登上位于上州与周防中间的三河凤来寺山会面，天鬼会在那里将师父的遗物交付与我，在此之前，我想一面修行，一面悠然观赏近畿一带的风景。"似乎终于说完了该说的内容，美少年再次把视线移到藤次身上，"你是去大坂吗？"

"不，京都。"说罢，藤次沉默了一会儿，耳畔全是波涛的声音。

"这么说，你也想以武道立身？"

藤次从刚才起就带着蔑视的眼神，现在的语气也十分索然。最近，到处都有这种狂妄的青年游走，张口便卖弄出师证明之类，藤次十分不屑。他在吉冈门混了近二十年才终于到达这种地步，怎么能忍受天下的高手像蚊子一样多呢？他如此比较起来，心想，这种人将来都怎么糊口呢？他抱着膝盖，凝望着灰色的大海。

这时，美少年又嘟囔了一句："京都？"说着再次把视线投向藤次，"据说吉冈拳法的遗子吉冈清十郎便在京都，如今还是掌门人吗？"

六

只是随意一问，口气就逐渐大了起来，真是个不知天高地厚的小子！藤次恼火地想。不过又一想，这小子也不知道自己便是吉冈门的高徒祇园藤次。倘若知道，一定会大吃一惊，为之前的话而羞愧吧。

藤次想揶揄他一下，便说道："没错，四条的吉冈道场依然兴盛如旧。你造访过吗？"

"我一直在想进京之后无论如何也要与吉冈清十郎比试一下，看看他到底有何种能耐，但还不曾拜访一次。"

"呼……"藤次真想笑。他撇了撇嘴，一脸轻蔑地说道："你有那个自信吗？到那儿能不被打残，活着回来？"

"什么?！"美少年顶了一句。他似乎想说"你这话才奇怪呢"，差点没笑出来。"那里名声很大，所以世人都高估了它。初代的拳法当是一位高人，可无论是现在的主人清十郎，还是其弟传七郎，都没什么了不起的。"

"可不试一下怎么会明白?"

"外面净是诸国习武者的传闻。既然是传闻，当然不可全信，但我倒是经常听说京流吉冈已经完了。"

藤次真想说一句"不要太过分了"。他也想就此报出名来，可是如果此时意气用事，那反倒不是揶揄对方，而是等于受到对方的揶揄了。船到大坂也还要很长时间。"原来是这样。听说各国近来有许多自负之人，自然也就有这种传言了。不过你刚才说过，你在离师回乡期间，也每日到锦带桥畔刀斩飞燕、潜心钻研刀法，对吧?"

"是说过。"

"那么，在这船上，用大太刀将那些不时掠过的海鸟斩落，也不是件难事吧?"

美少年终于明白，藤次的话语中竟含有如此恶意，他立刻死死盯着藤次那浅黑的嘴唇，不一会儿便说道："就是可以，我也不会愚蠢地展示给你看。我知道你很想让我那么做。"

"你若是真有可以藐视京流吉冈的本事……"

"看来毁谤吉冈一事令你很不满意啊。你究竟是吉冈的门人，还是亲友?"

"我什么也不是，但怎么也算是京都人，听到别人说京都吉冈的坏话，总是不舒服。"

"哈哈哈，那只是传闻，并非我说的。"

"年轻人。"

"怎么？"

"你知道'一知半解吃大亏'这句老话吗？为了你的将来，我给你个忠告，倘若把世间诸事看得太简单，就不会有出息。像什么取得中条流的出师证明啊，刀斩飞燕研习刀法啊，这种把别人都当傻子的大牛皮就别吹了。你明白吗，吹牛也要先看看对手再吹！"

七

"你说我吹牛？"美少年追问般顶了一句。

"说了又怎么样？"藤次挺起胸，刻意贴过去，"我是为了你的将来才这么说的。年轻人自夸虽然也有点可爱，可一旦过了头就不好了。从刚才起我就听着有些不对劲，结果你竟越发目中无人，瞎吹起大牛来。告诉你，我便是吉冈清十郎的高徒祇园藤次。以后你若是再说京流吉冈的坏话，我决不轻饶你。"由于周围的船客全都目不转睛地看着，藤次只是挑明了这些权威和立场，又嘟囔了一句："现在的年轻人真是越来越狂妄了。"便独自一人朝船尾走去。

这时，沉默的美少年也跟了去。看来非出点事不可了——出于这种预感，船客们全都盯着二人，当然，他们都离得远远的。

藤次并不想惹事。到大坂之后，阿甲或许就等在码头上。在与女人会面之前，倘若与年轻人打架，既会招来别人的侧目，也会惹来麻烦。他装出不知道的样子，胳膊支在船舷的栏杆上，望着尾舵下翻卷的蓝黑色急流。

"喂。"美少年轻轻拍了拍他的后背，看来也是个相当执拗的人。但美少年情绪并不激动，而是十分平静地说道："喂……藤次先生。"

无法再佯装不知，藤次只好扭过脸来。"什么事？"

"你在人群中说我吹牛弄得我很没面子。既然你刚才就让我试一手，我只好在这里献丑了。请见证一下。"

"我让你试什么了？"

"你不会忘了吧？我刚才说在周防的锦带桥畔斩飞燕练太刀的时候，你嘲笑我，说既然如此，就把频频飞掠过这条船的海鸟斩下来看看，对吧？"

"我是说过。"

"那我若是斩下海鸟了，想必你就会明白，起码在这一件事上，我并没有说谎，对吧？"

"哼！"藤次半带冷笑，"若是打肿脸充胖子，沦为笑柄可就没意思喽。"

"既然这样，请看好了。"

"好，我倒要好好看看。"藤次较劲般应了一句。

美少年站在能铺开二十张榻榻米的船尾中央，踏着船板，把手伸向背负的大太刀晾衣杆刀柄，喊道："藤次先生！

藤次先生！”

藤次从远处翻眼瞅着美少年的架势答道：“什么事？”

美少年竟认真地说道：“不好意思，请把海鸟喊到我面前。无论有多少只，我都斩给你看。”

八

看来，美少年想把一休和尚的机智故事照搬到藤次身上。藤次分明受到了嘲弄，顿时像烈火一样愤怒。“住嘴！如果能随意把翱翔高空的海鸟喊到跟前，那谁都能斩下来。”

美少年答道：“海阔千万里，刀却只有三尺，倘若不来到身边，那我也无法斩下啊。”

早知如此。藤次上前两三步。“不用找借口了。既然做不到，那就老实承认，说做不到就是。”

“不，倘若要认错，我就不会摆出这种架势了。这样吧，我不斩海鸟了，斩另一样东西给你看看，如何？藤次先生，能否再近前五步？”

“什么？”

“我想借你的人头一用，就是你刚才要看看我是否吹牛的人头。与其斩那些无辜的海鸟来证明，倒不如用你的人头更合适。”

“混、混账！”藤次不禁一缩脖子。就在这一瞬间，美少年像弹出的弓弦一样迅速抽出了背上的大刀。啪！一声什么东西被斩裂的声音传来，三尺的长刀快得如同一枚闪光的银针。

"你、你干什么？"藤次一个趔趄，慌忙用手摸摸脖子。头还好好的，也没有其他异状。

"明白了吧？"说罢，美少年往回走去。

藤次面如土色，半天没回过神。只是此时的他仍未注意到，自己五体中最为重要的部分已被斩落。

美少年离去之后，藤次无意间往冬阳照着的暗淡船板上一看，才发现那里落着一团奇怪的东西，分明是毛刷一样的小毛束。他这才恍然大悟，一摸自己的头发，发髻已经没了。

"啊、啊……"他一脸惊恐地摩挲着后脑勺，发根的细绳已经散开，鬓发顿时披散到脸上，"还真敢乱来，这臭小子！"他心头顿时像顶进一根棍子似的愤怒起来。他立刻明白，美少年所说的一切既不是谎言，也不是吹牛。恐怖的技法与年龄太不相称了，他不敢相信居然还有这样的年轻人。

不过，大脑中的惊叹与心里的愤怒完全是两码事。再一瞧，美少年已返回刚才的座位，像是丢了什么东西似的正在环视脚下。藤次自以为找到了一个绝好的机会，于是朝刀柄线上吐了口唾沫，紧紧握住刀柄，弓着腰逼向美少年身后，这一次非把对方的发髻也斩下来不可。

可是，藤次并无自信只将发髻干净利落地斩下来，大概会砍到少年脸上，横着将脑壳切开吧。当然，这样也无妨。

唔！正当他脸憋得通红，屏住气息时，在船舱中部对面，从刚才起就围着窄袖和服做成的帷幕，一掷千金、没命般赌着"天正骨牌"的阿波、堺港和大坂一带的商人们突然叫嚷起来：

"牌不够了！"

"飞到哪儿去了？"

"找找那边。"

"没有，这边也没有。"

众人抖落着毛毡吵嚷。其中一人无意间一仰头。"呀，小猴子！怎么到那儿去了！"那人指着高高的桅杆，突然发疯般喊了起来。

九

果然有只猴子立在至少有三十尺高的桅杆顶端。正巧，其他船客也正无聊透顶。一听到有事，全都立刻抬起头来。

"啊，嘴里正衔着什么东西。"

"是骨牌。"

"哈哈，原来是把有钱人玩的骨牌抢到那儿去了啊。"

"快看，那小猴子还在桅杆上学着翻骨牌的样子呢。"

说话间，一枚骨牌飘飘摇摇地朝人们脸上落下。

"畜生！"堺港的一名商人连忙捡起骨牌，"还不够，应该还拿着三四枚。"

其他同伴也嚷嚷起来：

"谁能从猴子那里把牌抢回来？都没法玩了。"

"谁能爬上去啊，那么高的地方。"

"要是船老大的话，大概能爬上去。"

"那就给点钱，让船老大去取怎么样？"

于是船老大便拿了钱，答应下来。但作为船上的掌权人，他现出一副必须追究此事责任的表情。"诸位船客。"他爬到货物上面，环视着船客说道，"那只小猴子究竟是谁养的，请主人到这儿来吧。"

没有一个船客站出来，但在场的人都知道小猴子的主人是谁。他们的目光不约而同地投向了那名美少年。

船老大应该也知道，因此自然十分恼火。他越发厉声说道："没有主人吗？若是没有主人更好，那就由我来处置了，到时候可别怪我啊。"

当然不是没有主人。美少年倚在货物上，似乎在思考着什么。

"真是厚颜无耻。"人们悄悄议论起来，船老大也瞪着美少年。被妨碍了赌博的有钱人们立刻嚷嚷着毁谤起来，什么厚脸皮、哑巴、聋子之类，不绝于耳。美少年却只是微微打开膝盖重新坐好，一动不动，一副事不关己的样子。

"看来海上也住着猴子啊，没有主人的猴子闯了进来。既然是无人认领的畜生，那就可以任意处置了。诸位，我船老大如此事先声明了，仍没有人出来认领。为防有人事后以耳朵聋或者没听见等为由捣乱，能不能给做个证？"

"当然能！我们给你做证！"那些商人气愤地嚷着。

于是，船老大走下通往船底的踏板梯。当他上来时，手里已拿着点上火的火绳和种子岛火枪，一脸愤怒。

人们再次把视线投向美少年，看这个年轻的猴主人如何应对。

十

悠闲自在的，则是上面的小猴子。只见它在风中看着骨牌，仿佛有意戏弄人类。突然，它龇着白牙，"吱、吱、吱"地叫了起来，一会儿在帆的横木上跑来跑去，一会儿又跳上桅杆顶端，一下子显得狼狈起来。

桅杆下，船老大把种子岛火枪指向半空，瞄准小猴子，火绳正哧哧地冒着烟。

"活该，让你慌张！"一个醉醺醺的人说道。

"嘘……"堺港的商人忙扯扯他的袖子。因为此时，一直像哑巴一样看着别处的美少年忽然站了起来，朝这边喊道："船老大！"

这一次，装聋的倒成了船老大。火绳已经点燃，桅杆上的小猴子危在旦夕。

"啊！"只听轰的一声，枪声向对面弹去。眨眼间，枪筒已被美少年握在手中。船客们顿时捂住耳朵趴下。接着扑通一声，火枪飞过他们头顶，被扔到了船外的旋流之中。

"你、你干什么！"船老大不由得怒吼起来。他一下子

84

跳起来，却只够到美少年胸前。无论个子还是块头，美少年显然更魁伟健壮，即使健硕的船老大也不能与他相比。

"我还想问你到底要干什么呢？你刚才是想用远射武器击落那只天真可爱的小猴子吧？"

"没错。"

"太不像话了。"

"为什么？我早已提前打了招呼。"

"怎么打的招呼？"

"你是没长眼睛啊，还是没长耳朵？"

"住口！怎么说我也是客人，堂堂武士。你区区一个船员就敢站得比客人还高，还在客人的头顶呼来喊去，你觉得我会搭理你吗？"

"你休想逃避责任。此前我已数次声明，就算你对我的方式不满意，为什么在我站出来之前，你对猴子给那边的客官带来的困扰不闻不问，佯装不知？"

"那边的客官，哦，你说的是赌博的那伙商人吧？"

"不要口出狂言。那些客人比起一般的客人，可是多付了三倍的船钱呢。"

"那就更是可恶的商人了。在人群中公然赌博，任意霸占座位，在船上猖狂至极，实在不讨人喜欢。就算小猴子偷走骨牌，那也不是我指使的，它顶多是在模仿那些家伙而已，断无让我来致歉之理。"

说话间，美少年还将那血气方刚的脸转向远处缩成一团的堺港和大坂的商人们，送上满是嘲讽的微笑。

忘情贝

一

波涛阵阵的暮色中，木津川港红色的灯火在闪烁，空气中似乎有着一股鱼腥味。已经接近陆地，渐渐能听到陆地上的吵嚷声了。扑通，随着溅起的雪白飞沫，锚被抛进水中，缆绳也被抛了出去。跳板刚一搭好，聚集在码头迎接的灯笼顿时形成一片浪潮，朝船旁涌来。

"我们是柏屋的，请问——"

"住吉神社神主的令郎，在不在这船上？"

"有信使吗？"

"客官——"

那名美少年也在拥挤之中走下船。一看到他肩上顶着小猴子的身影，客栈拉客的两三个伙计便围了过去。

"喂喂，猴子的住宿费就给您免了，去我们那儿吧。"

"我们客栈就在住吉神社门前，参拜方便，还有景致上佳的雅间。"

可美少年理都不理，但似乎也没有熟人来接他。只见他肩扛着小猴子，最先从码头上消失了。

"傲慢的家伙！仗着会一点功夫，有什么了不起的！"

"都是因为那臭小子，弄得我们在船上半天都很扫兴。"

"倘若我等不是商人，决不会让他就那样轻易下船。"

"算了算了，不就是个武士吗？他爱怎么威风就怎么威风，显摆一下不就没事了吗？无所谓。我们商人，向来是宁可将鲜花送给别人，也要吃果实的人，像今天这种不快就由他去吧。"

一面议论一面带着很多行李下船的便是堺港和大阪的商人们。他们一下船便被无数的迎接者用灯笼和马车之类围了起来，每个人身边都围着几个女人。

祗园藤次是最后一个悄悄上岸的。他的表情难以形容。若是用不愉快来形容，他这一生中一定再也没有比今天更不愉快的日子了。虽然被斩去发髻的头上戴着头巾，可无论眉间还是唇角都十分黯然。

"喂……在这儿呢，藤次先生。"这时，一个女人一看见他的身影便喊道。这个女人也戴着头巾，站在码头上，任风吹打的脸已经因寒冷而僵硬，暴露年龄的皱纹跃然在香粉之上。

"阿、阿甲啊？你早就来了？"

"亏你还说得出来，明明是你给我写信，让我早点来接你嘛。"

"可我刚才还在想你能否赶得过来呢。"

"你怎么了，怎么有点精神恍惚啊。"

"没什么，可能是有点晕船……总之，先去住吉找一家好客栈吧。"

"我早就备好马车了。"

"太感谢了。连住的地方也订好了。"

"大家都等不及了。"

"哎？"藤次十分意外，问道，"喂，阿甲，你先等等。你怎么就不明白，我的意思是你我碰头之后，就独自找一个幽静的地方，悠然地快活两三天啊？你说的大家究竟指的是谁？"

二

"不坐，我不坐。"祇园藤次拒绝乘坐接他的马车，愤怒地朝前方走去。阿甲刚要开口，他一句"浑蛋"堵回去，一句也不让说。阿甲告知的新情况，加之在船中积攒的郁闷，终于导致了此刻的爆发。"我说了一个人住！什么马车，都给我赶走！这算什么啊，连人的心思都看不懂，浑蛋！愚蠢！"他拂袖而去。

河前的卖鱼市场已经关门，鱼鳞像撒落的贝壳一样，在昏暗的门前熠熠闪光。走到这里，人影逐渐稀疏。

阿甲抱住藤次。"别闹了，成何体统。"

"闪开！"

"倘若一个人住，他们会怀疑的。"

"他们爱怎样就怎样。"

"别这么说嘛。"阿甲那涂着香粉、带着发香的冰冷脸颊向藤次脸上贴去。藤次稍微从旅途的孤独中恢复过来。"求你了。"

"我太失望了。"

"我也知道。但我们二人还会有好机会的。"

"我是一直抱着这种希望过来的，哪怕在大坂只过两三天的二人世界也好。"

"我知道。"

"那为何还把别人拽来？一定是你没怎么想我吧，不像我想你那样。"藤次责备道。

"你又扯那些……"阿甲现出怨恨的眼神，一副欲哭的样子。她是如此辩白的：接到藤次的书信之后，她当然打算自己一人来接。可不巧的是，吉冈清十郎也于那一日带了六七名门人到蓬之寮饮酒，无意间从朱实口中听说了此事，便说"既然藤次要去大坂，那我也去迎他一下吧"，而那些爱起哄的门人也连连"朱实也去，朱实也去"地撺掇，阿甲无法不同意，于是一行十多人就在住吉的客栈住下了。趁着大家都在玩，她就带着马车来迎接了。

这么做听上去也是不得已，藤次郁闷至极。今天可真是倒霉，净遇上不愉快的事。最重要的是，刚踏上陆地，他就要被清十郎和师兄弟们追问旅途的情形，真是痛苦。不，更痛苦的是摘掉头巾一事。该怎么说好呢？他为没了发髻的头痛苦不已。他也有武士的脸面，若是人所不知的丑事，面子丢了也就丢了，可这耻辱却是瞒不住众人的奇耻大辱。

"那还有什么办法……反正要去住吉，去把马车叫过来吧。"

"你愿意坐了？"阿甲再次朝码头跑去。

三

这天傍晚，出去迎接藤次的阿甲还没有回来。一行人沐浴之后，松松垮垮地穿着棉袍，议论道："不一会儿藤次和阿甲就到了，但在此期间光这么等着也很无聊。"于是，边饮边等自然就成了这一行人的最终选择。

作为藤次到来之前的消遣而喝点酒，当然没什么不妥，不过一喝起来，众人不知不觉间便东倒西歪，杯盘狼藉，早已把藤次的事抛在了脑后，犯起老毛病：

"住吉有没有歌女啊？"

"叫三四个漂亮的过来如何，诸位？"

一行人中没有一人现出"不行，无聊"之类的表情，只是多少有些顾忌吉冈清十郎的脸色。

"小师父有朱实陪在身边呢，还是请您移到其他的房间去吧。"

真是些不要脸的家伙，清十郎面露苦笑。不过，这倒也是自己希望的。与其跟这些人饮酒，还不如到一个有被炉的房间，与朱实面对面地欣享人生美好。

"这下子自由喽。"清十郎走后，门人便怪叫起来。不久，人称"十三间川名媛"的奇异歌女便带着笛子、三味线等古老乐器来到庭院里，问道："你们究竟是在打架，还是饮酒呢？"

一个酩酊大醉者嚷道："浑蛋，你见过有花钱打架的家伙吗？叫你来，就是为了喝酒助兴的。"

"那，能否请你们少安毋躁？"歌女三言两语，巧妙地安抚了他们的情绪，"那就唱了。"

于是，众人收起满是腿毛的双腿，直起东倒西歪的身子。正当歌曲渐入高潮之际，年轻婢女前来禀报："客官大人已乘船抵达，现在已与同伴赶到了这里。"

"什么、什么来了？"

"说是藤次。"

众人继续饮酒作乐，阿甲与藤次一脸惊讶地站在房间门口，似乎没有一个人关注他们。藤次甚至怀疑这些人究竟为何在年底到住吉来。虽然阿甲解释说是来迎接他的，可哪里有人像是来迎接他的样子？藤次顿时火起，叫住婢女。"喂。"

"是。"

"小师父究竟在哪里？去小师父的房间。"他准备返回走廊。

"哟，师兄回来了。大家都在等你呢，你却在半路与阿甲好上了，你这师兄可真不像话。"醉汉站起来，搂住藤次的脖子，满嘴难闻的臭气。藤次想走，可醉汉硬是把他拽进房间。醉汉一不留神一脚踩在桌子上，两人顿时一起摔倒在地。

"啊，头巾！"藤次慌忙去捂，可已经迟了。就在滑倒的一瞬间，醉汉已经抓着他的头巾朝后面倒去。

四

"咦？"仿佛被一种奇异的现象惊醒，满座的眼睛全都汇集到藤次没了发髻的头上。

"你那头是怎么搞的？"

"呵呵，好奇怪的头发啊。"

"怎么回事？"

在众人肆无忌惮的凝视下，藤次顿时面红耳赤，连忙重新戴上头巾。"那个，长了个瘤子。"他含糊其词。

"哈哈哈！"众人顿时笑翻了天，"你的旅行礼物就是那瘤子啊。"

众人接连开起玩笑，谁也不相信藤次的说辞。当晚众人喝得很是痛快。

一到次日，大家便像换了个人似的，来到客栈后面的海边，仿佛在议论天下大事般议论起来："真是岂有此理！"一行人群情激昂，摩拳擦掌，在长着小松树的沙地上盘腿坐下。

"你那话，是真的？"

"我亲耳听到的。你觉得我会说谎吗？"

"别、别生气。生气又能管什么用？"

"不管用也不能就这么容忍下去啊。既然损坏了统领天下的吉冈道场的名誉，断不可就这样置若罔闻。"

"不这样又能怎么样？"

"即使现在下手也还不迟。我们一定要把那个带着小猴子满街跑还留着额发的修行武者找出来！无论如何也要找出来！然后把他的发髻也砍下来，不光为祇园藤次雪耻，更要为吉冈道场正名。你们有异议吗？"

说得诙谐一点，昨晚的醉汉今天一下子变得像龙一样狂啸不止，慷慨激昂。若问为何出现如此变化，原来今晨他们特意命客栈烧好洗澡水，准备一洗宿醉的脂汗时，遇到了几个入浴的客人，乃是堺港的商人。他们说昨日从阿波到大坂的便船中发生了一件有趣之事，当谈及那个带着小猴子的美少年斩落祇园藤次的发髻时，还像模像样地手脚并用比画起来，表情极其夸张——听说被斩掉发髻的那个武士竟是京都吉冈道场的高徒呢，倘若连这样的人都算是高徒，那吉冈道场也一定是徒有其名喽。入浴期间，商人们一直在十分好奇地谈论不休。

众人的激愤便始自这里。真是个丢脸的师兄！及至要揪来祇园藤次责问时，才知道藤次今晨对吉冈清十郎说了些什么，吃完早饭后，便与阿甲先回了京都。

看来传言肯定是真的。去追赶那没出息的师兄也无用，虽然不知那个带着猴子的额发男是何方神圣，但无论如何也要抓住他，好好地洗刷一下吉冈道场的污名。

"有异议吗？"

"当然没有。"

"那就好。"

商量好行动计划之后，一行人掸了掸裙裤上的沙子，站起身来。

五

放眼望去，住吉浦湾的层层波浪，仿佛串在一起的白蔷薇。岩石散出的气息在太阳的照耀下蒸腾，简直使人忘记了冬天。朱实挽起裤脚，露出白皙的小腿，一会儿与波浪嬉戏，一会儿不断地捡东西，捡起来看看后又扔掉。

似乎发生了什么事情，远处吉冈的门人奔向四方，个个手按刀柄。

"咦，怎么回事？"朱实站在海滩上，瞪大眼睛望着他们。最后一个门人正从她身边跑过，她便打了个招呼："你去哪里？"

"哦，是朱实啊。"对方停住脚步，"你也跟我一起去找吧，其他人也都分头去搜寻了。"

"去找什么？"

"一个带着猴子还留着额发的年轻武士。"

"那个人怎么了？"

"出事了。如果坐视不理，就会连累到清十郎师父的名誉。"门人把祇园藤次留下的那件荒唐的"临别礼物"告诉了朱实，朱实却根本不感兴趣，告诫般说道："原来你们每天净找茬打斗啊。"

"并非我们好斗。如果一声不吭地放过那小子，那统领天下的京流吉冈的名誉就要受损了。"

"受损就受损呗。"

"你胡说些什么?！"

"你们男人啊，整天就靠着寻找刺激来打发日子。"

"对了，你刚才在那儿找什么呢？"

"我？"朱实的目光落在脚下美丽的沙滩上，"我在找贝壳。"

"贝壳？看看，还是女人打发日子的方式更无聊吧？不就是贝壳嘛，根本用不着找，到处都有，就像天上的星星那么多。"

"我找的可不是普通的贝壳。我找的是忘情贝。"

"忘情贝？有那样的贝壳吗？"

"别的海滩上没有，听说只有住吉的海边有。"

"根本就没有。"

"有！"

两人争论起来。于是朱实说道："你若不相信，我给你证据看看，你到这边来一下。"说着，她硬是把那人拽到不远处的松树下，指向一块石碑。门人一看，上面刻着《新敕选集》中的一首古和歌："闲来去海边，寻找贝壳去。因闻住吉岸，有种忘情贝。"

朱实自豪地说道："怎么样，你还敢说没有？"

"这只是传说嘛。不值一提的诗歌，是骗人的。"

"这住吉还有忘情水、忘情草等东西呢。"

"那好，就算是有吧。可是它究竟有什么魔法呢？"

"只要把忘情贝藏在腰带或袖子里，不管什么事，都可以忘记。"

"你想变得更健忘一些？"

"嗯，我想忘记一切，却怎么也无法忘记，夜不能寐，白天也痛苦，所以我想找到忘情贝。你也帮我一起找吧。"

"那怎么行呢。"像是忽然想起了什么，那门人立刻改变了方向，朝某处奔去。

六

真想忘记。朱实一痛苦起来就如此想，可是……又不想忘记。朱实捂着胸口，站在矛盾的路口。倘若真有忘情贝这种东西，她倒想先偷偷地放进清十郎的袖子，让他先把她忘记。朱实叹息着想道。

"真是个纠缠之人……"

光是想想，朱实就觉得堵得慌，甚至觉得清十郎是为了诅咒自己的青春才活着。

面对清十郎执着的求爱，心情痛苦的时候，她内心的一角就会想起武藏。武藏成了她的救命稻草，却也一直折磨着她。她真想拼命从现在的境遇中解脱，从现实钻到梦境里。

"可是……"朱实好几次都犹豫了。虽然已不能自拔，可武藏的心情如何还不清楚。"啊，索性把这一切都忘了吧。"蔚蓝的大海忽然变成了一种诱惑。朱实一望起海就害怕自己做出什么傻事，她总觉得自己会在突然间毫不犹豫地跳进去。

不过，对于自己爱慕武藏一事，她的养母阿甲大概不会知道，清十郎也不会察觉。但凡与朱实相处过的人，都以为这个姑娘无比快活，是个疯丫头，都以为她是那种还未到接受男性爱情程度的、情窦未开的少女。

其实，朱实在心底早把那些男人和养母当成了陌路人，什么样的玩笑都能开。尽管总是摇晃着挂着铃铛的袖子，像个撒娇的孩子一样蹦来跳去，可一到独处的时候，她就像春天里散发着热气的青草一样长吁短叹。

"小姐，小姐，先生一直在找您呢，担心您不知去了哪里。"说话的是客栈的男仆。在石碑旁边发现朱实的身影后，他说着走了过来。

朱实回去一看，清十郎正独自一人待在静寂无声的寒冷客房内，手伸在盖着绯色被子的被炉里，孤零零地发呆。

一看到朱实，他便问道："你去哪儿了？天这么冷。"

"一点都不冷。海边可是阳光正好呢。"

"干什么去了？"

"捡贝壳去了。"

"真像个孩子。"

"人家本来就是个孩子嘛。"

"你知道过了年你就有多大了？"

"无论多大，我都宁愿是一个孩子……不好吗？"

"不好。你也该为你娘着想。"

"我娘？她什么时候为我考虑过？她自己都还觉得年轻呢。"

"来，到被炉这边暖和暖和。"

"被炉？烘得人头昏脑涨的，我不喜欢……我还没那么老呢。"

"朱实。"清十郎一把抓住她的手腕，拉到膝前，"今天好像一个人都没有啊，连你娘也识趣地先回京都了……"

七

朱实忽然看到清十郎那激情燃烧的眼睛，身体一下子僵住了，不由自主地退缩。可是清十郎却怎么也不放开她的手腕，攥得她生疼。

"为什么要逃？"清十郎青筋暴起，责问道。

"我没有逃。"

"今天大家都出去了，再也没有这么好的机会了。对吧，朱实？"

"干什么?!"

"说话不要那么凶嘛。与你相识也快有一年了，我的心情你应该明白，阿甲也早就答应了。你那养母说你之所以不从我，都怪我没本事，所以今天我就……"

"不行！"朱实突然低下头，"请放手。放开。"

"我就是不放。"

"不行，不行，不行。"

手腕简直像被拧断似的红了起来，可清十郎还是不放手。一旦京八流的功夫用在这种场合，无论朱实如何挣脱都没用。而且今天的清十郎看起来也与平常有些不一样。平时他都是暴饮之后才来纠缠，可今天却没有一点酒气，脸色苍白。

"朱实，你都把我逼到这份上了，难道还想让我丢丑？"

"我不管。"朱实愤怒起来，"我可要大声喊了。你若再不放手，我就把众人都喊来。"

"你喊啊！这里远离主屋，而且我早已打过招呼，谁也不许来。"

"我要回去。"

"我偏不让你回去。"

"这又不是你的身体。"

"胡、胡说！你去问问你的养母，我给她的钱早够你的卖身钱了。"

"就算她把我卖了，我也不会出卖自己。我就是死也不会答应我讨厌的男人。"

"什么？"

清十郎用绯色的被子捂住了朱实的脸。朱实发出撕心裂肺的叫声。可任凭她怎么喊，也没有一个人前来。

微弱的阳光洒落下来，松影若无其事地在隔扇上摇曳，外面是无比静寂的冬日。

唧唧，唧唧，不知何处传来小鸟可爱的叫声，祥和的一切让人怎么也不会想到人的残暴。

不久，"哇"的一声，拉门里传来朱实号啕大哭的声音。接着又一下子沉寂下来，感觉不到一点声音和动静。突然，清十郎铁青着脸，捂着被抓得血淋淋的左手背出现在隔扇外面，几乎同时，隔扇哗啦一声被打开，朱实向外面跑去。

"啊！"清十郎身子一欠，捂着用手巾裹起来的手，眼睁睁地望着她远去，连抓住她的机会都没有。她凌乱的身影已发疯般朝远处飞去。

尽管有些不安，可清十郎并没有追过去。看到朱实是从庭院跑进客栈的一个房间躲藏，清十郎安下心来，一种满足感同时充满了全身，他露出一丝微笑。

无常

一

"我说，权叔。你不累吗？"

"有点。"

"是吧，我老婆子今天也有些累了。但到底是住吉的神社啊，真是宏伟。呵呵，难道这就是人称若宫八幡秘木的橘树？"

"看来是。"

"传说神功皇后渡海到三韩的时候，八十船贡品当中，第一船贡品就是这个。"

"老太婆，神社马棚里的马可都是些好马。倘若去参加加茂的赛马会，不得第一才怪呢。"

"唔，是月毛驹吧。"

"还有牌子呢。"

"看看上面写的什么。将这种饲料豆煎了喂马，能止夜闹和磨牙呢。权叔，你最好也吃点。"

"你胡说些什么。"权叔笑着扭过头来,"咦,又八呢?"

"真是,又八这孩子又跑到哪里去了。"

"啊,正在那边的神乐殿下休息呢。"

"又八,又八——"阿杉招着手喊道,"你往那边走,不就又返回之前的大鸟居了吗?往高灯笼这边走。"

又八慢吞吞地走过来。每天与阿杉和权叔四处奔走,他已经快忍无可忍了。倘若只是五天十日的游山玩水,他尚且还能忍耐,可一想到在找到仇敌武藏并杀掉他之前要经历的漫长之旅,他就不由得郁闷起来。

他也曾经试着提议说三个人凑在一起天天这样走也没用,不如分头寻找武藏。可母亲说:"马上就要过年了,咱们母子俩也好久没有在一起喝屠苏酒了。这人啊,不一定什么时候就会离开尘世呢,所以至少今年的新年跟娘一起过吧。"

既然母亲都这么说了,又八也无可奈何,便打算过了元日或初二后再分手。可是也不知阿杉和权叔是觉得时日无多,还是有了佛性,一看到神社佛阁便要一一参拜,捐献香资,久久祈愿。今日也是如此,光是在这住吉的神社就几乎浪费了一天。

"还不快过来。"一看到又八那磨磨蹭蹭、噘嘴耷脸的样子,阿杉就像年轻人一样着急。

"站着说话不腰疼。"又八顶了一句,丝毫没有加快脚步,"让人等的时候,一等就是半天。"

"你胡说些什么呢,这孩子。来到神灵的宝地祈祷是理所当然的事。从没看见过你双手合十拜过神佛，就你这点度量，将来能有什么出息。"

又八把脸扭到一边。"别唠叨了。"

阿杉一听，又责备道："你说谁唠叨？"

最初的两三天里母子俩的感情十分融洽，可随着时间久了，又八逢事便与母亲顶撞，不把母亲放在眼里。因此每次回到客栈，阿杉都让儿子坐在面前，连夜教训。

眼看又要在这里翻脸，一旦听任母子争吵那就麻烦了，权叔连忙劝道"算了算了"，将他们劝开。

二

这对母子可真让人头疼，权叔想。怎么也得想个法子哄哄阿杉，平息一下又八的怨气才行。他边走边琢磨。

"真香啊，海边的茶屋在卖烤蛤蜊呢。老太婆，去喝上两杯如何？"那是在石灯笼附近的一家挂着苇帘的茶屋。权叔招呼着满脸不悦的两人。

"有酒吗？"他率先进去，接着又宽慰道，"又八想开点，老太婆也别太执拗了。"说着，他拿出酒杯。

"我不想喝。"阿杉把脸扭向一边。

权叔只好将酒杯推给又八。"来，又八。"

又八沉着脸，二话不说就喝完了三杯，分明对母亲很不满意。"喂，再来一杯。"他将权叔撂在一边，准备喝第四杯。

"行了，没谱！"阿杉骂道，"你以为这次旅行是出来游山玩水、饮酒品茶的？权叔也没有个分寸，都多大年纪了，还跟又八一样，没有长进。"

挨了训斥的权叔，脸红得仿佛喝多了似的。他只好附和"对，没错"，便慢吞吞地朝檐前走去。

之后，两人似乎又开始相互指责起来。阿杉再次揪住又八谆谆训诫。这位刚烈而又脆弱的母亲心中充满痛苦和爱，一旦被儿子唤醒说教的本能，就怎么也无法等到回客栈。不管有无他人在场，她都毫不顾忌。

又八则怒目而视，坚决反抗。等母亲全说完之后，又八主动说："那么归根结底，娘难道认定儿子是个没有骨气的胆小鬼，是个不敬不孝之人喽？"

"难道不是吗？迄今为止，你做的哪件事有一点骨气了？"

"就连我都没有小瞧自己，娘你凭什么就知道？"

"我怎么会不知道？知子莫若母。怎么生了你这么个儿子，本位田家真是倒了大霉了。"

"别说了！你好好瞧着，我现在还年轻。老太婆，你就胡闹吧，到时候可别在地底下后悔。"

"噢，那种后悔我倒是真想体验体验啊。只是恐怕等上一百年也指望不上了，想来真是可叹。"

"好，既然是如此不成器的儿子，有没有都一样，那我还待在这里干什么！"又八愤然起身，大步朝远处走去。

阿杉慌了。"喂，喂——"她颤抖着声音想喊住又八，可是又八连头也不回。

本该帮她拦下又八的权叔也不知漫不经心地望着什么，面朝大海，瞪着眼睛一动不动。

阿杉又坐回凳子上。"权叔，别拦他，不用拦他。"

三

"老太婆。"听到阿杉的话语，权叔应了一声回过头来，可是说的话却出乎阿杉的预料。

"那个女人怎么不对劲啊？你先等等。"话音未落，权叔就把斗笠扔到茶屋檐前，像离弦的箭一样朝着大海跑去。

阿杉一惊。"傻瓜，你去哪儿啊，还有这闲心！又八——"她刚跟着权叔跑了十间远，脚便被海草绊住，一下子跌倒在地。"混、混账！"她爬起来，脸上肩上全是沙子。接着，搜寻权叔身影的愤怒的眼睛突然放大。"混账、混账！"她连连呼喊，"疯了？去哪里啊？权叔——"她像发了疯一样，面无血色地朝权叔奔向的大海跑去。

抬头一看，权叔已经跳入海里。那一带还是极平坦的浅滩，海水只没到小腿而已。权叔正拼命地朝远海冲去，溅起的飞沫包围着他飞奔的身影，泛起一团雪白的水雾。

在权叔前方，还有一个女人也在拼命地朝大海深处跑去。权叔发现女人的时候，女人还伫立在松树的树荫里凝望着碧蓝的海。可是当权叔"啊"地一愣，那披散着黑发的身影已经溅起团团飞沫，径直朝海里冲去。

不过，正如前面说的，这片海滨一直到五六町远的地方都很浅，即使是跑在前面的女人，水也只没到腿的一半。女人四周全是白色的水雾，红色的袖子衬里和绣有金线的腰带熠熠闪光，宛如平敦盛沉驹而去。

"姑娘！姑娘！喂！"终于追上那女人，权叔刚要呼喊，大概海岸从这里陡然下降，咕咚一声，女人的身影突然隐没到巨大的波纹下面。"哎，有什么想不开的，非要寻死不可。"同时，权叔也沉了下去。

海岸边，阿杉则沿着海滩跑来跑去。眼看着女人与权叔的身影随着飞沫消失不见，阿杉大喊起来："哎哟，哎哟，不赶紧去救就来不及了！两个人就都死了啊！"她责怪地叫喊着，"快，快去救人啊！渔夫，渔夫！"她连滚带爬，连挥手带比画，好像自己溺了水一样。

四

"是殉情？"

"不会吧……"

前来施救的渔夫们望着横躺在沙滩上的两个人，纷纷笑了。权叔紧紧地抓着年轻女子的腰带，两个人都没了气息。年轻女人虽然发根散开，头发凌乱，可脸上仍像活着一样涂着香粉和口红，发紫的嘴唇像是在笑。

"这个女人我见过。"

"这不是刚才还在海边捡贝壳的那个女人吗？"

"对，是住在那边客栈的女人。"

已经用不着去那儿报信了。对面跑来的四五个人似乎就是那家客栈的，其中还夹杂着吉冈清十郎的脸。气喘吁吁跑来的清十郎一看，顿时脸色苍白。"啊，朱实！"

"武士，是你的同伴吗？"

"对，对。"

"快，快让她把水吐出来。"

"有、有用吗？"

"都什么时候了，还有空说这个。"渔夫们将权叔和朱实二人分开，又是捶背，又是按压胸口。

朱实立刻就恢复了呼吸。清十郎让客栈的人背起她，从众人的目光中逃也似的返回了客栈。

"权叔哟……权叔哟……"阿杉把脸贴在权叔的耳朵上一直哭个不停。尽管年轻的朱实苏醒了，可权叔由于身体老迈，又喝了点酒，看来已经气绝身亡，无论阿杉如何呼唤也无法再睁开眼睛。

用尽一切手段的渔夫们也摇摇头，束手无策。"看来这老人是不行了。"

一听这话，阿杉不再流泪，冲着那些前来帮忙的人撒起泼来："什么不行了?！那个女人都救活了，就唯独没有办法救活这个人吗？"她吃人般气势汹汹地推开那些伸出援手的人，"我老婆子非救过来给你们看看不可！"然后她开始拼命用所有办法施救。

她那专心致志的样子，光是看看就不禁使人流泪，可是，她对帮忙的人却像对用人一样颐指气使，又是嫌人家按压的方法不对，又是说那样做没用，又是指挥生火拿药等等，责骂个不停，弄得那些渔夫十分生气："什么啊，这个臭老太婆！""死去的人和昏迷的人不一样。若是能救活，你救活给我们看看。"

渔夫们喊喊喳喳嘀咕了一阵子，不知何时已四处散去。时间已是黄昏时分，薄霭笼罩着的远处海面微微地洒下落日的余晖。阿杉仍未死心，她在沙滩上燃起篝火，把权叔抱到火堆旁。

"喂，权叔……权叔……"

火光暗淡下来。无论怎么添柴，权叔的身体也不会温暖过来了。可是阿杉似乎仍坚信权叔会忽然开口说话，于是她又是嚼碎药喂给权叔，又是抱起他拼命摇晃。

"你快睁开眼睛，张开嘴说句话吧……天哪，这到底是怎么了，你怎么就撇下我老婆子一个人先走了呢。我们既没有杀死武藏，也还没处决阿通那个贱女人，你就……"

旧约

一

伴随着波涛和松林摇曳声，夜幕徐徐降临。隔扇内，朱实正在昏睡。她头一沾枕头就立刻发起烧来，频频呓语。

吉冈清十郎寂然坐在一旁，脸色比枕头上的朱实还要苍白。看到遭自己蹂躏的花如此痛苦，他一直自责地垂着头。看来，他内心也苦闷不已。用野兽般的暴力将这名开朗少女当成满足自己本能的饵食的人是他，一直待在枕边，不断担心着一度失去了生命的少女的呼吸和脉搏，沉闷地忍受着良心谴责的，也是他。

短短一日之内，竟表现出了两个矛盾的自我。

清十郎为此叹息，又无可奈何地紧皱眉毛、紧咬嘴唇，看起来既沉痛又惭愧。

"想开些，朱实。不光我这样，男人都会这么做……将来你终会理解我。我的爱过于热烈，才把你吓着了吧？"不知是说给朱实听，还是为了安慰自己，清十郎坐在枕边动情地反复絮叨着。

房间内阴惨惨的，仿佛泼了墨一样。朱实那白皙的手不时从被子里滑落到外面。给她盖上，她却再次厌恶地扯开。

"今天是何日？"

"哎？"

"再过……几天……新年？"

"只剩七天了。新年之前你一定会痊愈的，那之前咱们就回京都。"清十郎把脸凑过去。

"讨厌！"突然，朱实似乎要哭出来一样，一个耳光朝自己上方的脸打去，骂道，"滚开！"发疯般的声音顿时不断地从唇中发泄出来，"你是禽兽！看见你就讨厌！"

"朱实，你宽恕我吧。"

"别烦我，别烦我，别烦我！"朱实白皙的手拼命地在黑暗中挥舞。清十郎大气不敢喘，痛苦地凝视着她。

刚刚平静一点，朱实又问道："今天是何日？新年还没到？"

"……"

"武藏先生早就说了，从正月初一到初七，他每天都会去五条大桥。我盼望已久的正月……啊，真想快点回到京都。去五条大桥，就能看到武藏先生了。"

"武藏？你说的武藏，是那个宫本武藏吗？"清十郎一惊，凑过脸去。朱实却不再回答，苍白的眼帘已昏昏闭上。

干枯的松叶簌簌地敲打着微明的隔扇。不知何处传来马的嘶鸣，接着，便有灯火映在拉窗上。在客栈婢女的引导下，一位客人走了进来。"原来小师父在这里啊。"

二

"谁啊？清十郎确实在此。"清十郎立刻关上拉门，一副若无其事的样子问道。

"植田良平。"一身旅行装扮的男人风尘仆仆，推开隔扇径直坐进来。

"哦，是植田啊。"他来这里干什么呢？清十郎纳闷起来。植田良平是吉冈家的高徒之一，与祇园藤次、南保余一兵卫、御池十郎左卫门、小桥藏人和太田黑兵助等大弟子共称"吉冈十剑"。此次的短暂旅行，清十郎当然没有将这些股肱弟子带来。植田良平是留在四条道场的弟子之一。但见他一身骑马旅行装束，脸色大变，看来是出了急事。虽然自己外出期间肯定有不少重要的事，可是能让良平快马加鞭赶来，肯定不是年底被逼债之类的事情。

"什么事？怎么在我外出期间出来了？"

"由于必须要请小师父火速赶回，请恕徒儿失礼直说了。咦？"植田良平把手伸进怀里，手忙脚乱地在身上找起什么来。

正在这时，一个声音忽然透过拉门传了出来："讨厌——畜生——滚开！"大概是被白天噩梦般的经历吓着了吧，就连在恍惚的梦中，朱实的喊叫听起来都像是真实的诅咒，让人想不到这竟是呓语。

良平一惊。"啊……怎么回事？"

"没什么……是朱实……来这里之后弄坏了身体，因为发烧，不时说一些梦话。"

"是朱实啊。"

"先不说这些，到底是什么急事？别让人担心了，快说。"

"是这个。"良平终于从腹带下面取出一封信，交给清十郎，然后把婢女端来的烛台移到清十郎旁边。

清十郎迅速扫了一眼。"啊……武藏的信。"

良平使劲点点头。"是！"

"启封了？"

"由于上写'急展'二字，我等留守的几个人商量了一下，便先打开读了。"

"信、信里说什么？"

清十郎并未立即接过那封信。即使别人不提起，他也难以忘记那个宫本武藏。他曾以为那个男人再也不会给自己写信，可是这种想法一下子落空的时候，他愕然至极，仿佛所有骨髓都被冰穿透一样，不觉起了一身鸡皮疙瘩。一时间，清十郎竟无心打开那封信，只是呆呆地望着。

良平咬牙切齿说道："终于还是来了。本以为在今春夸下海口之后，他再也不会踏足京都，真是狂妄至极！还说是'约定'，师父请看：'吉冈清十郎先生及其一门'，连收信人的写法都那么狂妄，还有'新免宫本武藏'，只身一人，就敢寄出这种决斗书。"

三

武藏现在何处，由于信上未写，因而无从知道。无论是从何处寄来，既然他念念不忘要与吉冈一门履行约定，那就只能认为他与吉冈一门已经进入了你死我亡的敌对状态。

这是一场决斗，是为了武士的刀与荣誉而一赌性命的大事，绝非耍耍嘴皮子或玩弄小聪明的小打小闹，是要豁出性命的。而现在的吉冈清十郎对此仍一无所知，实在是危险至极，绝不能再让他安闲地游玩到决斗日了。

京都的刚毅弟子之中，已经有人对清十郎的行为十分厌恶。有的怒斥"这真是岂有此理"，有的则怆然泪下，感叹"若是拳法师父在世"，还有的对遭受一介修行武者的侮辱咬牙切齿。

"总之，先告诉师父一声，把他拽回京都来再说"，于是植田良平便带着众人的意见，飞马赶到这里。可不知为何，面对如此重要的书信，清十郎却只是放在膝前凝视，毫无打开来看的意思。

"务请师父一阅。"良平有些焦急，催促道。

"唔……就是这个？"清十郎这才将书信拿在手里，读了起来。阅读的过程中，他的手指不住地微微颤抖。并非因为武藏的来信措辞强硬，而是因为他自己再没有比现在更脆弱的时候了。透过拉门传来的朱实的呓语就像泥船入水一样，彻底搅乱了他那点仅存的武士心境。

其实，武藏的书信简洁明了，内容如下：

　　　近来贵体康健？

　　　兹依约呈书。想必贵刀益发精炼，贫生技艺亦有
所历练。见面之场所何处？何日？何时？

　　　本方并无他望，唯按尊示欲决旧约之胜败而已。
敢请正月中七日之内，至五条大桥畔赐书答复为盼。

　　　　　　　　　　　　　　　　　月　　日

　　　　　　　　　　　　　新免官本武藏政名

"马上回去。"说着，清十郎将书信往袖子里一塞，立
刻站起身。各种心情纠结在一起，让他再也无法停留片刻。
他慌忙把客栈的人叫来，给了对方一些钱，求其照顾好朱
实。客栈的人尽管一脸不情愿，最终还是答应了下来。

这讨厌的客栈，这讨厌的夜晚，再也不愿在这里待一
刻，只想尽快逃离。清十郎满脑子都是这种想法。

"先借你的马一用。"

一阵慌乱的准备之后，不久，清十郎逃离般跨上了马
鞍。植田良平也追在后面，在住吉昏暗的行道树下飞奔。

晾衣杆

一

　　"哈哈，看见了。肩膀上托着猴子、衣着华丽的年轻人，对吧？若是那种打扮的年轻人，刚才过去了。"有人如是说道。

　　"往哪里去了？"

　　"什么？下了高津的真言坂朝农人桥方向走去了？后来并没有过桥，在东堀的刀剑店还看见了？终于有眉目了。就是他，就是他，一定是他！"

　　"追！"这群男人像追逐云朵一样追赶着那虚无缥缈的对手，引起傍晚路上行人的阵阵侧目。

　　此时已是东堀的店铺关门歇业的时间。只见一人跑进一家店铺，向那里的一名刀匠厉声询问了一会儿，不久又跑出来。"去天满，去天满！"说着，便率先追赶起来。

　　其他人边跑边问："弄清楚了吗？"

　　"查清楚了。"那人用力回了回头。

　　不用说，这群人便是从今晨起就在整个住吉搜寻查找那个带着一只小猴子的美少年下落的吉冈门下了。刚才在那边的刀剑店一问，从真言坂一路查找下来的线索并没错。据说在店铺就要关门的黄昏时分，的确曾有一个把肩膀上的小猴子扔到店里后坐下来的额发武士出现。

"店主人在吗？"额发武士问道。可不巧的是主人不在，匠人于是如实告知，结果对方说道："我有一件需要研磨的东西，是一把独一无二的名刀，若是店主人不在，我有些不放心。我想先看看你们店在研磨和装饰方面有何本领之后再做决定。这里有无你们店主研磨的东西？拿给我看看。"

对方提出如此要求，工匠便毕恭毕敬地拿出几口刀给他看。结果对方草草看完后说道："看来，你们家做的都是些没用的钝刀。如果让这种匠师来做，我可不放心。我要研磨的刀，是我肩头所背的这口又名'晾衣杆'的传世绝品，虽无铭文，你看，却也是未曾截短的备前刀名品。

说着，额发武士迅速拔出刀来给工匠看，并极力炫耀。工匠觉得有点可笑，便嘟囔了几句，说果然名副其实，真是一根晾衣杆，没有弯度，唯一的优点就是很长。一听这话，武士似乎有些不高兴，立刻站起身来，问清乘坐去京都的船须走哪条道之后，又说了一句："看来还是要到京都让人研磨了。大坂这边无论哪家刀剑店都是粗磨足轻用的便宜货。算了，打搅了。"说罢，武士若无其事地起身离去。这便是工匠的描述。

越听便越觉得此人是一个狂妄青年，而且斩掉祇园藤次的发髻后一定越发不可一世。看来他一定不知道黄泉的催命鬼正从身后飞来，日益逼近，还在得意扬扬、大摇大摆地招摇过市呢。

"你等着，臭小子！"

"现在已形同按住了他的脖子一样，不用急。"一行人从早晨就一直奔走，有人累了便如此提议道。

可是走在前面的人却气喘吁吁道："不行不行，不快赶就来不及了。现在出航的逆淀川而上的船，好像已经是末班船了。"

二

一看到天满川的波浪，跑在最前面的人喊了起来："啊，完了！"

"怎么了？"另一个人问道。

"码头茶屋的折凳都已叠好堆放起来，河面上也看不到船只了。"

"走了？"

众人气喘吁吁，全都站在原地，不甘心地望了一会儿河面。一问正要歇业的茶屋的人，说是的确看见带着一只小猴子的额发武士乘上船去，而且最后一班船刚离开，恐怕还未行到前面的丰崎码头。

"虽然下行船相当快，可上行的船却慢吞吞的。就算在陆地上追也能追上。"一人提议道。

"对，根本用不着失望。既然没有在这边赶上，那就用不着着急了，先去歇一会儿吧。"

于是一行人喝了茶，狼吞虎咽地吃了些年糕和粗点心，再次沿着河边昏暗的道路急行而去。

在广漠的黑暗远处，银蛇似的河道裂成了两股，淀川分成了中津川和天满川。就在那分岔的地方，忽然闪现出烛光来。

"是船！"

"追上了！"

七人顿时兴奋起来。干枯的芦苇像刀一样闪着寒光，周围的旱田和水田里没有一棵青苗。冷风裹着寒霜似刀般吹过来，七人却全然不觉得寒冷。

"太好了！"他们离船越来越近。当完全看清的时候，有一人不由自主地大喊起来："喂——那船，等等！"

船上隐约传来回应声："什么事……"

陆地上，其他同伴则斥责跑在前面大喊的男人："根本用不着在这里嚷嚷。再往前走几十町，就算船不想停，那边也有码头，一定会有客人上下。一旦从这里就吵嚷，岂不让船里的敌人提早提防起来吗？"

"管他呢，对方怎么说也就一个人。既然已经嚷了，那就干脆报出名来，还怕他逃到河里去不成？"

调解之下，同伴间的内讧才得以避免。于是七人齐心协力，与逆淀川而上的夜船保持着同样的速度，再次喊道："喂——"

"什么事？"回答的不是客人，似乎是船老大。

"让船靠岸！"七人喊道。

"真胡扯！"不知谁说了一句，船里顿时爆发出笑声。

"胆敢不停！"

一威吓，这次似乎传来了客人的声音："就是不停！"似乎在模仿岸上人的口吻。

岸上的七人脸冒热气，口吐白气喊道："听着！若是不停，我们就到前面的码头上等着。船里面有个带着小猴子的额发小子吧？告诉他，要是知道羞耻，就给我们站到船舷上来。若是把他给放跑了，所有的船客都会被连累，我们会把你们一个个都拽上岸，听明白了吗？"

三

三十石的船里顿时吵嚷起来，连在陆上都能看得一清二楚。"出大事了！出大事了！"船上一片慌乱。若是靠岸一定会出事的。陆上的七名武士全都扎着裙裤，系着带子，佩着腰刀。

"船老大，别理他们。"

"无论他们喊什么也别出声。"

"不到守口最好别靠岸。到了守口之后，就有水运官差了。"

客人们七嘴八舌地嘀咕着。刚才回应的男人们也像哑巴一样缩着脖子。陆地与河的间隔是他们最大的靠山。

陆地上的七名武士与船并行，始终紧紧地咬在后面。他们一度停止呼喊，默默地观望了一阵子，似乎是在等待船上的反应。可是船上始终没有回应，于是他们再度喊起来："听见没有？带小猴子的鼻涕鬼，到船舷上来，出来！"

船里终于有了回应："是叫我吗？"这时，早就商量好不管对方喊什么也不出声的船客之中，走出一个年轻人站到了船舷上。

"噢！果然在船上啊。臭小子！"确认了年轻人的身影，陆地上的七名武士顿时瞪大眼睛，指指点点。若是离得近，他们恨不能要涉水冲过去。

额发人影肩背人称晾衣杆的大太刀，站在那里一动不动。在拍打着船舷的波光映照下，他露出尖尖的白牙。"若说带着小猴子的额发小子，除我之外并无旁人。各位是什么人？是没钱赚的野武士，还是肚子饿扁了的周游艺人？"声音隔着河传来。

"什么？"七人凑到岸边，全都咬牙切齿，"我让你嘴硬，耍猴的小子！"

恶骂接连从嘴里喷出，击打着河面。

"不自量力，待会儿让你哭鼻子都来不及！"

"你以为我们是什么人？你知不知道，在你眼前说话的便是吉冈清十郎的门下！"

"正好，先伸出手来，把你的细脖子洗干净吧。"

船向毛马堤驶去。那里立着拴船的木桩，还有小棚，看来是毛马村的码头。七人呼啦一下子绕到前面，扼守住出口等在那里。可是船却远远地停在河心，不住地打转。看来无论是船客还是船老大似乎都担心事情闹大，选择不靠岸。

"喂，为什么不靠岸？"

"有本事明天后天都不靠岸，到时候可别后悔啊。"

"那船若是不靠岸，就把乘船的家伙们全部杀死，一个不剩。"

"还是驾条小舟杀过去吧。"

喊完所有的威胁话语后，不一会儿，三十石船的船头终于转向这边的河岸。"吵死了！"仿佛要将冻僵了的大河震裂一样，一声怒斥传到岸上，"好，那就遂你们的心愿，现在就过去，挺好了腰给我等着。"

只见那额发少年自己拿起撑船杆，不顾船老大和船客们的频频劝阻，呼呼地撑杆，把船划向岸边。

四

"来了！不要命的家伙！"

七名武士手按刀柄，呼啦一下围住船靠过来的河岸。

船头横切河面，掠过一道笔直的水纹而来。额发美少年一动不动地挺立在那里，瞬间逼近屏息等候在岸边的七名武士，身影立时无比高大。就在这一瞬，唰、唰、唰，船头冲进枯苇的淤泥里，似乎朝着七人胸前撞去，七人不由得连连后退。同时，一个圆滚滚的影子噌的一下从船头

121

跳过船与河岸之间四五间远的枯苇沼泽，跳到了七人中一人的头上。

"啊！"随着一声惊呼，七道白光顿时脱鞘而出，射向空中。"是猴子！"发现这一点已经是在空中一击之后了。错把猴子当成额发男而慌乱，也是他们无意识间做出的反应。

"莫慌！"七人互相告诫。

为避免受到牵连，乘客们都蜷缩在船的一角。尽管七人的狼狈相让他们紧张的神经得以放松，还是没有人敢笑出来，有人"呀"了一声。放眼一看，刚才还在撑船的额发美少年把撑杆朝芦苇丛中一插，身体已经轻松地弹到了岸上，比跳过去的小猴子还轻巧。

"啊？"由于弄错了方向，七人一齐重新转向少年。尽管早已等得不耐烦，可面对这突如其来的场面，每人脸上都挂满了焦虑。他们来不及围成一圈逼向少年，而是径直组成纵队沿河岸猛冲过去，这给了迎战的额发少年充分准备的余地。

位于最前面的领头者自然处在了即使怯阵也无法后退的位置。一瞬间，他眼睛充血，耳朵失灵，平时的修炼完全成了一片空白。只见他龇着牙，恶狠狠地把刀朝额发少年捅去。

原本就异常高大的美少年此时脚尖一踮，胸膛一挺，右手猛地朝肩上一抬，背在身后的大太刀已然握在手里。"你们刚才说是吉冈的门人吧？我倒正想会会呢。上一次只斩去个发髻便饶了你们，看来你们还觉得不够啊。不过，我也觉得有点不过瘾呢！"

"少、少啰唆！"

"反正这晾衣杆也要研磨一下了，休怪我不客气了。"

呆呆地站在最前面接受宣言的吉冈门人无处可逃，束手无策。眨眼间，晾衣杆就像切梨一样将其一劈两半，变为一具尸骸。

五

前面的人倒向后面人的肩上。眼看着少年的大太刀一闪，冲在最前面的一人便轻易毙命，后面的六人顿时一片混乱，完全失去了统一。一旦出现这种状况，人数众多反倒比单人应战还要危险。与此相反，美少年熟练地将晾衣杆横着朝下一个人扫去。虽然没能拦腰斩杀，可是这一扫已经够厉害了。只听那人"噢"地喊了一声，横着向芦苇中飞去。

下一个！当美少年环视剩余的五人时，不那么善战的他们顿时醒悟过来，立刻改变阵型，像五片花瓣包围花蕊那样，将少年团团包围起来。

"别退！莫慌！"五人相互鼓励。趁着多少看出一点胜算的机会，有人喊道："小崽子！"与其说是有勇气，不如说是忘记了恐惧。此时本来已经无须多言，可是一人却仍大叫一声，飞扑过去。"让你尝尝厉害！"

明明觉得他抡下的刀会深深地劈进少年体内，却在距离少年胸前二尺多的地方砍了个空。过度自信的刀锋咔嚓一下劈在了石头上，刀的主人已被自己逼入了死亡之穴，脑袋已扎入穴中，身体完全暴露在敌人面前。

可是，额发美少年并未斩杀脚下这名不费吹灰之力即可令其送命的败者，而是在躲开的一瞬间，嗖的一下趁势杀向了旁侧的敌人。

"啊！"凄厉的惨叫声再次响起。此时，剩余的三人已经失去了再次变阵的气力，呼啦一下子接连逃开。

人在面对溃逃者时，最容易产生杀气。额发美少年两手持着晾衣杆，谩骂着不停地追。"这就是吉冈兵法吗？卑鄙！回来！有这样的武士吗？特意把人从船上叫下来，结果就这么逃跑了？如果就此逃跑，不怕京八流吉冈沦为天下笑柄吗？"

可以说，像这种"鄙视你"之类的话，对武士而言是最大的侮辱，远胜于吐口唾沫。可那些逃跑者已经充耳不闻了。

这时，一阵清冷的马铃声从毛马堤传来。借着冷霜的白光和淀川的波光，此时还不必打灯笼。马上的人和在马后徒步赶来的人都口吐着白气，仿佛忘记了寒冷似的匆匆赶路。

"啊！抱歉！"被少年追赶的三人差点撞到马脸上，慌忙躲开时还不忘回头张望。

六

由于突然间勒住缰绳，马蹄腾空，马发出一声嘶鸣。马上之人瞅了瞅马前慌乱的三人。"咦，这不是吉冈门人吗？"他十分意外，但接着便气不打一处来，顿时叱骂道，"混账！一整天又到哪里闲逛去了？"

"是小师父啊。"

这时，马后的植田良平也赶到前面喝道："怎么回事，看你们那个样子！明明是来陪小师父的，却连小师父回去都不知道，又去喝酒闹事了？太没有分寸了！"

一看又被当成了喝酒闹事之人，三人实在忍不下，不仅愤愤不平地否认了这种指责，还将他们为了本流权威和师父名誉而战的来龙去脉一口气说了出来。由于口干舌燥，再加上狼狈异常，语速之快令人咋舌。

"那边，看那边，追、追过来了。"说着，三人回头望向那逐渐接近的人影，满脸惊慌。

一看他们那懦弱的样子，植田良平就十分厌恶。"有什么好慌的，真丢人！说是为本流雪耻，可如今又抹了一脸灰。闪开！我来会会他。"说罢，他让马上的清十郎和三人都退到身后，自己则上前十余步。"你等着，额发小子！"他摆好架势，静候接近的脚步声。

额发美少年当然无从知道前面发生的这一幕，依然挥舞着那口长刀，脚下生风。"喂，站住！莫非逃跑便是吉冈流的看家本事？我倒也不想杀生，可我这晾衣杆的护手却嗡嗡叫着不答应呢。站住！滚回来！逃也可以，但是得把人头留下！"人影在毛马堤上狂喊，飞也似的追了上来。

植田良平往手上吐了口唾沫，重新握好刀柄。疾风一般飞奔而来的额发美少年不知是不是并未看到蓄势候在那里的良平，简直像要踩着头顶飞过去一般，仍未停下脚步。

"嘿！"蓄势已久的良平手腕呼的一下，在冲对方大喝一声的同时，大刀已经擦着地面挥起，伸出的刀锋就像劈星斩月般高扬。

美少年单腿直立，停住脚步，唰的一下回过头，说道："哦，新帮手啊？"话音未落，晾衣杆已经嗡的一声朝身子前倾的良平横扫而去。

实在难以形容到底是凶悍还是什么，植田良平还从未见过这种刀风。在躲开这股杀气的同时，他已经从毛马堤滚落到水田里。幸亏堤岸很低，水田也已封冻，但毫无疑问已经错失了战机。当他再度爬到堤上时，少年已经用雷霆万钧之势将三名门人砍跑，进一步朝马上的吉冈清十郎逼去。

七

清十郎本以为用不着亲自出马便会解决战斗，所以一直安心观战，没想到危机竟在顷刻间向自己逼来。好凶悍的长刀！晾衣杆转眼间便突到眼前，直指清十郎所骑马匹的侧腹。

"岸柳，且慢！"清十郎大喝一声，蹬在马镫上的一只脚迅速移到马鞍上，两腿一挺，那马顿时越过额发美少年，像离弦的箭一样朝远处奔去，清十郎则噌的一下落在三间多远的后面。

"漂亮！"

夸赞者并非自己人，而是对手额发美少年。只见他重新握了握晾衣杆，一下子跃到清十郎身前。

"尽管是敌人，不过刚才的动作确实好看，看来，你便是吉冈清十郎本人了。真是好极了，来吧！"

迎面而来的晾衣杆的刀锋就像一团充满熊熊斗志的烈焰。清十郎不愧是拳法的嫡子，接这一招还是十分从容的。"岩国佐佐木小次郎，果然有眼力。不错，在下正是清十郎，但在下也不想无缘无故与你交手。胜负总会决出，还是先弄清究竟为何到了这一步，阁下先把刀收回去吧。"

最初清十郎喊岸柳的时候，额发美少年似乎没有听见，可当他第二次直呼岩国佐佐木小次郎时，额发少年这才一惊。"咦！阁下怎么会知道我叫岸柳佐佐木小次郎？"

清十郎一拍膝盖。"您果然是小次郎阁下？"他说着走上前来，"虽是第一次目睹尊容，但您的大名我可是久有耳闻啊。"

"听谁说的？"小次郎有些茫然地问道。

"您的师兄伊藤弥五郎。"

"哦，您与一刀斋先生有深交？"

"今秋之前，一刀斋先生在白河的神乐冈边上结庵而居。在下曾屡屡拜访，先生也时常光顾四条的寒舍。"

"哦！"小次郎面带笑颜，露出酒窝，"看来，这次与您的会面非同寻常了。"

"一刀斋先生经常会讲起您的事情。先生说岩国有个自称岸柳佐佐木者，跟先生一样，汲取富田五郎左卫门的精华，同为师从钟卷自斋先生之门人，虽然在同门之中年龄最小，可将来能够在天下与先生争名者，除此之外别无他人。"

"可仅凭这些，您怎么会一下子认出在下便是佐佐木小次郎呢？"

"在下常听一刀斋先生说起您年纪尚轻，为人光明磊落等，而且在下也知道您取号岸柳的缘由。因此，当在下第一眼看到您将长刀挥舞自如时，便心生猜测，只不过无意间说中而已。"

"奇！真是奇遇！"小次郎连呼快哉。他忽然看到手里血迹斑斑的晾衣杆，便不禁有些尴尬，心想怎么会弄成这个样子呢。

八

一谈起来，两人立刻便融洽无间。不久，佐佐木小次郎与吉冈清十郎便如旧知一样在毛马堤上并肩而行，植田良平和三名门人战战兢兢地跟在身后，在夜色中朝京都赶去。

"哎呀，从一开始我就莫名地遭到挑衅，这可全然不是因为在下爱惹事。"小次郎解释道。

清十郎从小次郎口中听到祇园藤次在往来阿波的船中的所作所为，又联想到其后的行为，说道："真是岂有此理，回去之后我一定查办他。此事非但不怪阁下，且完全是本人对门人管教不严之过，实在是惭愧。"

听他如此一说，小次郎也只好谦让："不不，在下行为也有些莽撞，口吐狂言，一旦与人纷争，无论对谁都寸步不让，因此也并非全是阁下门人的过错。只是不巧的是，今夜捍卫吉冈流名誉和您的体面的这些人，个个都很软弱，至于其心性，反倒十分可嘉啊。"

"这都是鄙人的不是。"清十郎深感自责，一脸沉痛地走着。

"只要阁下对此不介意，那就让一切都付之流水吧。"小次郎如此说道。

"哪里哪里。反倒是在下想借此机缘，与阁下结下深交呢。"清十郎应道。

看到两人融洽的样子，门人们这才放下心，从后面跟了上来。谁能想到，乍一看像个大少爷的额发美少年，竟是常被一刀斋极力称赞的"岩国麒麟儿"岸柳佐佐木？祇园藤次轻视此人，结果吃尽苦头，也便在情理之中了。

弄清楚这些后仍觉胆寒的，便是从小次郎的爱刀晾衣杆下捡了一条命的植田良平和其他几个人了。此人便是岸柳？他们这才再次抬起眼，重新打量对方宽阔的后背。果然，在得知对方的身份之后再一看，方才觉得确是非凡之人，自己是有眼不识泰山了。

不久，一行人来到刚才的那个毛马村码头，死在晾衣杆下的几具尸体已经僵硬。

吩咐三人去收尸之后，植田良平找到逃跑的马牵了回来。而佐佐木小次郎也频频吹起口哨，呼唤起驯养的小猴子。听到口哨声，小猴子不知从什么地方一下子现出身来，跳到他的肩上。

"阁下请务必来四条的道场小住几天。"吉冈清十郎再三邀请，并要把坐骑让给小次郎。

小次郎则摇摇头。"那怎么能行。我还只是一介乳臭未干的晚辈呢，您怎么说也是京城名家吉冈拳法的嫡子，拥有数百门人的一流宗家啊。"说着他抓住马笼头，"请不要客气，与其独自走，倒不如这样抓着马笼头走更舒服呢。那恭敬不如从命，我就前去叨扰一下了。在到京都之前，就让在下如此边聊边陪伴您吧。"

这小次郎虽然傲慢不逊，倒也十分通情达理。年底一过迎来初春后，清十郎就不得不面对宫本武藏这道难题。此时恰巧遇此机缘，将小次郎这个人物迎进家里，他也有了一些底气。"那就恕在下先失礼了，到您走累了咱们再换过来。"他又客套了一番，跨上马鞍。

山川无限

一

  作为永禄年间的名人，当东国地区以冢原卜传和上泉伊势守两位武道大家为代表的时候，西面上方一带与之对应的名流则是京都的吉冈和大和的柳生两家。不过除此之外还有一家，那便是伊势国桑名郡的太守北畠具教。这具教也是一位不可忽视的高人，还是一任好国司。即使在他死后，伊势的领民也频频提起"太御所"，依然十分怀念他在世时桑名经济繁盛、政治昌明的气象。

  北畠具教从卜传那里秉承了一太刀的刀法。卜传的正流没有在东国传承开来，反倒在伊势发扬光大。卜传之子冢原彦四郎虽然继承了家业，最终却未得到一太刀的秘传。于是，彦四郎便在父亲死后从故乡常陆赶到伊势，见到具教后如此说道："父亲卜传曾传授过我一太刀的秘诀，可是据父亲生前所说，他也将秘诀传授给了您，所以我想看看究竟是一样的东西，还是有所不同，做一下比较，相互查究一下秘诀之道，您意下如何？"

　　具教一眼便看破彦四郎是来学艺的，不动声色道："好，那我就给您看看。"他痛快地答应下来，并把一太刀的秘诀演示给彦四郎看。

　　虽然彦四郎据此将一太刀秘传抄录下来，但那终归只是外形的模仿而已，而且他原本就没有那种器量，卜传流最终还是在伊势地区传承下来，因而此地至今仍不断涌现出武道高手。

　　一踏足此地，就会在各个角落感受到这种地方自豪感，可是，比起那些奇怪的自我陶醉还是更舒服一些，而且还会对参观有所帮助。因此即使现在，在从桑名城下到垂坂山的路上，马上的旅人也不会刻意打断赶马人的乡土闲话，而是"果然、果然"地连连点头，听得津津有味。

　　此时已是十二月中旬，尽管伊势很温暖，可从那古海湾吹向这山岭的风仍相当刺骨。不过骑在驮马上的这位客人，尽管在奈良漂布的长衫外又套了一层夹衣，还穿了一件无袖外套，可仍显得十分单薄，衣服也脏兮兮的。脸晒得黝黑，甚至已不需要戴斗笠，但还是戴了一顶即使丢在路上也不会有人去捡的旧斗笠。头发只是简单地扎了扎，像鸟窝一样乱蓬蓬的，也不知有多少天没有洗过了。

　　看他这身打扮，也不知能否拿到赶马钱——这位客人让赶马人心里直打鼓——而且这客人去的还是地处偏僻、很少有回程客人的深山里……

"客官，估计能在中午前到四日市，到龟山就得傍晚了，然后再去云林院村，恐怕就已经是夜里了。这样可以吗？"

"嗯。"

无论说什么都只是点点头，这位寡言少语的客人的心思早已被那古海湾夺走了。他，便是武藏。从春末时分到这冬末，也不知由着自己的脚走过了多少地方，武藏的皮肤已经像粗纸一样染遍了风雨，唯有两只眼睛愈发有神。

二

赶马人又问道："客官，说起这安浓乡的云林院村，从铃鹿山的山梁还要往里面走二里多路呢，那么偏僻的地方，您究竟是去做什么呢？"

"访人。"

"那个村里只有些樵夫和农民啊。"

"我在桑名听说那里有锁镰高人。"

"哈哈，您说的是宍户梅轩先生吧。"

"对，对。"

"那是个打镰的铁匠，听说还使用锁镰。看来，客官是修行武者喽？"

"嗯。"

"那与其去找那打镰的梅轩，还不如去松坂呢，那里可有一位名震伊势的高手。"

"谁？"

"一个叫神子上典膳的人。"

"哈哈，神子上啊。"武藏点点头，似乎早就知道这名字，并未多问。他默默地在马背上摇晃，遥望着脚下越来越接近的四日市驿站的屋顶。不久后进入市镇，他便借货摊的一角用了便当。

这时，倘若不经意瞅瞅他的一只脚，便会发现脚背上裹着布，走起路来稍微有点跛。脚的伤口化脓了，今天借马出行便是缘于此。

如今，武藏每天都细致地呵护自己的身体。尽管十分注意，他还是在鸣海港的混乱中踩在了竖着钉子的货箱木板上，从昨日起便因伤发烧，脚背像酒桶里溲的柿子一样肿起一大片。

这大概是不可战胜的敌人吧？即使面对一枚钉子，武藏也会思考胜败的问题。虽说只是一枚钉子，但作为一名武者犯下这种过失也是一种耻辱。钉子明明朝上伸着，自己还是踩了上去，这便是眼睛疏忽、心神没有时时贯注全身的证据。而且还一脚踩得直刺入脚内，这说明五体还缺乏迅速反应的自由能力。倘若是真正的自由自在之身，在钉尖触及草鞋底的一瞬间，身体就应该自动察觉了。

武藏自问自答间得出这样的结论，反省自己的不成熟，认为刀与身体仍没有合一。仅仅是手上功夫见长了，可身体其他部位和精神却没有达到和谐统一。他不由得认识到自身的缺陷，懊恼起来。不过，从今年晚春时分毅然离开大和柳生庄，到今日为止的大半年时间里，武藏觉得自己并没有虚度，他问心无愧。从那以后，他入伊贺，下近江路，又途经美浓和尾州来到这里。所到之处，无论城下还是山泽，他都瞪着血红的眼睛寻求武道的真理。

何为极致？他终于达到探究极致的程度。可是，他追求的刀的真理绝不会隐没于市镇，也绝不会藏身于山泽。这半年，他在各地见过的武者至少有几十人，其中也有几个有名的高人，可归根结底，这些人全是技艺高超、刀法精湛的大家而已。

三

难遇的是人。尽管这世上似乎人口众多，可真正的人却仍然难得一遇。武藏遍历世间，时时为此心痛。每当嗟叹时，他总会想起泽庵。他寻找的便是那种人。

我已经遇见过难遇之人，也算是一个幸运者了，而且我决不能浪费这个机缘。

一想起泽庵，武藏便会觉得从两只手腕到五脏六腑都在钻心疼痛。这种不可思议的痛，便是自己被曝晒在千年杉上时的神经仍活在生理记忆里的证据。

等着瞧，有朝一日我也会把泽庵绑在千年杉上，从地上教化他，让他悟道，武藏总会这么想象。不是憎恨，不是报复，也不是出自感情上的原因，武藏只是怀着一个极美的夙愿。他只是想看看，对于以禅来追求人生最高境界的泽庵，自己用武道究竟能够超出对方到何种程度。纵然不采取刀的形式，有朝一日，倘若自己在道境上也实现了惊人的进步，真能把泽庵捆在那千年杉的树梢上，从地上对他进行启蒙的呵斥，泽庵会在树梢上如何说呢？善哉！满足满足！——泽庵一定会如此欣喜吧。不，按照那个男人的做派，他不会那么直率地说出来。他会哈哈大笑说"你这小子有种"吗？怎么都行，报恩采取何种形式都无所谓，武藏只想向泽庵展示一下自己的优越。

可是，这只是武藏天真的空想而已。正因为他正在入道，才会在历经种种事情后开始悟道。人，若想达到一种境界，要走的路是何等漫长和艰难。若想达到泽庵的高度谈何容易，他结束了空想。更何况虽然最终没能见上一面，可一想起柳生谷石舟斋的高度，他就遗憾而悲痛，为自己的青涩后悔，甚至觉得连提及武、道之类都十分可耻，看上去似乎净是些无用之人的世间也一下子变得无比宽广、令人敬畏。随后，他突然产生一种想法：现在就穷究道理还为时尚早，武非道理，人生也不是议论出来的，要去做，要实践。

于是，武藏义无反顾地走进山泽。至于他在山中究竟过的是何种生活，看看他从山里来到村镇时的样子大致就会明白了。那时候，他的脸像鹿脸一样瘦削，身上不是划痕就是碰伤。在瀑布的拍打下，头发干涩卷曲毫无光泽；由于长期睡在地上，浑身上下只剩牙齿还保持着不可思议的亮白。他燃烧着骄傲而又可怕的信念，从山里走向人们居住的村镇，寻找足以成为自己对手的人。

而今，他正走在寻找一位在桑名听说的对手的途中。

这位听来的锁镰高人宍户梅轩究竟是世上难遇之人，还是处处可见的普通人，反正离初春还有十多天，索性就在赶往京都的旅途里去一探究竟吧。

四

武藏到达目的地时，已是深夜。

"你可以回去了。"犒慰了赶马人的辛劳，支付了赶马钱，武藏正要离去时，赶马人却说事到如今自己也无法回去了，哪怕能借武藏欲访人家的檐下住一宿也行，休息到天亮，明晨再捎个下铃鹿岭的客人回去，这样走起路来也有劲。而且夜里这么冷，走一里路都很艰难。

他的话不无道理，此处位于伊贺、铃鹿、安浓的群山坳里，无论朝哪边走都是山，山顶上白雪皑皑。

"那么，你也跟我一起寻找我要找的那家人吧。"

"宍户梅轩家？"

"对。"

"好，一起找。"

那梅轩是这一带的铁匠，若是白天一下子便能找到，但此时的村落里已经看不到一点灯火了。

两人刚才听到某处有咥咥的划破冰冻夜空的捣布声，便顺着那声音寻找，终于发现了一处灯火。更令他们惊喜的是，那里正是铁匠梅轩的家。看看檐前堆积的那些破铜烂铁就能猜到，而且被烟熏得乌黑的房檐不是铁匠家的，又会是谁家的呢？

"过去问问。"

"是。"

赶马人走在前面推门进去。里面是一片宽阔的泥地，虽然没有在锻造工具，可风箱里仍燃着红红的火焰。一名妇女正背对火焰捣布。

"抱歉，打扰。啊，火！实在忍不住了。"

看到陌生男人一进来，就扑到风箱旁的炭火上，妇女停下捣布的手，问道："你是什么人？"

"请听我说。老板娘，我从远方刚驮了一位前来拜访您家老爷的客人。我是桑名赶马的马夫。"

"哎？"女人抬起头，冷冷地看了一眼武藏，立刻有些厌烦地皱起眉。看来，这里也屡屡有修行武者前来打扰，女人已经习惯性地厌烦。女人三十岁上下，模样还算周正，像吩咐小孩子一样傲慢地吩咐武藏道："把门关上。可别让寒风吹进来，让孩子感冒着凉。"

武藏点头称是，乖乖地关上身后的门板，接着便坐在风箱旁的树桩上，打量起漆黑的作坊和紧邻的铺着席子、三间宽的家来。果然，墙壁一端的挂钩上挂着十多把自己未曾见过的武器，大概就是传闻中的锁镰。见识一下这种武器的用法，便是武藏前来此处修行的目的，因此一看到锁镰，他的眼睛就亮起来。

女人把捣布的木槌往地上一丢，一下子起身上了席子。原以为她是去烧茶水，不料她却枕着胳膊，在放着婴儿的床上躺下，给婴儿喂起奶来。"喂，年轻武者，你也是闲得无聊来找我丈夫，想挨一顿痛打吧？只是不巧，我丈夫出去旅行了，让你捡了条命。"她说着便笑了起来。

五

武藏顿时火起，自己赶了那么远的路来到这山里，绝不是专门来让这铁匠的女人奚落的。尽管天下所有的女人似乎都会高估丈夫的社会地位，可这个女人却把丈夫视为世上最了不起的人，实在令人愤怒。

也无法吵架，武藏只得忍气吞声。"出门了？太遗憾了。您刚才说他去旅行了，敢问去哪里了？"

"去找荒木田先生了。"

"荒木田先生？"

"来到伊势居然连荒木田先生都不知道？呵呵呵。"女人再度笑了。

大口吮吸着乳汁的婴儿突然哭闹起来，女人似乎完全忘记了泥地上的客人，打着节拍唱起了带着乡音的催眠曲："宝贝睡觉觉，睡觉的孩子乖。睡醒就闹的孩子，不是好孩子，把妈妈都闹哭了。"

来到此处最大的收获莫过于烤了会儿炉火。既不是人家请来的，武藏只好放弃了。"老板娘，挂在那墙上的，就是您丈夫使用的锁镰吗？"哪怕是看一下也不枉此行啊，于是武藏便提出可否拿在手里仔细看看。

女人枕着胳膊打着盹儿，哼着催眠曲，迷迷糊糊地"嗯"了一声，点点头。

"没关系吗？"武藏伸过手，从墙壁的挂钩上取下一把，拿在手里仔细察看，"原来这便是最近时有耳闻的锁镰啊。"

往手里一攥，粗看之下这也不过是能够插在腰间的一根一尺四寸左右的棒子而已。然而棒头的圆环上垂下来一条长链子，链子一端系着一个铁球，使劲一抡，便足以击碎人的头盖骨。

"就是从这里出镰啊。"棒子侧面雕刻着沟槽，藏在里面的镰背放着寒光。用指甲抠出来一看，镰刃与镰柄垂直，刃长得足以将人头钩下来。

"唔……应该是这样使用吧。"武藏左手持镰，右手抓着拴有链子的铁球，一面想象着敌人，一面比出架势，思考起来。

这时，女人忽然抬起头瞥了武藏一眼。"你那是在干什么？喂，那种架势错了！"说着，女人穿好衣服，下到地上，"若是你那种架势，恐怕立刻就会被持太刀的对手杀了。锁镰这种东西是这样使用的。"这个无聊的铁匠铺女人一把从武藏手里夺过锁镰，立刻演示起来。

"啊……"武藏不禁睁大了惊奇的眼睛。看她刚才随意躺在那里哺乳的样子，就像一头母牛，可等她拿起锁镰摆起姿势时，却顿显大方、庄重，甚至可以用美丽来形容。像青花鱼背一样泛着青黑色冷光的镰刀上，"宍户八重垣流"的刻文清晰可见。

六

太精彩了！就在武藏的眼球被吸引过去的一瞬间，女人停止了演示。"差不多就是这样。"说着，她哗啦哗啦地把锁镰缠成一开始的棍棒形状，挂回墙上。

没来得及记住她的身法，武藏暗感遗憾。他真想再看一遍，那女人却已若无其事地收拾起捣布板，开始准备早饭，在厨房里稀里哗啦地忙着洗刷起来。

就连那女人都有如此身手，那么宍户梅轩的本领又该如何呢？武藏像着了魔似的，突然很想见那个男人。可是正如那女人所说，丈夫梅轩已经到一个叫什么荒木田的人家去了。

虽然刚才就已遭到耻笑，来到伊势居然不知道荒木田先生的大名，可武藏还是忍辱偷偷问了问赶马人。

"大神宫的神官。"赶马人倚在风箱旁的墙壁上暖着身子，半睡半醒地答道。

原来是伊势神宫的神官啊，只要去了那里，想必立刻就会找到，好……

不用说，武藏当夜便是在席子上凑合睡的。当铁匠铺的小伙计起来，打开门之后，就再也无法在那里睡了。

"马夫，顺便再把我送到山田去吧。"

"去山田？"赶马人瞪大了眼睛。不过由于昨天的赶马钱很顺利就拿到了手，没了这种担心，他便答应下来，又把武藏驮在马背上，来到松坂，不久便在暮色中望见了绵延数里通往伊势大神宫的参拜道路。

虽然是冬天，可街道上的茶屋也太过萧条了，路两旁的大树有好几棵被风雨吹倒，也没人管理，依旧横躺在地上。旅客的影子稀少，马铃声也稀稀落落的。

武藏从山田的客栈就开始打听：有没有一个叫宍户梅轩的人在神官荒木田家逗留？结果荒木田家的管家却回答说，根本没有住过这么一个人。

失望的同时，武藏又想起脚上的伤来。踩在钉子上的伤口似乎比前天肿得更厉害了。有人告诉他用从豆腐渣中挤出来的热浆水泡洗效果不错，于是第二天，武藏就在客栈反复洗了一天。

已是腊月中旬。一想到这些，武藏便对着散发出豆腐味的浆水焦虑起来。寄给吉冈家的决战书已经托信使从名古屋发了出去。倘若到时候脚伤还不好，怎么说都没面子，而且自己已和对方说好，日期由对方来定。再加上还有其他约定，无论如何也要在正月初一之前赶到五条大桥畔。

"若是没有拐往伊势路，径直走下去就好了。"带着一丝后悔，看看泡在浆水盆里的脚背，武藏只觉得脚像豆腐一样鼓了起来。

七

什么"试试我这种家传的药物啦""抹上这种药膏试试啦"，尽管客栈的人用尽了各种疗法，武藏的脚仍日益肿大，只觉得脚像木材一样沉重，往被子下面一伸，便开始剧痛和发烫，实难忍耐。

从懂事的时候起，他便不记得自己有过因病卧床三日的情形。幼时脑袋顶上——正好在月代附近曾长过一种叫作疔的疮——至今仍留下一处黑痣般的疤痕，因此他决定永远不剃月代头。除此之外，他根本没有患过什么大病。

病痛也是人的一个强敌。降服这家伙的刀又是什么呢？他的敌人最近一直在折磨他。仰卧在床的四天里，他时时冥想着这个问题。

还剩几天？一看到日历上的日子一天天减少，他就不由得想起与吉冈道场的约定。

我怎么能忍受这种事呢？为了抑制躁动的心跳，肋骨甚至变得像铠甲一样坚硬，他不禁用肿得像木板一样的脚将被子一脚踢飞。倘若连这个敌人都无法克服，还谈何战胜吉冈一门？

武藏想打败这个病魔，硬是努力端正好坐姿。痛！那是简直要昏死过去的痛。他闭着眼睛面朝窗户，憋得通红的脸终于缓了过来。大概连病魔也输给了他顽强的信念吧，他心头掠过几分清凉。

一睁开眼睛，外宫内宫的神林豁然展现在窗前。矗立在眼前的是前山，偏东的是朝熊山，在连接这些山的山谷之间，一座山峰高耸突兀，像一把利剑一样睥睨着群山。

"是鹫岳吧。"武藏凝视着那座山。那是每天仰卧在床时都能望见的鹫岳。

不知怎的，一望见这座山，他浑身就充满了斗志和征服欲。那山透着一股傲慢，每次武藏抱着肿得像四斗酒樽似的脚躺下，就不由得感到一种不快。

望着那突起于群山之间、超然于白云之上的鹫岳山峰，武藏不由得想起柳生石舟斋。

石舟斋恐怕就是那种老人吧？不知不觉间，他甚至觉得鹫岳就是石舟斋本人，在遥远的云层之上嘲笑着自己没有骨气。

与山对视的时候便忘记了疼痛，可一旦回过神来，他的脚就像伸进了铁匠铺风箱炉中似的，疼得无法忍耐。"呜，痛！"他不禁甩了甩腿，皱眉望着那仿佛不属于自己的又粗又圆的脚踝。

"喂！喂！"仿佛要把这剧痛吐出来一样，武藏突然大声喊起客栈的女佣。可女佣迟迟不来，于是武藏用拳头接连捶打榻榻米。"喂，来人！我要立刻上路，快给我结账！再给我准备便当、炒米，还有三双结实的草鞋！"

神泉

一

《保元物语》中提到的伊势武士平忠清，据说就出生在这山田与宇治间如花花世界般的古市。如今，在行道树下倒茶的女人则体现了庆长年间的古市风貌。

茶楼结竹柱而建，草编悬窗上围着褪了色的帷幕布，女人有如行道上的松树一般多，全都涂着香粉在外面招呼客人："喂，年轻人。进来坐吧。""那位客人过来喝杯茶啊。"她们不分昼夜地招揽着往来的旅客。

若要去内宫，无论如何也躲不过那些女人，必须注意自己的衣袖，否则一不留神就会被女人们捉住。从山田出来的武藏，一面躲躲闪闪，一面拖着剧痛的脚，一瘸一拐慢腾腾地走过这里。

"咦，修行武者先生？"

"您的脚怎么了？"

"让我来给您治治吧。"

"我给您揉揉吧。"

女人们一齐拦住武藏，有的揪住袖子，有的抓住斗笠，还有的拉住手腕，嘴里说着："别那么害怕，要不一个好男人可就白白糟蹋了。"

武藏红着脸，一句话都说不出来，只是一个劲发慌。对于这种敌人，他似乎没有任何防备，只能频频致歉。一听他那一本正经的说辞，女人们都笑了，说他像小豹子一样可爱，越发停不下那粗暴的白嫩之手。武藏越来越狼狈，也顾不上体面，丢下被夺去的斗笠便逃了出来。他只觉得女人们的笑声一直在道路上空追着自己。被那些白嫩小手搅起来的热血怎么也平静不下来，弄得他十分懊恼。

对于女人，武藏并非毫无感觉。在漫长的旅途中，他始终经受着这种困扰。有一夜，想到女人，他甚至难以入眠，一想到那香粉的气味就血往上涌。他压抑着这股热血努力入睡，但这跟刀前的敌人不一样，他竟毫无办法。性欲的烈火在全身燃烧，他整夜无眠，一直辗转反侧到天亮。每到这种时候，他甚至会把阿通的身影想象成为丑恶情欲的对象。

但比较幸运的是，武藏的一只脚正疼痛不已。他想跑起来，却实在有些勉强，那只脚就像踏进了熔化的铁水，烫得令人晕厥。每走一步，剧痛就会从脚底一直传至眼睛。在决定上路时，他就知道会经受如此剧痛。每次抬起绑得像大包袱似的脚，都必须用尽全身力气，因此那些艳红的嘴唇和像蜂蜜一样黏糊糊的白嫩小手，还有那头发中散发出的甜酸气味，立刻就从他大脑中退去，又恢复了平常。

该死！见鬼！武藏每走一步都像踏在火热的黏土上。油亮的汗水不断从额头上渗出，全身的骨头仿佛都散了架。可是越过五十铃川，一迈入内宫，他的感觉就完全变了。看看草，望望树，他顿生神圣敬畏之感。不觉泪沾巾——就连鸟的振翅声都不似来自人间。

"呜……"武藏终于难忍疼痛，刚走到风宫前便倒在大杉树下，死死地抱住脚。

二

武藏仿佛已经死去化为石头一般，待在那里一动不动。化脓肿胀的患处火辣辣地震动着神经，寒冬腊月的夜间寒气则如针一般刺着肌肤。

武藏仿佛失去了知觉。他究竟出于何种考虑，竟踢开客栈温暖的被子跑出来？他当然知道会品尝到这种痛苦。若是躺在床上等着脚自然痊愈，那得到什么时候——从他的这种火爆脾气来看，那种做法实在荒唐，甚至极端粗野。因此他毅然离开，病情自然会严重恶化。

但武藏精神极度兴奋。不久，他蓦地抬起头，用锐利的目光盯着空中。神苑里巨大的杉树在黑风的吹打下不断吼叫，可现在吸引武藏耳朵的，却是从风中飘过来的笙、筚篥和笛子合奏的古乐。再凝神一听，还能从乐曲中分辨出巫女们优美的歌谣来:"拍拍手,拍拍手,爹爹一声吼,咱就拼命拍,咱就拼命学,袖子破了不要紧,干脆做腰带,干脆做袖带,快快快,快快快。"

武藏再次咬着嘴唇,硬是站了起来,身体似乎像黏胶一样不听使唤。他双手扶着风宫的土墙,像螃蟹一样侧着身子向前走去。

远处,灯火摇曳的木窗里传来天界的音乐。那里便是在大神宫里侍奉神灵的可爱巫女们住的地方,名为"子等之馆"。那些巫女大概正像天平时代一样,用笙和筚篥练习神乐。

武藏像蠕动的虫子般靠近子等之馆的后门。他往里一瞧,一个人也没有,便像进了自己的房间一样,毫不客气地取下腰带里的大小两刀,与背上的包袱缠在一起,挂在挂蓑衣的墙钉上,算是暂时寄放。卸下腰间的佩刀后,他双手撑腰,立刻一瘸一拐地朝外面走去。

不久,五六町外五十铃川的岩石岸边便出现了一个裸体男人,他打破河冰,哗啦哗啦地洗起澡来。

武藏幸运地没有被神官发现,否则一定会被骂成"疯子"。在旁人看来,武藏的行为简直就像发疯。《太平记》里曾记过这样一个故事:从前这伊势附近有个叫仁木义长的可恶武士,杀入神社的领地——度会、多气、饭野三郡,占领了那里,又是捉五十铃川的鱼烹食,又是在神路山上放鹰捉小鸟烤着吃,耀武扬威,可不久后便疯了。莫非,今夜的武藏被那恶灵附了体?

不久，武藏便像水禽一样爬到岩石上，擦拭身体，穿上衣服。他两鬓乱蓬蓬的，头发全冻成了一绺一绺的冰针。

三

武藏斥责自己：若连这点肉体的痛苦都战胜不了，怎么能战胜毕生的敌人？莫说毕生，就在不久后，他不就要面对吉冈清十郎及其一门这个大敌吗？吉冈与他之间的情况凶险而又复杂。这次，对方一定会举一门之力，赌上全部名声向他扑来。他们一定早就布下了必杀阵，摩拳擦掌，迫不及待。

爱虚荣的武士经常会如念佛般将什么"拼死一搏""精神准备"之类挂在嘴边，可在武藏看来，那不过是些不值一提的妄语。当一名普通的武士面临危险情形时，"拼死一搏"是他理所当然的动物本能，而"精神准备"则是更高一等的境界，但并不难达到。若是在难逃一死的困境下做出死的精神准备，那就更容易了，谁都会这么做。可武藏苦恼的并非难以做好这种拼死一搏的精神准备，而是胜利，是如何保证抓住胜利的信条。

路并不遥远，从这里到京都不过四十里。只要轻轻一抬脚后跟，不费三日即可赶到。心理准备却不是几天就能做好的。

决战书已从名古屋发给吉冈一方。可发出之后——你想好了吗？绝对能战胜对方吗？遗憾的是，每次武藏质问自己时，心底总会生出一缕脆弱。他深知自己远未成熟，根本没有到达高人的意境，也绝未进入名人之列，他仍是个没有完成修炼的人。他见过奥藏院的日观，感受过柳生石舟斋的风格，也思考过泽庵和尚的境界，但无论怎么刻意抬高自身价值，他都觉得自己不成熟，无法不剖析自己的粗劣，寻找自身的弱点和疏漏。就是这样一个尚未成熟、尚未修成正果的自我，他竟硬要将其推到拥有众多必杀之士的敌人中，而且还要取胜。

一名武者无论如何善战，若光是参战，就无法称之为好武者，归根结底地说，取胜才是一名武者的根本意义。倘若无法保全性命取得最终胜利，无法在这个世上完美地画下一抹生命的重彩，便无法成为一名合格的武者。

武藏打了个冷战，大喊一声："我必胜！"他喊着，从神林朝五十铃川的上游走去。在累累岩石之间，他像原始人一样向前爬行。人迹未至的原始溪谷林里有一条没有水声的瀑布，水全都冻住了，形成一根根冰柱。

四

武藏究竟要去往何处，又以何为目的呢？莫非裸身在神泉里沐浴后遭到惩罚，真的疯了？

去他的，见鬼去吧！他像恶鬼一样面无血色，攀着岩石，抓着藤蔓，一步步把巨大的岩石征服在脚下。这种行为终究不是靠简单的意志就能完成的。而且倘若没有远大的目标做支撑，这种行为也无法称得上正常。

从五十铃川的一之濑起是一段十五六町长的溪谷，岩石林立，水流湍急，连鲇鱼都无法逆流而上。再往前，便是只有猴子和天狗才能上去的断崖。

"唔，那就是鹫岳了吧。"在武藏的意志面前，根本没有不可能攀登的绝壁。他将大小两刀和随身物品放在子等之馆的用意便在这里。只见他抓住断崖上的藤蔓，一尺一尺地朝上攀登。这简直就不像人类的力量，仿佛宇宙中有某种引力在徐徐地把武藏拉往天上。

"好！"武藏站在已经征服的断崖上大喊。从五十铃川的尽头到二见浦的海滨，一切都被远远抛在下面。在他横眉冷对的前方，险峻的鹫岳将山脚藏进了夜色朦胧的疏林中。在客栈时，每天抱着剧痛的脚，从卧床的房间中一望到鹫岳，他就感到不快，如今，他已经来与它肉搏了。

这座山便是石舟斋——武藏抱着这种念头登上山顶。他挺起肿痛的脚，勃然冲出客栈，沐浴神泉，然后又爬到这里。他第一次意识到自己这么做的目的，眼睛炯炯发亮。在他那股不服输的精神深处，柳生石舟斋这个巨人的影子似乎一直映射在他的大脑里，令他必欲除之而后快。因此，这座雄伟的山便在无形之中化作石舟斋，每天嘲笑般睥睨着为脚伤而烦恼的他，他早就恨透了这座山。

可恶的山！一连几天，武藏都愤愤不已，于是便抱着这种郁愤想一口气登上山顶。你难道还想拦住我吗，石舟斋！他满脚是泥，将山踩在脚下，心情十分痛快。倘若连这点自信都没有，他凭什么踏上京都的土地，赢下与吉冈一门的比武？

踏在脚下的杂草、灌木和冰无一不是武藏的敌人。是胜利还是失败？每一步都事关胜败。在神泉中化成冰的血液，如今正像热泉一样从毛孔往外冒热气。

武藏紧紧抱住就连登者都爬不上去的光秃山体。他寻找着落脚处，不断踩住山岩，与此同时，崩塌的砂岩轰然落入山脚稀疏的树林中。一百尺、两百尺、三百尺，他的身影在天空中越来越小。白云聚集时便将他包裹起来，白云散去时，他的身影便融入天空。

鹫岳仍像一个巨人一样，冷冷地注视着武藏的行动。

五

像螃蟹抱住岩石一样，武藏已经爬到了山的九合目。只要手脚稍有松懈，他就会随着崩塌的岩石直坠深渊。

"呼——"武藏浑身的毛孔都紧张到了极点。爬到这里后，心脏就像要吐出来一般难受。他爬一点就休息一会儿，然后不由自主地俯视一路攀爬上来的痕迹。无论是神苑的原始森林，还是五十铃川缎带一般的水流，还有神路山、朝熊、前山诸峰，以及鸟羽的渔村和伊势的大海，全都落在他的脚下。

"九合目了。"热汗的气息呼地从怀里扑到脸上，武藏忽然感到一股一头钻进母亲怀抱般的陶醉。他真希望这荒山的地表和自己的肌肤融为一体，就这样沉睡过去。忽然，拇趾踩的岩石崩塌了。他的脉搏顿时剧烈跳动，下意识地寻找下一个落脚处。面临生命危险时的痛苦是无法用言语来表达的，宛如两把刀正在进行力量的角逐，不是你死就是我亡。

"快了，近在咫尺了！"武藏再次抓住山体，手脚并用地向上爬去。倘若没有坚强的毅力和体力，在这个节骨眼上便累趴下，作为一个武者，他不久之后一定会败在其他武者手下。

"可恶！"汗水濡湿了岩石。武藏好几次都差点因为汗水而滑落，他的身体仿佛云朵一样弥漫着汗气。"石舟斋！"他像念咒符一样不停地叨念，"日观！泽庵和尚！"他只感到似乎正在越过那些平素里自觉高自己一头的人，一脚一脚向上爬去。山与他已经融为一体。被他这种人攀登，恐怕连山灵都惊呆了。

突然，飞沙走石，山吼叫起来。嘴仿佛被一只手堵住一样，武藏几近窒息。尽管紧抓岩石，可狂风还是几欲把他拽走。他闭上眼睛，一动不动地趴在那里，心里却奏响了凯歌。就在趴下的一刹那，他望见了十方无限的天空，夜色下隐约泛白的云海也映出了曙色。

"啊，我赢了！"踏上山顶的一瞬间，仿佛意志之弦突然断了似的，武藏一下子倒在地上，山巅的风不断吹起碎石击打他的后背。俯卧在这无我无性的交界处，他全身放松，感到一种难言的快感。汗水濡湿的身体紧紧地贴住地表，仿佛山之性与人之性正在这黎明的大自然中进行着庄严的生殖仪式，他陷入了不可思议的恍惚，沉沉睡去。当他回过神，猛地抬起头时，只觉得大脑像水晶一样清透。他真想像条小鱼一样活蹦乱跳，随性活动身体。

"我终于把鹫岳踩在脚下！"

鲜丽的朝阳染红了武藏和山顶。他将原始人般粗壮的双臂伸向空中，凝视着稳稳踩在地上的双脚。突然间，他意识到了什么。定睛一看，那不是从脚背上溢出来的蓝色脓汁吗？它正把异样的人类气息和令人畅快的馥郁香气释放在这清澄的天界里。

冬炎

一

生活在子等之馆的妙龄巫女们小的十三四岁，也有二十岁上下的处女。白绢窄袖和服搭配绯色裙裤，是演奏神乐时的正装。平时在馆舍里学习或清扫的时候，则穿类似宽口内裙裤的棉布裙裤和短袖和服。早晨礼完佛后，巫女们便各自捧着一册书，去神官荒木田大人的学问所练习国语与和歌，这是她们每日的活动。

"啊，那是什么？"当巫女们簇拥着从后门出来，要开始一天的活动时，有人忽然发现了什么。原来是武藏挂在蓑衣钉子上的大小两刀和包袱。

"谁的呢？"

"不知道。"

"是武士的东西。"

"这我知道，可是是哪里的武士呢？"

"一定是小偷忘记的东西。"

"最好别动！"

巫女们都睁大了眼睛，仿佛发现了捂着牛皮午睡的盗贼，围在一起大气都不敢喘。

"跟阿通师父说一声吧。"

于是其中一人走向里面喊道："师父师父，不好了，您快来啊。"

阿通听到喊声便把笔往书桌上一放，从房间里应道："出什么事了？"她打开窗户探出头来。

小巫女指着墙上的东西答道："那儿有盗贼留下的刀和包袱。"

"送给荒木田大人不就行了？"

"可是大家都不敢碰。"

"哦，好像不是件小事。那过会儿我送去，你们就别磨蹭了，赶快去学问所吧。"

不久，阿通走出来时，外面已经没有人了，只有做饭的老婆婆和生病的巫女静静地留守在房间里。

"阿婆，您知不知道这是谁的东西啊？"阿通问了一句，便想将捆在包袱上的大小两刀拆下来。可无意间一拿，她才发现刀很重，差点掉到地上。男人能把如此重的东西插在腰间，还能若无其事地走动？她简直有些怀疑。"我到荒木田大人那里去一趟。"向留守的老婆婆交代完，她便两手抱起那重物离开了。

阿通与城太郎二人寄身于这伊势大神宫的神官家，已经是两个多月前的事了。自上次的事情以后，他们走遍了伊贺路、近江路和美浓路，到处寻找武藏的行踪。临近冬天时，身为一介女子，阿通终于难耐翻山之苦和雪中之旅，便依靠指导吹笛在鸟羽一带停留下来，后来这事传到神官荒木田处，对方请她专门指导子等之馆的巫女。

指导吹笛并不是吸引阿通留下的主要原因，她其实是想了解流传于此的古乐，而且她也愿意与神林中的巫女生活一段日子，便答应寄身于此。

此时有点麻烦的便是城太郎，虽说是少年，但也不被允许和巫女们一起住。无奈之下，只好让他白天清扫神苑，晚上则在荒木田大人的柴棚里休息。

二

萧萧落木在神苑的微风中鸣动，恍若不在世上，甚至连疏林里升起的轻烟都不觉间成了神灵。阿通一看到那烟柱，就会立刻想到在下方抱着竹扫帚的城太郎。

城太郎一定正在那里干活，思及此，阿通便停下脚步。光是这么想想，微笑便爬上了她的嘴角。那个调皮鬼、捣蛋包，最近也老实地听她的话了，而且在最贪玩的年龄竟然也认真地干起活来。

咔嚓咔嚓，远处传来树木折断的声音。尽管手里抱着沉重的大小两刀，阿通还是不由自主地走进林间小道，喊了起来："城太郎！"

不久后远处传来应答："噢！"依然是城太郎精神饱满的声音。不一会儿，应答声就变成跑过来的脚步声。"是阿通姐？"他眨眼间站在了阿通面前。

"哎呀，我还以为你正在扫地呢，你怎么这个样子？穿着干杂活的白衣服却拿着木刀？"

"我正在练剑呢，把树木当对手。"

"练剑倒也没关系，可是你把神苑当成什么了？这里可供奉着百姓之母女神。你没看见到处竖着牌子？'不许折断神苑之内的树木''禁止杀生'，看见了没有？清扫神苑的人不能用木刀打断树木。"

"我知道。"城太郎说着，对阿通的教训一脸不屑。

"那为什么还打树呢？若是被荒木田大人看见，一定会挨骂的。"

"可是我打的是枯树。难道连枯树都不行吗？"

"不行。"

"那，有件事我想问问阿通姐。"

"什么？"

"既然是如此重要的神苑，为什么现在的人都不拿它当回事呢？"

"这是耻辱。这就跟任由自己心里长满杂草一样。"

"杂草之类倒也罢了，可那些被雷劈开的树木就任其裂开烂掉，被暴风雨吹倒的大树就让树根露在外面慢慢枯死。鸟会啄坏屋顶，所以各处神社屋顶都漏雨，屋檐也坏了，还有那扭曲的灯笼，这一切有哪一点看起来像是宝贵庄重的地方？喂，阿通姐，我还想问问你，那大坂城就算从摄津海望过去，不都那么璀璨辉煌吗？德川家康现在不也正让人修筑伏见城等十几座巨城吗？京都和大坂两地的大名或有钱人家，谁家的房子不是金碧辉煌，谁家的庭院不是格调高雅，他们竞相修筑什么利休风格、远州风格的宅院，为了不影响茶味，庭院里连一粒灰尘都不允许有。可是这里却是这种样子，这能行吗？在这么广阔的神域里负责打扫的，不就只有我和穿着打杂白衣服的老爷爷等三四个人吗？"

<h1 style="text-align:center">三</h1>

　　阿通抬起白皙的下巴，扑哧一下笑了。"城太郎，你的话怎么跟以前荒木田大人说的一模一样啊？"

　　"阿通姐当时也听了？"

　　"当然听了。"

　　"这下露馅了。"

　　"你这现学现卖怎么管用呢？当时荒木田大人边说边叹息是发自内心的，但城太郎现学现卖的可不感人。"

　　"没错。听荒木田大人那么一说，我觉得信长、秀吉、家康全都不再伟大了。他们是很成功，可就算夺取了天下，也不能唯我独尊啊，那样就不伟大了。"

　　"信长和秀吉还强一些。哪怕只是做给世人和自己看也修缮了京都御所，让人民高兴。不过，足利幕府的永享年间到文明年间可就惨了。"

"怎么惨了?"

"那时不是发生'应仁之乱'了吗?由于室町幕府无能,内乱频起,有势力的人便极力扩张,人民一天安生的日子都过不上,哪里还有人认真考虑国家的事啊。"

"你说的是山名、细川等人的战争吧?"

"对对,就是那个为了自身利益动辄发动战争、令人无奈的私斗时代。那时,远在荒木田大人之前,有个叫荒木田氏经的,也是代代做这伊势的神主大人。由于世上自私自利的武士们一直私斗,所以从应仁之乱开始,便无人顾及这种地方了,古老的祭神仪式都彻底荒废。于是此人前后二十七次向官府请愿,要求振兴这颓废之势,可是朝廷没有费用,幕府也没有诚意,自私自利的武士们则为争夺地盘杀红了眼,没有一个人理会他。氏经大人就是在这种情况下与当时的权贵阶层周旋,与贫苦做斗争,游说诸人,终于在明应六年前后实现了迁宫修缮。怎么,吓傻了?但想来我们自己也一样,一旦长大,也都把母亲的乳汁化作我们体内鲜血的恩情忘记了。"

城太郎故意先让阿通起劲地讲,然后拍着手往旁边一闪,大笑起来:"哈哈哈,哈哈哈,哈哈哈,你以为我乖乖地听就是不知道了?阿通姐讲的不也都是现学现卖的吗?"

"你早就知道了?真坏!"虽然做出要打的样子,可由于手中大小两刀的重负,阿通只追了一步就停下来,一面笑一面瞪着城太郎。

"咦？"城太郎凑了上来，"阿通姐，这刀是谁的？"

"不能动。这是别人的东西。"

"我又不抢，给我看看。这么大的刀，看上去挺重啊。"

"看看你那眼神，立刻就想要了吧。"

四

吧嗒吧嗒，身后传来一溜小跑的草履声，是刚才从子等之馆出去的一名年幼巫女。"师父，师父，神官大人在那边喊呢，说是找您有事。"小巫女喊着阿通。阿通回头答应一声，便立刻朝原先的方向跑去。

不知怎的，城太郎忽然一哆嗦，环视起四面的树木来。从树枝间透下来的冬日阳光像微小的波浪一样从摇曳的树梢洒落到大地上。城太郎一动不动地盯着那些光斑，似乎陷入了幻想。

"城太郎，你怎么了？东张西望地看什么呢？"

"没什么……"城太郎寂寥地咬起手指，"刚才跑来的小姑娘突然喊起师父，我还以为是自己的师父呢，吓了一跳。"

"你说的是武藏先生？"

"嗯。"城太郎像哑巴一样含糊地应了一声。

阿通本来就很悲伤，这时，一股欲哭的感觉忽然从心底生出，继而诱出几抹难以说清的情愫。这些话若是别说出来该多好，可城太郎无意间的话语又让她怨恨起来。一日也无法忘记武藏，这成了令她无比痛苦的一副重担。

为什么就不能放下呢？为什么就不能在幽静的乡间做一个好媳妇，生几个好孩子呢？尽管那无情的泽庵如此劝说，可阿通反倒怜悯起那个不懂恋爱的禅宗和尚，她做梦都没有想过丢弃自己现在抱持的感情。

恋爱就像虫牙，能给人造成无法避免的伤痛。当无意间忘记这些的时候，阿通也能若无其事，可一旦想起来，她就再也控制不住，即使没有目的地，她也要踏遍诸国去寻找，想扑进武藏的怀里大哭一场。

阿通默默地走着。在哪里、在哪里、在哪里？在生灵万物的所有烦恼中，那最令人焦虑、郁闷而无法自拔的烦恼，大概就是这种想见无法见面之人的焦躁。

吧嗒，一滴眼泪落了下来。

阿通抱着胸口默默地走着，手与胸口之间还有那充满汗臭的修行武者包袱和柄线半腐烂的沉重的大小两刀。可是，她怎么会想到那带着微微汗臭味的物品便是武藏的随身之物呢？除了沉重感，她连自己抱着什么都意识不到了，内心已全部被武藏占据。

“阿通姐……”城太郎带着歉疚的表情从她身后跟来。当她那孤寂的背影就要消失在荒木田家的门内时，城太郎忽然抓住她的袖子。“你生气了？生气了？”

“不……没什么。”

“对不起。阿通姐，对不起。”

"和你没关系，大概是我太爱哭了。我去问问荒木田大人有什么事，你就回你那边去吧，要认真打扫啊。"

<h1 style="text-align:center">五</h1>

　　荒木田氏富将自己的宅院命名为"学之舍"，作为神宫的学问所。汇集在这里的学生不只限于可爱的巫女，神领三郡各阶层的孩子中，也有四五十人来此读书。在这里，氏富教授的是如今社会已不大重视的学问，而且还是那些在文化层次越高的都市越容易忽视的古学。

　　为什么要教这里的孩子这种学问？首先，伊势神林所在的地方本来就与古学有着很深的渊源，而且从整个国家来看，当今的人们把武家的盛大当成国家的盛大，却鲜有人想到地方的萧条便是国家的萧条。在这样的世上，哪怕只给神领民众的心田里种下一丝绿苗，就会像这生生不息的森林一样，总会有精神上的文化繁茂起来的一天。这便是他的目的，堪称一项悲壮的孤业。就连艰涩的《古事记》和中国的经书等，为了让孩子们熟悉它们，他每天都带着爱与耐心讲给他们听。

　　大概是氏富十多年孜孜不倦教育的缘故，在伊势，无论是丰臣秀吉作为关白掌控天下时，还是德川家康成为征夷大将军威震四方时，哪怕三岁童子也不会像一般的世人那样，错将英雄当作太阳。

现在，氏富的脸上微微带汗，踏着学之舍宽阔的地板走出来。学生们一出来，便像蜂群一样归去。这时，一名巫女告诉他："神官大人，阿通师父正在那边等您。"

"对，对。"氏富一下子想了起来，"明明让人去叫她，我自己却忘了个一干二净。她在哪儿？"

阿通站在学问所外面，仍然抱着大小两刀，一直在倾听氏富那充满热情的授课。"荒木田大人，我在这里呢。请问您找我有什么事？"

六

"是阿通小姐啊，让你久等了，抱歉。请先进来吧。"氏富把她引入室内，可还没等坐下，便看着她怀抱的大小两刀睁大了眼睛，"那是什么？"

阿通便告知了今天早晨在子等之馆内墙的蓑衣挂钩上发现来路不明的大小两刀一事。由于与其他物品不同，巫女们都感到害怕，于是她便亲自送来。荒木田氏富也很吃惊。"哦？"他白眉紧皱，有些诧异，"不会是参拜人的东西吧。"

"一般的参拜人是不可能进入那种地方的。而且昨天晚上还没有看见，是今天清晨巫女们发现的，看来此人不是半夜就是黎明时分进来的。"

"唔……"氏富面露不快，叨念起来，"说不定是神领乡士为骚扰我而搞的恶作剧呢。"

"谁会做这种恶作剧呢，您有线索吗？"

"有！其实这次请你来，也是为了商量这件事。"

"究竟是什么事？还与我有关系？"

"请不要介意，是这么回事。有神领乡士不希望你继续待在子等之馆里，对我不满，与我争执起来。"

"因为我？"

"没什么，你也完全用不着过意不去。不过，如果用世俗眼光来看，请不要生气……你已经不是那种未经历过男人的处女了，把这样的女人安置在子等之馆里是对神地的玷污。差不多就是这样吧。"

氏富淡淡地说着，阿通的眼睛里却充满了委屈的泪水。更令她懊恼的是，这种事她无法埋怨任何人。习惯了旅行，习惯了与人打交道，并且将旧恋像污垢一样埋在心头，经年累月地在世间徘徊，就算被世人如此看待也无可厚非。尽管如此，一个处女却不被人承认，这种难以忍受的耻辱令她浑身战栗。

氏富似乎并未想到这些问题。只是人言可畏，而且数日之后就是初春了，所以他想请阿通就此停止指导巫女们的笛艺。总之，就是请她离开子等之馆。

阿通原本就没有在此久留的打算，又给氏富添了如此的麻烦，她立刻就答应了，谢过两月之余的收留之恩后，她还答应今天就可以起程。

"不不，其实也用不着这么急。"氏富虽然有意让阿通离开，可还是非常可怜已无心听他说话的阿通，仿佛不知该如何安慰似的，只见他拽过一个寒酸的文卷匣，包起一些东西。

城太郎仿佛是阿通的影子一样，不知何时已来到后面的走廊。他悄悄地伸过头，小声说道："阿通姐，你要离开伊势了？我也一起走吧。我早就厌腻了这里清扫的活计，正好，阿通姐。"

七

"这是我的一点心意……实在是一点薄礼，阿通小姐，哪怕是添作盘缠也好，就请收下吧。"氏富从文卷匣里不多的钱中抓了一些，包起来交给阿通。

阿通丝毫没有接受的意思，碰都没碰。虽说为子等之馆的巫女们指导过一阵笛艺，可自己两个多月来也受到对方诸多照顾。倘若要收谢礼，那自己也必须留下住宿费。看她坚决拒绝，氏富便说道："我还有事要求你帮忙呢，你转路到京都的时候，我想请你顺便办点事，所以务请答应并先收下这些。"

"您委托的事情，我都可以帮您，但这谢礼就不必了。"说着，阿通硬是将谢礼推回。

这时，氏富忽然发现了藏在她身后的城太郎，说道："喂，过来。这些钱就给你了，在路上买东西或干别的什么都行。"

"多谢。"城太郎立刻伸出手，接过来之后才问阿通道："阿通姐，可以收下吗？"

既然是先斩后奏，阿通也没了办法。"让您费心了。"她朝氏富道了谢。

氏富很满意，接着说道："我希望你们到京都后能帮我把这个送到堀川的乌丸光广卿手里。"说着，他从墙边的多宝架上取下两个卷轴，"前年我受光广卿所托，但直到最近才终于画完这两幅拙劣的绘卷。题词则由光广卿来填，填完后他想献给朝廷。因此，托付给一般的信使我实在不放心。能否请你们小心地帮我送去，不要让雨淋了，也不要弄脏了。"

真是横生一副重担，阿通有些为难，可是又无法拒绝，只好答应下来。氏富取过专门为其制作的箱子和油纸等，封装之前，他似乎舍不得将自己的作品交给他人，自豪地说道："那就让你们也看看吧。"说着，便在二人膝前展开绘卷。

"哇！"阿通不禁惊讶地喊了出来。城太郎也瞪大眼睛，把脸贴近绘卷。

由于尚未题词，也不知绘卷描绘的是什么故事，但绘在上面的平安时代的风土人情和生活场景，在土佐流细致笔韵的勾勒与华丽颜料及金银粉的渲染下，栩栩如生地展现在眼前，令人百看不厌。就连不懂绘画的城太郎都兴奋起来："这火真好！就像真的在燃烧……"

"只看别碰。"

正当两人屏气凝神，注意力被那绘卷夺走的时候，从院门口绕过来的杂役对氏富说了些什么。

氏富听了杂役的报告，点头说道："嗯……看来不像可疑之人。但为谨慎起见，最好跟他本人收张字据再交给他。"说着，便把阿通抱来的大小两刀和充满汗臭味的包袱交到杂役手里，让他拿去。

八

听说阿通突然要起程，子等之馆的巫女们个个都显得非常落寞。"真的？"她们围着一身旅途装扮的阿通恋恋不舍，"再也不回这里了？"仿佛与姐姐离别似的，她们悲伤不已。

这时，城太郎在后面的土墙外喊了一声："阿通姐，准备好了！"阿通抬头一看，只见城太郎已经脱去了打扫时穿的白衣服，换上平时的短襟和服，腰里插着木刀，背上斜背着一个小箱子。那自然是装绘卷的箱子。荒木田氏富一再嘱咐要小心保管，并用油纸包了两三层。

"这么快啊。"阿通透过窗户应了一声。

"那是。阿通姐还没准备好吗？和女人出门就是麻烦，半天都准备不好。"从那个门往里，男人一步都不许迈入，这是规矩。城太郎趁着这个空晒起太阳，对着山色朦胧的神路山打起哈欠。即便只有一点空闲，他那活泼好动的神经也会立刻觉得无聊，一点也待不住。"阿通姐，还没好？"

"马上就过去。"尽管阿通已准备停当，可这个共同生活了两个月、像姐姐一样亲的人要被旅途夺走时，巫女们还是被哀愁所困，怎么也不放她走。

"我还会再来的，你们也都要好好保重。"还会有再来的那一天吗？阿通自己都觉得是在说谎。

巫女中甚至有人啜泣起来，一人提议说要将阿通送到五十铃川的神桥畔，其他人立即赞成，簇拥着阿通来到外面。"咦？"阿通抬头一看，刚才还在那里不停催促的城太郎却不在了。于是巫女们把手搭在小嘴唇上，齐声喊了起来："城太郎！"

阿通深知他的习性，并不担心。"一定是急不可耐，一个人先跑到神桥那边去了。"

"真是个坏孩子。"有人不敢看阿通的脸小心地问道，"那孩子，是师父的孩子？"

阿通笑不出来，不禁认真起来。"你说什么？城太郎是我的孩子？我初春后才二十一岁呢。我看起来有那么老吗？"

"可是有人这么说。"

阿通想起氏富说过的传言，忽然又怒上心头。不过无论世人如何说，信任自己的只需一人就够了，只要那个人相信自己就足够了。

"过分！太过分了，阿通姐！"本以为已经跑到前面的城太郎，这时竟从后面跑来，"要别人等着，自己却不声不响地往前走，你不觉得过分吗？"他噘起嘴。

"可是你根本就没在那里啊。"

"就算不在，难道你连找我的心思都没有吗？我是看到一个像武藏师父的人朝鸟羽大道那边走去，觉得奇怪，才跑去看的。"

"像武藏先生的人？"

"可是我弄错了。追到行道树那边，望见那人的背影，大老远就知道是个瘸子。真失望。"

九

自从二人踏上这样的旅行，城太郎每天都会品尝刚才这样苦涩的幻灭。他对忽然擦肩而过的一只袖子也会疑神疑鬼，看到背影相似的人便会立刻跑到前面回头看看，还有在路边店面的二楼一晃而过的人影、刚刚出航的渡船里相似的身影、骑马的、坐车的，只要有一点地方能让他联想到武藏，他都会心头一颤，然后千方百计前去确认，再带着失望的沮丧，一脸孤寂地回来，这种情形已经不下几十次了。

因此，这一次尽管城太郎非常失望，阿通也没太在意他的话。听到是个瘸腿的武士，她竟若无其事地笑了起来。"辛苦你了。听人说，如果刚踏上旅途便不顺心，那么这种不顺心就会伴随一路，所以咱们就和好上路吧。"

"这些小姑娘，"城太郎毫不顾忌地打量着簇拥而来的
巫女们，"怎么也跟来了？"

"怎么能那么说呢。她们都是不愿我们走，特意把我们
送到五十铃川的宇治桥。"

"辛苦你们了。"城太郎模仿着阿通的口吻，逗得大家
都笑起来。

此前一直沉浸在离愁中满脸忧郁的巫女们也突然喧闹
起来。"阿通师父，若是往那边拐，就走错了。"

"不。"阿通似乎知道。只见她绕到玉串御门，面朝遥
远的内宫正殿，击掌合十，低头默念了一会儿。

"原来是向神灵告别啊。"一旁的城太郎叨念起来，但
他只是远远地观望着。巫女们有的指着他的背，有的指着
他的肩膀，指责起来："城太郎，你怎么不过来参拜？"

"我讨厌。"

"可不能说讨厌这种过分的话，嘴巴会歪的。"

"我害羞。"

"拜神灵有什么好害羞的？这跟街上那些虚神和流行神
又不一样，你把它当成自己的远祖都没有关系的。"

"这我知道。"

"那就快拜。"

"我讨厌。"

"真犟。"

"多嘴！木勺子！都给我住嘴。"

"呸！"扎着相同发辫的巫女们都瞪起眼睛。

这时，阿通遥拜完毕，走了回来。"你们都怎么了？"

巫女们等不及阿通细问，便急着告状："城太郎骂我们是木勺子，还说讨厌拜神。"

"这怎么能行，城太郎！"

"怎么了？"

"你以前不是说过，在般若坂，当武藏先生要跟宝藏院的僧人决斗时，你也不由自主地双手合十，对着天空大声呼唤神灵吗？快过去拜一拜。"

"可是……这么多人都在看。"

"那，大家都转过身去，我也转过头不看。"

于是，巫女们排成一列，一齐背对着城太郎。

"这样总该行了吧？"阿通问了一声，却没有得到回应。她悄悄地朝身后一瞅，只见城太郎一直跑到玉串御门前，把头一低，行起礼来。

风车

一

武藏面朝冬日的大海，坐在烤带壳蝾螺店的长凳上整备鞋履。

"客官，游岛的船上还能坐两个人，您坐不坐？"船老大站在武藏身前不断劝诱。两名渔女则挎着盛有海螺的篮子，叫卖个不停："客官，不带点海螺回去当礼物啊？""买点海螺吧。"

武藏解开脚上被血脓弄脏的破布片。让他烦透了的患处已经完全消肿，干瘪下来，泡涨发白的皮肤上只剩下一道道褶皱。

"不要，不要。"武藏摆摆手，一面撵走渔女和船老大，一面用泡涨的脚踩着沙子，走向海滩，继而哗啦哗啦地把脚浸泡在潮水中。

从这天早晨起，他不仅几乎忘记了脚上的痛苦，身体里也充满了健康的朝气，不再顾虑健康问题。当然，他的心态

173

也随之变得不同。比起脚伤得以痊愈，他对自己这天早晨的心态更为满意。他自己也承认，这种心情是他昨天花了一整天培养出来的，这也让他感到了无限的欣喜。

他让烤蝾螺的姑娘买来皮袜，穿上新草鞋，试探着用力踏向大地。虽然脚还有点跛，也多少有点痛，但都已不值一提。

"渡船的人可正在喊呢，客官不渡海去大凑吗？"烤蝾螺的老板提醒。

"对啊，到了大凑就有去津港的船了。"

"是啊，去四日市也行，去桑名也行。"

"老板，今天究竟是年末几日来着？"

"哈哈哈，真是贵人多忘事啊，连快过年的日子都忘记了？今天已经是腊月二十四了。"

"才二十四啊。"

"年轻人说话就是令人羡慕啊。"

武藏跑到高城海滨的码头，他真想跑得更快一些。码头上全是去往对岸大凑的船只。而此时，或许正好是阿通和城太郎在五十铃川的宇治桥，挥着手和斗笠，与巫女们依依惜别的时刻。五十铃川向大凑流去，载着武藏的渡船划着船橹，与发出无妄念之声的波浪共奏出和谐之乐，一路向前。

武藏从大凑立刻换乘正好开航的船。在这条去往尾张的船上，旅客占了大部分，船的左侧可以望见古市、山田和松坂大道的行道树，巨大的船帆轻轻地裹着风，即使这是伊势的海，船也悠然地沿着海岸线平稳前行。而此时，阿通和城太郎也从陆路朝同一方向走去。船的速度和两人的脚步，究竟哪个快，哪个慢，没人能说清楚。

二

武藏知道，到松坂之后，就可以去拜访那个出生于伊势的近世鬼才神子上典膳，但他打消了这个念头，在津港便下了船。这时，走在前面的男人腰间二尺左右的木棒一下子映入了他的眼帘。锁链已缠起，前端系着铁球，此外还插着一把裹在皮革中的野太刀。男人年龄有四十二三岁，与武藏不相上下的黝黑皮肤上长着麻点，头发红而卷曲。

"师父，师父。"倘若没有人从身后喊他，任谁看来此人都不过是一介野武士。再看看从船上晚一步追来的人，原来是个十六七岁的铁匠铺小伙计，鼻子两侧沾着煤灰，肩膀上扛着长柄铁锤。"等等我，师父。"

"快点。"

"刚才把铁锤忘在船上了。"

"你把做生意的工具忘了？"

"又扛过来了。"

"这还像点话。倘若真忘了，我就打碎你的脑袋。"

"师父，今夜不住在津港吗？"

"太阳还这么高，不住，接着走。"

"就住下吧，至少也要在出门的时候放松一下嘛。"

"别开玩笑了。"

通往市镇的旅客通道上，客栈拉客者和卖土产礼物者不失时机地围上来。走到这里后，扛着铁锤的铁匠铺徒弟又找不到师父了。他正在人群中东张西望，男人从那边的店里买来一个看中的玩具风车，出现在他面前。

"岩公，拿着这个。"

"风车啊。"

"拿着走容易让人撞坏，插在后衣领里。"

"当礼物吗？"

"嗯……"

看来男人有孩子。出门数日办完事后回到家里，最大的乐趣莫过于看孩子的笑脸。他似乎放心不下在岩公领子上旋转的风车，一边走，一边不时地回头看。

此人和武藏走的是同一个方向。哈哈……武藏点点头，一定就是这个男人。不过世上的铁匠多的是，佩带锁镰的人也不少，为了谨慎起见，武藏继续不动声色地观察，结果发现对方也是横穿津港的城下，走向铃鹿的山中道，耳朵里听到的只言片语让他更加肯定了自己的推测。他不再怀疑，开始与对方攀谈："您是回梅畑吧？"

"啊，是回梅畑。"对方爱搭不理。

"难不成，您就是宍户梅轩阁下？"

"唔……你很了解啊。我是梅轩，你是哪位？"

三

越过铃鹿，从水口赶往江州草津，这当然是去京都的
道路。武藏尽管前几天才刚刚走过，可他年底一定要赶到
京都。初春还想在那边喝屠苏呢——出于这种心情，他径
直来到了这里。

前几天去寻找宍户梅轩却扑了个空，让武藏已经打消
了必须见到他的执着想法，原本打算他日有机会再见上一
面，不料今天竟在这里碰巧遇上，看来无论如何也要见识
一下梅轩的锁镰了，这不能不说是一种宿缘。

"看来我们实在有缘啊。在下宫本武藏，正在修行。前
几日您外出时，在下前往云林院村的尊府拜谒，却只见到
了尊夫人。"

"是吗？"不知为何，梅轩显出一副什么都知道的样子，
"你就是住在山田客栈，说要与我比武的那个人？"

"您听说了？"

"是不是到过荒木田大人处，询问我是否在那里？"

"的确如此。"

"我是去为荒木田大人工作了，此事不假，但我不可能
待在荒木田大人家里。我是借了神社町一个朋友的作坊，
做完了只有我才能做的活儿而已。"

"啊……怪不得呢。"

"我倒是听说了，一个住在山田客栈的修行武者正在找我，但因为麻烦，我便把这事搁下了。原来就是你啊？"

"正是。听说您是锁镰高人，所以……"

"哈哈哈，见过内人了？"

"尊夫人还略微给在下展示了八重垣流的身法。"

"那不就得了？那就根本用不着再追在我的屁股后面一再要求比试了。就算我做给你看，也是那个样子。当然，让你再多看一点也不是不可以，但在你看到的一瞬间，你就得赶赴黄泉了。"

他那留守在家的媳妇就十分傲慢，没想到丈夫竟也是只傲慢的天狗。武道与傲慢，虽说是如影随形相伴而生，但武藏若连忍受这种傲慢的自信心都没有，他也就无法超越普通武者。

武藏已完全拥有藐视这梅轩的气概，但他做不出这种轻率之举。世上有数不尽的高人，这既是在他迈出新生第一步时让他吃尽苦头的泽庵的谆谆告诫，也是探访宝藏院与小柳生城后的收获。

在用气概和自尊心打败对手之前，武藏总是先仔细地从各个角度估量对方的身手，采取低姿态与之周旋，有时甚至到了胆怯或者卑屈的地步。此人不过如此——倘若还未像这样看透对方，面对对方挑衅的言语和不逊的态度，武藏不会轻易乱了感情。

"是。"武藏做出青年人低姿态的回应，"正如您所说，光是看了尊夫人的展示，就已经受用匪浅。不过，借着在此与阁下巧遇的机缘，如果能再向您讨教一下对锁镰的看法，那就不胜感激了。"

"如果只是谈谈，那倒也行。你今夜要住在关口的客栈吗？"

"本想如此，可倘若不妨碍，在下想顺便在尊府借住一宿，不知可否？"

"我家又不是客栈，没有被褥啊。如果你愿意和岩公睡在一起，那就去吧。"

四

到达宍户梅轩家已是傍晚时分。火红的晚霞下，铃鹿山山麓的村落安静得如同平稳的湖面，沉浸在亮丽的霞光之中。

由于岩公跑在前头先行报了信，武藏先前见过的那个女人便抱着孩子来到铁匠铺檐前，举起孩子和风车。"快看、快看！爹爹从那边回来喽！爹爹回来喽！爹爹——"

像傲慢的妖怪一样的宍户梅轩从远处望见孩子之后，也顿时喜笑颜开。"哦，哦，这小子！"他说着举起手，舞动着手指逗起孩子来。毕竟是刚旅行回来，肯定顾不上武藏。不一会儿，这对夫妇便坐进家中，没完没了地聊起孩子和别的话题，早已把一起赶来并请求住一晚的武藏丢到了脑后。

终于到了吃饭时间。"对了，也给那个修行武者一点饭吃吧。"梅轩这才想起来似的，看到未脱草鞋、蹲在风箱旁烤火的武藏，朝媳妇吩咐道。

　　女人冷冷地说道："前几天你不在的时候，那个人就来过，住了一晚就走了，怎么又……"

　　"让他跟岩公一起睡吧。"

　　"上一次是在风箱旁铺了张席子，让他睡在上面，今晚还让他睡席子吧。"

　　"喂，年轻人。"酒已经在梅轩对面的炉子上温好。梅轩端着酒杯看向武藏。"喝酒吗？"

　　"倒是不讨厌。"

　　"喝一杯。"

　　"好。"武藏坐在作坊泥地与居住房间的交界处说道，"多谢。"谢罢他便将杯中酒倒入唇间，品尝到的是像醋一样酸的当地酒。"还您酒杯。"

　　"那个你拿着吧，我用这个杯子喝。你说你是修行武者？"

　　"是。"

　　"多大了？看着很年轻啊。"

　　"明年二十二岁。"

　　"故乡在哪里？"

　　"美作。"

　　一听美作二字，一直没拿正眼看武藏的宍户梅轩严肃地上下打量起他来。"你，刚才说叫什么来着……名字……你的名字。"

"宫本武藏。"

这时，梅轩的媳妇拿来木汤碗、咸菜、筷子和饭碗。"请用。"她说着径直放到席子上。

"这样啊……"宍户梅轩沉吟片刻，自言自语地点点头，"来，酒热了。"说着，他便往武藏的杯里倒酒，又忽然问道，"那，你十七岁的时候，曾经跟一个叫又八的人去关原打过仗吧？"

武藏一惊。"您怎么会如此清楚？"

五

"我当然知道。我也是在关原出过力的人。"听梅轩如此一说，武藏顿时倍感亲切，梅轩也突然改变了态度。"我刚才就觉得好像在哪里见过你，原来是在战场上见过啊。"他说道。

"这么说，您也在浮田家的阵营？"

"当时我正在江州野洲川，与野洲川乡士一起加入了非正规军，成了战役的先锋。"

"是吗？那就有可能打过照面了。"

"跟你一起的那个又八怎么样了？"

"从那以后就没见过面。"

"从哪以后？"

"战役结束后，我们藏在伊吹的一户人家疗伤休养，后来便分开了。我是指那以后。"

"噢……"对方点点头，朝着已经抱着孩子钻入被窝的媳妇说道，"没酒了。"

"就别喝了吧。"

"我还想喝，再喝会儿。"

"为什么偏偏今晚这么迷酒啊。"

"我们越谈越投机了。"

"已经没了。"

"岩公！"梅轩朝泥地的一角一喊，板壁对面便传来狗爬起来一样窸窸窣窣的声音。"师父，什么事？"只见那徒弟从狗洞般的门口探出头。

"到斧作那里赊一升酒来。"

武藏端起饭碗。"那我先吃了。"

"等等。"梅轩慌忙抓住武藏拿着筷子的手腕，"我都好不容易让人去弄酒了，你怎么……"

"若是为了在下，那还是算了吧。我不能再喝了。"

"没事没事。"梅轩不依不饶，"对对，你刚才不是说要问我一些锁镰的事吗？但凡我知道的，什么都告诉你，但必须边喝边聊。"

不久，岩公回来了。

梅轩一面把酒从酒罐倒进酒壶，放在炉火上温着，一面倾尽自己的知识，极力强调用锁镰作战的好处。用这锁镰对付敌人的时候，最大的好处便是它不同于刀，让敌人毫无防御的时间，而且在直接杀向敌人之前，还可以用锁镰缠住敌人的武器抢夺过来。

"这样，左手持镰，右手持锤。"梅轩坐在那里，给武藏演示身法，"敌人攻过来，便用镰刀接招，在接招的一刹那把铁锤投向敌人脸上。这是一招。"说着，他再次变换架势，"与敌人隔着这种距离时，套取对手的拿手兵器便是目的，无论是太刀、枪还是棒，无所不能。"

梅轩解说起来，口授着十几种铁锤的投掷方法。链子可像蛇身一样画出自由的弧线，镰与锁链交互使用，使敌人完全陷入错觉中，反倒让敌人自身的防御变成致命短处。总之，这件武器实在玄妙至极。

武藏听得入了迷。每次听到这种话，他总是全神贯注，全身充满求知的欲望，完全沉浸在对方的话语中。

锁链、镰刀、双手，他倾听的同时不断思考着。剑靠一只手，人靠两只手，他在心里叨念。

六

第二次倒进壶里的酒也已在不觉间喝了个底朝天。梅轩虽也在喝，可他更多的是逼着武藏喝。武藏也不由自主地喝多了些，竟前所未有地喝醉了。

"媳妇，我们去里边睡。这儿的被褥给客人用，你到里面铺铺床。"

看来梅轩的媳妇一直睡在这里，即便在梅轩与武藏饮酒期间，她也毫无顾忌，当着武藏的面就在一旁铺开被褥，与婴儿一起钻了进去。

"客人似乎也累了，快给他铺床，好让他早点休息。"

从刚才起，梅轩对武藏的态度就突然变得热情起来，但现在为何又让武藏睡在这里，自己却要到里面睡呢？尽管不解梅轩的吩咐，但也十分不愿地从好不容易暖和的被窝里起身。"你不是说要客人跟岩公一起睡在作坊里吗？"

"混账！"梅轩瞪着从被窝里探出头的媳妇，"那也要看是什么客人。少废话，快去里面准备！"

女人穿着睡衣，呼的一下子走进后面。梅轩则抱起已经睡着的婴儿，说道："贵客，虽然这被褥有点脏，但这里有炉子，半夜口渴还可以烧茶水喝。就请好好地在这里休息吧。"

梅轩的身影消失不久，女人又出来换了枕头。此时她也一改气鼓鼓的脸色，说道："我丈夫也醉得不行了，再加上旅途劳累，连连说明天早上得睡懒觉了，您也早早睡吧，明天早晨等吃了热饭再走。"

"是，多谢。"武藏只能说这些。醉意上来，他连草鞋和上衣都不想脱了。"那就叨扰了。"说完，他便钻进女人和婴儿睡过的被子，里面还有母子的余温，可武藏的身体更热。

女人站在房间内外交界处，一直瞅着武藏，轻轻说了句"好好歇息"，便吹灭灯火而去。

酒劲涌上头来，武藏只觉得头盖骨像被铁环箍起来般难受，太阳穴咕咚咕咚地跳个不停，声音大得都可以听到。

奇怪，为什么唯独今晚喝得这么多呢？武藏很痛苦，不觉有些后悔。还不是梅轩频频劝酒的缘故吗？可是那个甚至都不配做人的梅轩，为何突然热情大发，喝完又再买，那个一向简慢无礼的女人也一下子和气起来，还把温暖的被子让给我？为什么他们的态度骤然大变？

武藏忽然觉得奇怪，可还没等他理出个头绪，昏睡的云雾便袭上头来。他重重地合上眼皮，使劲喘息了两次，一直把被子拉到眼睛上。这一次，他又感到浑身发冷。

未燃尽的炉柴不时跃起轻微的火焰，闪烁的火光映在武藏的额头上，接着便传来熟睡的气息。一张白皙的面孔一直伫立在里外的交界处，是梅轩的媳妇。然后，仿佛粘在席子上的唰、唰的脚步声，在里间渐渐消失。

七

武藏做起梦来。他做了好几遍碎片一样相同的梦。由于只是些片段，难以称得上完整，因而幼年时的一些记忆便在某种作用下像虫子一样悄悄爬进了睡梦中的脑细胞，生出一幅幅幻觉，仿佛神经之足还在脑膜上描绘出闪烁的银白色文字。他在梦中听着催眠曲："宝贝睡觉觉，睡觉的孩子乖，醒来闹的孩子，不是好孩子，不是好孩子，把妈妈都闹哭了。"

这支催眠曲本是武藏此前来这里时女人给孩子喂奶时

唱的，而今，这支带着伊势口音的小调却在美作国吉野乡武藏出生的故土上空回荡。而且梦中的武藏仍是婴儿，正被一个肤色白皙的三十多岁女人抱在怀里。婴儿武藏已认出那个女人便是自己的母亲，他正依偎在乳房上，抬起幼小的眼睛，仰视那个女人白皙的脸。

"不是好孩子，不是好孩子，把妈妈都闹哭了……"母亲轻轻摇着武藏唱，唱着曲子，憔悴的善良面容像梨花一样微微发青。长长的石垣上开着点点藓苔花，黄昏已悄悄降临，宅子里面透出点点灯火。

母亲两眼簌簌地落下泪，婴儿武藏则奇怪地望着。"滚！滚回你的娘家去！"尽管听到了父亲无二斋严厉的声音，可武藏看不见他。母亲惶恐不安地逃离深宅的长石垣，最后来到英田川的河滩上，拼命地哭着朝河中走去。

危险！危险！婴儿武藏似乎在提醒母亲危险，拼命在她怀里挣扎，可母亲仍慢慢朝河中央走去，牢牢地抱着苦恼的婴儿，濡湿的脸颊紧紧地贴在婴儿的小脸蛋上。

武藏，你究竟是父亲的儿子，还是母亲的儿子？岸上传来父亲无二斋的怒吼。母亲一听到那声音，便立刻把身体沉到了英田川的波纹下。婴儿武藏则被抛到碎石遍布的河滩上，在月见草之间哇哇地哭个不停，扯开嗓子发出最大的声音。

"啊！"武藏一下子惊醒过来，才知道是梦，可是一陷入沉睡，不知是母亲还是别人，又窥着他的梦，把他叫醒。武藏并不知道母亲的模样。他在回忆母亲，却无法描绘出母亲的容貌。只是看到了别人的母亲，便想象着自己的母亲大概也是那样。

"为什么今夜会……"酒醒了，神智也清晰了，武藏忽然睁开眼睛。红光在发黑的天花板上闪烁，是炉火的余烬映在那里。再一看，从天花板上垂下来的风车轻飘飘地悬在空中，正好吊在武藏脸上方的不远处。那是梅轩买回来给儿子作礼物的风车。不仅如此，武藏蓦地发现，他一直拉到眼上的被子也深深地渗入了母乳的气味。他这才意识到，正是周围这些东西让他梦到了他未曾想过的母亲。仿佛遇见了怀念的东西，武藏出神地望着那风车。

八

武藏既没有醒，也未入眠。他迷迷糊糊的，微微睁着眼睛，仰起头，忽然间对吊在空中的风车产生了怀疑——那风车竟转了起来。风车原本就是为了旋转而制作，转起来本该没什么奇怪的，武藏却一哆嗦，从被窝中坐起来。

"嗯？"他竖起耳朵。某处传来门轻轻滑动的声音，门一闭上，风车也一下子停止了旋转。

从刚才起，后门就有人频频进出。尽管都很注意脚步，连一点摩擦声都不发出，可伴随着门的开合而吹进来的微风却带动风车的线，用刨花制作的五色假花很快便像蝴蝶一样，一会儿摇晃，一会儿抖动，一会儿旋转，一会儿又停下来。

武藏抬到一半的头再次悄悄地躺回原位，他聚精会神，默默地用身体探查这家的环境。正如头顶一片树叶便可知天地气象的昆虫一样，武藏的身体里也遍布着敏感的神经。他大致上已明白自己正处在危险中。可令他不解的是，为什么他人——这家的主人宍户梅轩要夺走他的性命呢？他找不出理由。

这是盗贼的家？他最初是如此想的。可倘若是盗贼，从对方的行为举止和家产多少便可大致看出，这点能力他还是有的。他们害死他，又能得到什么好处呢？仇恨？这一点也没有头绪。

武藏终究没能想出来，可是他越来越感受到某种东西正在一步步朝他的生命逼近。是静待对方到来，还是反客为主，自己先下手为强？危机近在眼前，迫使他必须马上做出抉择。

武藏摸索着泥地上的草鞋，哧溜哧溜地把两只草鞋先后拉进被子。

突然，风车猛烈地旋转起来，映着一明一灭的炉光，滴溜溜的就像魔法花一样。

武藏清楚地听到屋内屋外都响起了脚步声。几个人影包夹着武藏的床铺，正悄悄形成一个包围圈。

不一会儿，布帘下面忽然闪现出两双眼睛。爬进来的一人手持白刃，另一人则持枪扶着墙壁，悄悄地绕到被子的另一头。仿佛在分辨呼吸声一样，两个男人盯着鼓鼓囊囊的被子。这时，又有一人像烟一样从布帘后面走出，站到床铺前，正是宍户梅轩。他左手持锁镰，右手抓着铁锤。

三人彼此使了个眼色，同时微微吸了一口气。处在枕头旁的人砰地一脚踢飞枕头，位于被子另一头的人则立刻跳到泥地上，把枪对准被子。

"起来，武藏！"梅轩挥着拳头，向后甩着铁锤的锁链吼道。

九

可是，被子里并无回应。无论是用锁镰威逼，还是用枪捅，或是大声喝问，被子始终还是被子，本该睡在里面的武藏已经消失了。

持枪的男人用枪挑开被子。"啊……逃了。"狼狈的目光顿时扫向四周，梅轩这才注意到快速旋转的风车。"门开着！"说着他跳到泥地上。"坏了！"惊呼声顿时从另外一个男人口中飞出。从作坊沿着屋内泥地往后走，有一扇通向窗外的门，可到达后面的厨房，而此时，门已经打开了三尺多宽。户外的白霜如月光一般清澈。风车之所以急速旋转，便是因为那里吹进来的针刺般的寒风。

"那家伙就是从这里逃走的。"

"外面的人干什么去了？"梅轩连忙喊起来，"喂！喂！"他怒骂着到屋外一看，只见檐下阴暗处一个黑影缓缓地动了一下。

"头儿、头儿，很顺利吧？"对方压低了声音问道。

梅轩顿时气不打一处来，骂道："顺利什么！你们的眼睛是干什么吃的？那家伙早就从这儿闻风而逃了！"

"逃了？什么时候？"

"还有脸问别人！"

"怎么回事啊？"

"蠢货！"梅轩在门口踱进踱出，焦躁不已，"不是翻越了铃鹿，就是返回了津港，路只有两条，他一定还没逃太远，追追看！"

"往哪儿追？"

"铃鹿那边我去，你们往另一个方向！"

屋内屋外的人凑到一起有十多个，其中还有人抱着火枪，各自的装扮也不尽相同。持火枪的人看似是个猎户，端着腰刀的则是樵夫，其他的也差不多都是这类人。从他们个个都遵从宍户梅轩的指挥和那凶猛的眼神来看，至少梅轩绝不只是个普通的铁匠。

众人分成两组。"一旦发现就给我放火枪！听到火枪声后，大家就赶到一处！"待梅轩气势汹汹地吩咐完，众人便各自追去。

可是飞速追赶了半刻之后，人们开始变得沮丧，不久便议论纷纷、一脸失望地陆续回来了。担心遭到头目梅轩的叱骂完全是杞人忧天，因为他早已比众人提前回来，正坐在作坊的泥地上低头发呆。

"白费了，头儿。真可惜。"众人安慰道。

"没办法。"梅轩说了一句，接着便像终于发现了发泄的地方一样，抓过烧火的木柴，嘎巴嘎巴地在膝盖上折断。"媳妇，没酒了吗？拿酒来！"他说着拨旺炉子里的余火，发狠般朝里面扔起木柴。

十

吃奶的婴儿被喧嚣声吵醒了，哇哇地哭个不停。梅轩的媳妇仍躺着，回了一句"没酒了"后，另一个男人便说去把自家的拿来，说罢就出去了。众人都住在附近，酒很快拿来，等不及温热，众人便倒进茶碗喝了起来。

"真咽不下这口气。可恨的小子！这家伙还真福大命大。"众人边喝边恍然大悟般发起牢骚来。

"头儿，别生气了，都怪在外面守着的家伙坏了好事。"大家竭力想灌醉梅轩，好让他早一些睡去。

"也是我自己疏忽了。"梅轩并不想归咎于他人，只是一脸痛苦的表情，"就那么一个毛头小子，若是不把大家都叫来，不这么兴师动众，只有我一个人来就好了。可是，一想起四年前那小子十七岁的时候，竟然能打死我的兄长辻风典马，我就想，面对这样的对手绝不可莽撞，所以……"

"可是头儿，今晚这个修行武者果真就是四年前藏在伊吹那卖艾绒的阿甲家里的小子？"

"大概也是死去的兄长典马在天有灵吧。起初我根本就没在意，可是喝了一两杯酒，也不知是从哪句话说起来的，那小子当然不知道我便是辻风典马的弟弟野洲川野武士辻风黄平，便不打自招，就把参加关原合战时的经历等全都交代了。无论年龄还是狂妄的面相，无疑就是那个用木刀杀死兄长的武藏。"

"真是遗憾啊。"

"最近这世道也太平稳了，纵使兄长典马还活着，恐怕也会与我一样，为住处和生计所困，除了变成铁匠或者落为山贼，就再无别的出路。可是，一想起兄长竟被从关原败退的名不见经传的足轻用木刀打死，一想起那份惨状，我就不由得怒火中烧。"

"当时，除了这个叫武藏的毛头小子，似乎还有一个年轻人吧？"

"又八。"

"对对，那个叫又八的家伙带着卖艾绒的阿甲和朱实连夜逃走了。不知现在怎么样了？"

"兄长典马受到阿甲的迷惑，这也是铸成大错的原因之一。今后恐怕也会有凑巧碰上阿甲的一天呢，你们也多注意一点。"

看来梅轩的酒劲终于上来了，他坐着冲炉火打起瞌睡来。

"头儿，你快躺下睡吧。"

众人一起热情地架起梅轩，放进武藏逃脱后的被窝，然后捡起落在泥地上的枕头放在他头下。宍户梅轩顿时忘记了清醒时的怨念，鼾声如雷。

"回去吧。睡觉去。"这些人原本就是以从战场获得渔利为生的野武士，也曾公然宣称是伊吹辻风典马或野洲川辻风黄平的手下，大肆劫夺落荒武士，如今却落得这种下场。尽管在时代的追逼下被迫变成农民或猎户，他们也没有就此拔掉咬人的獠牙。不久，这群眼神凶狠的人便陆续朝发白的黎明中走去。

十一

之后，这里便像是什么都没有发生过一样，屋内只剩下人的鼻息和老鼠的磨牙声。尚未入眠的婴儿最初仍在里面哭闹，但随着睡意渐浓，也不知不觉平静下来。

厨房和作坊之间的泥地一角堆着柴薪，旁边是泥灶，粗墙上挂着蓑衣和斗笠。靠着泥灶的角落，蓑衣竟窸窸窣窣地动了起来。只见蓑衣自动抬升，重新挂在墙上的钉子上，一个人影像烟一样冒了出来。

武藏并未离开这里一步。他从被窝里溜出来后，先是立刻打开木板套窗，然后便蒙上蓑衣，蹲在柴堆里潜伏下来。

武藏在泥地上迈开脚步。宍户梅轩的鼾声正响，听起来鼻子还有点毛病，鼾声非同一般。武藏觉得有些奇怪，不禁在黑暗中露出一丝苦笑。听着那鼾声，武藏沉吟起来。在与宍户梅轩的比试中，自己已经胜了，而且是完胜。不过，从他们刚才的谈话听来，宍户梅轩似乎是此人后来的名字，以前则是野洲川的野武士，名叫辻风黄平，与武藏以前打死的辻风典马是兄弟关系，还说今晚要杀死武藏为哥哥祭灵，尽管身为野武士，但其志可嘉。倘若不杀他，日后他必定会寻找一切机会置自己于死地。从安全来考虑，最好是杀了他。可是，他是否值得杀呢？

武藏思考着这个问题，但不久后他便做出了决定。他绕到梅轩床铺尾部，从墙壁的钉子上取下一柄锁镰。梅轩并未醒，武藏窥探了一下对方的脸，用指甲抠出镰刃，青白色的利刃与柄弯成了钩形。他在镰刃上缠上湿纸，然后悄悄地把镰放在梅轩的脖子上。好！从天花板上垂下来的风车也停止了旋转。假如不事先在镰刃上缠上湿纸，明天早晨一旦这人的脑袋从枕头上滚下来，风车一定会发疯地转个不停。

至于杀死辻风典马一事，既有杀他的理由，也是缘于战后的一股血性。可是这宍户梅轩的性命，即使夺走也丝毫没有益处。不仅没有，而且如同风车的转动一样，因果轮回不久后又会使武藏成为他人的杀父仇人，这更令人恐惧。

本来，武藏今夜就对故去的双亲十分怀念，又对弥漫在夜色中的甜美乳香羡慕不已，简直不忍离去。他在心底默念：承蒙款待……那就请安心地睡到明天早晨吧。

武藏祈祷着，静静地打开木板套窗，然后轻轻关上，消失在未明的夜色里，又踏上了旅途。

奔马

一

旅行的最初几天总是很新鲜，也感觉不到辛苦。阿通和城太郎昨晚很晚才在关路口的驿站住下，今天一大早便在沉沉朝雾中从笔舍山赶到了四轩茶屋前。

此时，太阳才刚刚升起，二人回过头。"啊，真美。"一时间，两个人被日出的庄严美景打动，不禁停下脚步。阿通脸上燃起红晕，这一瞬，她的表情清新至极。不，地上的植物和动物，一切生命都充满了生机和朝气，装点着大地。

"一个人都没上来，阿通姐。今天早晨，我们是第一个通过这条大道的。"

"这有什么好骄傲的？不就是路嘛，先后通过不都一样吗？"

"不一样。"

"那若是早通过，十里的路就会变成七里？"

"不是这种区别。同样是路，第一个走心情一定很不错，比起跟在驮马屁股或者轿夫的后面强多了。"

"那倒也是，但像城太郎这样骄傲自满、趾高气扬，就很奇怪了。"

"走在一个人也没有的街道上，感觉就像走在自己的领地上。"

"那，我给你开道，你就趁着现在好好地显摆一下吧。"阿通捡起掉在路上的竹子，愉悦地嬉戏起来。

"过来坐坐吧，过来坐坐吧。"这时，有人从闭门尚未营业的四轩茶屋里探出头打招呼。

"哎呀，讨厌！"阿通顿时羞红了脸，拔腿就跑。

"阿通姐，阿通姐。"城太郎追过来，"你怎么可以丢下大人逃跑呢，斩！"

"不玩了，讨厌。"

"明明是你要玩的。"

"还不是让你诱进圈套的。哎呀，四轩茶屋的人还在看着呢，他们一定觉得我是个疯子。"

"回那边去吧。我肚子饿了。"

"你就不能再坚持一下？"

"那就先吃一半午饭的饭团吧。"

"别太过分了，才走了不到二里路。你也真是的，我若是不阻拦，你一天准保会吃五回。"

"我可不像阿通姐那样，又是坐滑竿，又是骑马的。"

"那是因为昨天想住在关路口，就在天黑前拼命赶。你若这么说，那今天就不骑了。"

"今天该轮到我骑了。"

"小孩子家骑什么马。"

"我就是想骑嘛，就让我骑一回吧，求你了，阿通姐。"

"只限今天。"

"四轩茶屋那儿拴着驮马，我去借。"

"不行，现在不行。"

"难道你刚才说的是假话？"

"还没有走累就骑马，太浪费了。"

"你若这么说，我一百日走千里也不会累，那就永远都不能骑了？待会儿走路的人一多可就危险了，你就让我趁现在骑骑吧。"

若是这样拖延下去，就算早动身也赶不了路。阿通还没有点头，城太郎就已经兴高采烈地朝四轩茶屋跑去。

二

所谓四轩茶屋，店如其名，的确有四栋茶屋。可这四栋房子并非像旧衣店一样紧挨着，而是分布在去往笔舍、沓挂等地的山坡上，于是就成了这一带的总称。

"大叔！"城太郎站在那里大声喊道，"马！我要雇马！"

才刚开门营业，茶屋老板惺忪的眼睛就被这个活蹦乱跳的孩子惊醒了。"什么？大点声！"

"我要马，快牵马出来！到水口多少钱？便宜的话，骑到草津也行。"

"你是谁的孩子？"

"人的孩子。"

"我还以为是雷神的孩子呢。"

"那雷神说的是大叔你吧。"

"这孩子嘴巴真厉害。"

"快把马牵来吧。"

"你以为那是赶路的驮马吗？那不是驮马，不能借给你用。"

"怎么就不能借？"

"打你这臭小子！"说着，老板从蒸着包子的泥灶下面扔出一根还燃着火的木柴，却没有打中城太郎，而是打到了拴在檐下的老马腿上。

这匹老马出生以来，每日都做人类的帮手，驮着草包或味噌酱通过关岭，毫无怨言，睫毛上都生出了白毛。它似乎好久没有受过惊吓，突然嘶鸣暴跳，马背几乎碰到了屋檐。

"这个混账！"也不知骂的是马还是城太郎，老板跑过来，"吁、吁"地解开缰绳，欲把马牵到房子旁边的树下。

"大叔，借给我吧。"

"都说了不行，你怎么……"

"怎么就不行呢？"

"没有赶马人。"

198

这时，阿通也走到旁边，请求说既然没有赶马人，那就先付了租费，到水口那边再把马委托给回这里的旅人或者赶马人送回来。老板看阿通言行可信，便答应送到水口的驿站也行，到草津也行，把马托付给当地方便的人即可，然后便把缰绳交给了她。

城太郎咂舌道："太欺负人了，不就是看阿通姐长得漂亮嘛。"

"城太郎，你若是说爷爷的坏话，这马听了，准会一怒把你从半道上摔下来。"

"我怎么会被这么老的马摔下来？"

"能骑吗？"

"能骑，只是够不着马背。"

"你那样搂着马屁股也不行啊。"

"你抱我一下，把我放到马背上。"

"你可真麻烦。"阿通两手伸到城太郎腋下，把他放到马背上。城太郎立刻睥睨地面。"阿通姐，快走啊。"

"危险，你那坐姿！"

"不碍事。"

"那就出发。"阿通牵起缰绳，"爷爷，再见。"她一面回头跟茶屋老板告别，一面向前走去。

可是走了还不到百步，晨雾中忽然传来一声大喝，虽然看不见身影，脚步声却迅速追了上来。

三

"喊谁呢？"

"好像是叫我们。"

二人停下回头一看，只见烟一样白茫茫的浓雾中，一个人影逐渐清晰，距离越来越近，那人的轮廓、肤色、年龄和相貌都看得清清楚楚。若是夜间，恐怕不等对方靠近，二人早就吓跑了。追来的是一个刀鞘高翘、前插锁镰、眼神恐怖的男人。

男人风驰电掣而来，猛地在阿通旁边停下，一把夺过阿通手里的缰绳。"下来！"他冲着城太郎命令道。

老马也吓得连连后退，城太郎连忙抓住马鬃，说道："什、什么！你可别胡来……这可是我雇的马。"

"少废话！"男人听都不听，"喂，那女人！我住在关路口驿站稍微拐进去的云林院村，叫宍户梅轩，因故追赶天不亮就从这大道上逃走的宫本武藏。此人可能早已越过水口的驿站，可我必须要在江州口的野洲川一带抓住他。你这马就让给我了。"

对方话说得太急，胸口也剧烈地起伏。尽管天气冷得连雾霭都在树梢上结成了冰花，梅轩的脖颈下却汗水淋淋，粗大的血管越发膨胀。

阿通吓呆了，仿佛全身的血液都被吸进大地，脸色登时苍白起来。她发紫的嘴唇哆嗦着，很想让对方再说一遍，再竖起耳朵确认一遍，却什么话也说不出来。

"武、武藏？"马背上的城太郎脱口而出。他紧紧地搂住马鬃，手脚哆嗦。急于赶路的梅轩似乎没有注意到不轻易屈服的二人刹那间的惊讶。"快，臭小子，下来、下来！磨磨蹭蹭的，是不是想挨揍啊？"他想把缰绳的一头当成鞭子威吓城太郎，结果城太郎使劲摇头。"不行！"

"不行？"

"这是我的马，你就是用这马去追前面的人也不行。"

"我看你们是女人和孩子才对你们客客气气，臭毛孩子，你别不知好歹！"

"对吧，阿通姐。"城太郎隔着梅轩对阿通说，"这马不能给他，不许给他！"

阿通真想表扬他的勇敢。莫说这马，就连这人都不能让他追到前面去。"对。或许您很着急，可我们也急着赶路。再过一会儿，往来山岭的马和轿子就有的是了。而且您要夺走别人骑着的马，正如刚才孩子所说，也不讲道理。"

"我不会下来的。我死也不离开这匹马。"

二人团结一致，坚决拒绝梅轩的请求。

四

阿通与城太郎毅然拒绝的态度让梅轩稍感意外。原本在这男人的眼里，这种坚决的反抗就十分奇怪。

"那是无论如何也不把这马让给我了？"

"明知故问！"城太郎完全是一副大人的口气。

"浑蛋！"梅轩登时失态地叫嚷。他一下子拽住城太郎贴在马腹上的一条腿，想把马背上像跳蚤一样紧紧抱住马鬃的城太郎揪下来。此时正是该从腰间拔出木刀的时候，可城太郎似乎完全忘记了。被强敌抓住脚踝后，他只知道一个劲地愤怒。"滚！可恶！"他朝梅轩的脸上吐起唾沫。

人生的重大变故不知何时就会降临到头上。刚才还面对太阳、为活着而欢呼的生命，眨眼间便被黑暗的战栗包围。阿通不想在这种地方被这种男人伤害，更不想死。由于恐惧，她只觉得口中又酸又干。可是她无论如何也不想致歉，更不想把马让给这个男人。

男人凶残的加害之意正逼向走在前方的武藏，巨大的危险无疑正追赶着武藏。只要能在这里多拖延这个男人一刻，武藏就能远离危险一刻。哪怕这么做会让好不容易走到同一条路上的自己和武藏的距离再次陡然变远，也断不能把奔马让给这个男人。

阿通咬着朱唇表达着自己的意志。"你干什么！"她大喊一声。尽管她自己都为这种勇气和鲁莽而震惊，可她还是猛地推了一把梅轩的胸膛。擦掉脸上的唾沫时，又被柔弱的女人推了一把，梅轩不禁吓了一跳。不仅如此，女人的胆量总会令男人出乎意料，就在推开梅轩胸膛的一瞬，阿通握住了梅轩佩带的野太刀刀柄。

"臭女人！"梅轩大吼一声，一把抓住阿通的手腕想阻止她，可刀已出鞘，梅轩刚一碰阿通，右手的小指和无名指立刻像弹出来一样被切断，鲜血淋漓地溅落到地上。

"啊，痛！"梅轩不禁捂住剩下的手指往后一躲，结果刀鞘也随之自动脱开，一道寒光从阿通的手中划地而出。梅轩再怎么说也是精于一技的高手，可此刻却比昨晚更失策。不用说，他从一开始就没有把眼前的女人和孩子放在眼里，这无疑是造成他此次失手的重要原因。

完了！正当他责骂着自己，准备站起来时，野太刀已横着从毫不畏惧的阿通手中砍了过来。可是，这毕竟是一把近三尺长、名曰"胴田贯"的厚重利刃，就连成年男人都无法轻易抡起来。

梅轩闪身一躲，阿通的手自然划出一道弧线，身体也因挥刀而趔趄。接着传来咔嚓一声，仿佛将树一斩两断似的，阿通只觉得手腕一震，赤黑色的血柱顿时扑面而来，令她目眩。刀竟插进了马屁股。

五

这匹马似乎极易受惊。刀刺得并不深，马却发出悲鸣般的嘶叫，屁股喷着血蹦跳起来。

梅轩叽里咕噜地喊了声什么，正要抓住阿通的手腕夺回自己的刀，疯狂的马却用后腿一下子将两人踢飞，接着前腿腾空直立起来，鼻子一抽，一声长啸，随即便像离弦的箭一样狂奔而去。

"哇呀！"梅轩看着马蹄扬起的沙尘，一下子摔倒在地。他愤怒至极，但已不可能追上，便将血红的眼睛转向阿通，可是阿通也忽然不见了踪影。

"啊？"梅轩的太阳穴顿时青筋暴起。再一看，刀已经被扔到了路边赤松树的根部。他飞扑过去捡起刀，定睛一瞅，低低的山崖下面可以看到一家农舍的茅草屋顶。

看来在被马踢飞的一瞬间，阿通便滚落到了那里。而此时，梅轩已感觉到她与武藏一定有某种关系。尽管急着要追赶武藏，可他也不甘心就这样放过阿通。他跑下山崖。"跑哪儿了？"他叨念着，大步在农家周围绕来绕去，"看你能躲到哪里！"看到他血红着眼，一会儿瞅瞅地板下面，一会儿疯狂地踢开仓库门，背都驼了的农家老人吓得哆哆嗦嗦，畏缩在纺车后面。

"啊！原来藏到那儿了！"不久，梅轩终于发现长满扁柏树的溪谷里尚有未融的残雪，阿通正像雉鸡一样从陡坡上朝溪谷下面拼命逃去。"往哪儿跑！"梅轩从上面大喊，阿通不禁回头一看。伴随着山石不断崩塌的声音，他的身影飞快地朝阿通跑去。尽管他右手端着捡起来的大刀，却并无杀死阿通的念头。他觉得如果阿通是武藏的旅伴，既可以作为抓住武藏的诱饵，也许还能问出武藏的行踪。

"臭女人。"梅轩左手一伸，指尖碰到了阿通的黑发。阿通身子一缩，紧紧抱住树根，结果脚下一滑，身体像钟摆一样伸到了崖上，剧烈地左右摇晃。崩塌的沙土和碎石哗啦哗啦地落到她的脸上和胸前，梅轩瞪圆的眼睛和太刀不断在上面晃动。"傻瓜，笨蛋，还想逃吗？下边就是溪涧的绝壁了。"

阿通无意间往下面一瞧，数丈深的正下方，一条绿色的溪水正切开残雪淙淙流过。即使要跳到那里寻求生机，阿通也毫不害怕。她已经拥有了机会，随时都可以轻松一跳，将生命交付给那片溪谷。

一旦感觉到死亡威胁，阿通便以比死亡更惊人的速度想起武藏。在毛骨悚然的大脑里，她凭借记忆和想象力描绘出的所有武藏的形象，就像暴风雨肆虐时天空中的月亮一样模糊不清。

"头儿，头儿！"不知哪里传来的喊声和谷间的回音让梅轩扭过身。

六

崖上现出两三个男人的脸。"头儿！"几人纷纷喊了起来，"你在干什么呢？还不赶紧往前追？刚才我们问了四轩茶屋的老板，说是天亮之前有个武士在那儿做了便当，朝甲贺谷方向奔去了。"

"甲贺谷方向？"

"对。但无论是去甲贺谷，还是翻越土山去水口，到了石部的驿站后就只有一条路了，只要在野洲川抓紧布置一下，就一定能抓住那家伙。"

梅轩一面听着远方传来的话语，一面紧盯着面前呆然不动的阿通，仿佛要用目光将她绑起来。

"喂，你们也下来。"

"下去？"

"快过来。"

"可若是再磨蹭，武藏那家伙就要过野洲川了。"

"没事，快下来。"

"是。"

这几人便是昨夜与梅轩一起瞎折腾了半夜的手下。看来他们已经习惯了翻山越岭，纷纷像野猪一样径直从斜坡上跑下，发现阿通的身影时不禁面面相觑。

梅轩简明扼要地讲明原委，便把阿通交给了三名手下，命他们随后带到野洲川去。手下们心领神会，便用绳子绑起阿通，却又一副不忍心绑的样子，频频用贪婪的眼神瞅着她那低垂的苍白侧脸。

"听着，你们也不许晚了。"梅轩丢下这句，便像猿猴一样横着跑下山腰。也不知他是从哪里下去的，不久，他便下到甲贺谷的溪流边，从远处回头望着这边的山崖，手搭在嘴边，身影显得很细小："在野洲川碰头！我走小道去追，你们走大道，多留点心！"

"知道了。"

手下们一声回应后，梅轩便像雷鸟一样，轻快地顺着岩石缝向残雪斑驳的谷间走去。

尽管已是步履蹒跚的老马，可一旦发起疯，一般的骑马人是拦不住的，更何况马背上的是城太郎。仿佛屁股被火把捅了似的，马带着血红的伤口一路狂奔，眨眼间便跑过铃鹿的一处叫"八百八谷"的山坡，越过蟹坂，冲过轿夫的歇脚点，从松尾村横穿布引山脚下，就像旋风一样不知停歇。

马背上的城太郎居然没有掉下来。"危险！危险！危险！"他像念咒语一样狂喊，光是抓着马鬃已经不行了，他闭上眼，死死搂住马脖子。马腾空跃起的时候，他也随之高高颠起。比起他本人，这种极度危险的状态更让那些看到他的村民和歇脚点的人胆寒。他本来就不懂骑马术，也不知道如何下马，至于让马停下之类就更想不起来了。

"危险！危险！危险！"

他很早就缠着阿通要骑马，软磨硬泡，一直想骑在马上体验一下尽情飞奔的感觉，今天他大概已彻底满足，声音逐渐带起哭腔，咒语似乎也不灵验了。

七

道路上行人渐多，哪怕随便哪个人挺身出来，替城太郎阻止住这狂奔的马也好，可没有一人伸出援手。有人不解地丢下一句"那是怎么回事",目送着他疯狂远去。有人则躲到路边,在他身后骂上一句"疯子",就是没有人帮他。

眨眼间便到了三云村夏身歇脚点。倘若是驾着筋斗云的孙悟空,一定会手搭凉棚,俯瞰晨光中伊贺、甲贺的奇峰险谷,欣赏布引山和横田川的绝景,眺望远处那分不清究竟是一面镜子还是一朵紫云的琵琶湖。但就算速度不劣于筋斗云,城太郎也无暇顾及周围的景色。"拦住!拦住!给我拦住!"不知什么时候,"危险"变成了"拦住"。不一会儿来到柑子坂的陡坡时,咒语又突然变成了"救命"。在急速冲下陡坡的马背上,城太郎的身体像球一样弹起来,他越发恐惧,要是在这里摔下去就没命了。

可是,就在坡道的七合目附近,山崖一旁伸出来一根不知是朴树还是槲树,总之是乔木的树枝,拦在道路中间。当树枝唰啦一下碰到城太郎脸上时,他顿时觉得这棵树是上天听到自己的呼救后派来的救命之神,立马像青蛙一样从马背上跃起抱住了树梢。

背上空了之后,奔马加快速度朝坡下冲去。城太郎当然只能两手挂住树梢,在空中荡起秋千。其实他距离地面不过一丈高,只要一放手,就可以平安下落,这也是人和猴子的区别。可是他的动作太滑稽了,脑筋一定有些异常。仿佛掉下来就会没命似的,他又是拼命蹬腿,又是不停地倒换发麻的手,都不知道该怎么对付自己的身体了。

不久,咔嚓一声,树枝断裂的声音传来。完了!城太郎两眼一闭做好了死去的准备，却毫发无损地坐到了大地上，他反倒呆住了。"啊……"马已经跑得不见踪影了。就是能看见它，城太郎也再不想骑第二次了。

在地上瘫了一会儿，城太郎忽然站起身。"阿通姐？"他朝坡上喊，"阿通姐！"随即他便返回来路匆忙奔跑起来。他双眼通红，仿佛要赶去办一件不易的大事。这次他反倒紧紧握住了木刀。

"也不知怎么样了……阿通姐！阿通姐！"

这时，他迎头碰上一个从柑子坂上下来的戴着草笠的人。此人身穿五倍子染布料的和服，并未穿外褂，下穿皮裙裤加草履，腰间自然佩带着大小两刀。

八

"喂，小孩！"擦肩而过时，穿着五倍子染窄袖和服的男子抬起手，从头到脚打量着身材矮小的城太郎，"你怎么了？"他问道。

城太郎折回几步。"大叔，你是从那边来的吧？"

"不错。"

"那你有没有看见过一个二十岁左右的漂亮女人？"

"嗯，看见了。"

"在哪里？"

"前面的夏身歇脚点，有绑着女人的野武士。我也觉得可疑，可没有理由质问，于是没作声就过来了，但他们看上去像是迁移到铃鹿谷的辻风黄平同党。"

"就、就是他们！"

"你等等。"城太郎正要跑，男子叫住了他，"那是你的同伴吗？"

"她叫阿通。"

"一旦草率行事，你的命就没了。你还是先别去了，那几个家伙不久就会路过这里。你能不能仔细说说是怎么回事，说不定我还能帮你出个好点子呢。"

城太郎立刻就相信了此人，把今早以来的经过一五一十都讲给他听，五倍子染男人顶着草笠连连点头。

"原来如此，明白了。可是以化名为宍户梅轩的辻风黄平的手下为对手，你们只是女人和孩子，就是再咬牙切齿也没有用。还是让我帮你把那个阿通姐从那些人手里要回来吧。"

"他们会给吗？"

"可能不会轻易给，但到时候我另有办法，你别出声，藏在那边的树丛里等着就是。"

城太郎藏起来后，那名男子便大步流星地朝坡下走去。他该不会事先把人哄高兴，自己却准备逃走吧？城太郎有些不安，从树丛里探头观望。但由于坡上传来人声，他慌忙缩了回去。阿通的声音传入耳内，不久身影也出现了。她两手被反绑在身后，在三名野武士的推搡下走来。

"你东张西望地看什么？快走！"

"你走不走？"一个男人推着阿通的肩膀骂道。

阿通侧着身子在坡道上蹒跚而行。"我在寻找我的同伴，也不知那孩子怎么样了。城太郎！"

"少啰唆！"

阿通白嫩的赤脚已经出血。城太郎真想冲出去大喊一声"我在这里"，可此时，那五倍子染的武士出现了，这次他没有戴草笠，看上去有二十六七岁，面孔浅黑，目不斜视，一脸愤慨的样子。"不得了了。"他自言自语着从坡下跑了上来。听到这话，三人停下脚步，回头望着说了句"抱歉"便擦肩而过的五倍子染武士，喊道："喂，那不是渡边的侄子吗？出什么事了？"

九

从被唤作渡边的侄子这一点来看，这个身着五倍子染窄袖和服的男子，当是附近伊贺谷和甲贺村一带深受尊敬的忍者世家渡边半藏的侄子。

"你们不知道？"男子说道。

"你指什么？"三人凑了上来。

渡边的侄子指着后面说道："柑子坂下有个叫宫本武藏的男子，全副武装，正举着太刀挡在路上，对通行者进行严厉盘查呢。"

"武藏？"

"我正要通过，他便蛮横地走到我面前，问我的名字，我回答说是伊贺渡边半藏的侄子，叫柘植三之丞，结果他就突然道歉，说失礼了，既然不是铃鹿谷辻风黄平的手下，就快请通过。"

"哦……"

"我问他怎么回事，结果他斩钉截铁地说，他从路上的传闻中得知，野洲川野武士的落魄之徒，即化名为宍户梅轩的辻风黄平及其手下，企图在这条路上杀他，既然如此，与其落入他们的陷阱，还不如直接把这附近当作战场，豁出命与其决战至死。"

"真的吗，三之丞？"

"谁会撒这种谎？否则我怎么会知道有宫本武藏这么一个旅者。"

三人明显开始动摇。"怎么办？"他们彼此交换着畏缩的眼神嘀咕起来。

"你们最好还是小心点走。"三之丞丢下这样一句，正欲离去。

"渡边的侄子！"三人慌忙喊住他。

"什么事？"

"麻烦了。我们听头儿说过，那可是个十分强悍的家伙。"

"他肯定颇有几下子。他在坡下提着刀呼的一下子闯到我面前时，连我都吓了一跳呢。"

"怎么办？我们正按头儿的吩咐，押着这女人准备去野洲川呢。"

"那与我有什么关系？"

"可别那样说，你就帮我们一把吧。"

"我实在是爱莫能助啊。若是被伯父半藏知道我帮你们办事，还不得把我骂死。但若只是出出主意，倒也不是不能帮你们。"

"快告诉我们，光是这样就很难得了。"

"你们把这女人藏到附近的树丛中。对，先把她绑在树根或什么上。你们最好轻装上阵。"

"那然后呢？"

"这道坡是不能走了。你们可以稍微绕一下道，走谷道，赶紧赶到野洲川报告，先远远围住他再下手。"

"有道理。"

"稍微一不小心，对方就会拼命，恐怕会伤亡惨重，我可不想看到这样的结果。"

三人当即决定就这么办，便把阿通拽到树丛里，捆到树上，刚要离去，却又再次返回，在她嘴里塞上东西。

"这样该行了吧。"

"好。"

于是三人径直朝小路走去，不一会儿便消失了。

一直蜷缩在枯枝叶中的城太郎一看时机已到，便悄悄地从树丛里探出头，四下张望起来。

十

周围没有一个人，路上也没有人通过，连渡边的侄子三之丞也不见了。"阿通姐！"城太郎跳进树丛，解开阿通身上的绳结，拽着她连滚带爬地跑到坡道上。

"城太郎……你怎么会在这儿？"

"先别管这些了，赶紧逃吧。"

"等、等等。"说着，阿通开始整理散乱的头发、领口和腰带，梳妆打扮起来。

城太郎咂咂舌。"这都什么时候了，还有空打扮！头发什么的过后再弄。"

"可是刚才路过这里的那个人说了，往坡下一走，就会碰上武藏先生。"

"所以你才打扮？"

"不、不。"阿通出奇认真地解释道，"只要能见到武藏先生，就没什么可怕的了。我们的麻烦已经没了，我已经安下心来……已经不害怕了。"

"可是他说在坡下遇到了武藏师父，是真的吗？"

"他刚才是那么说的。他去哪里了呢？"

"不在了。"

二人于是四处张望起来。"真是个怪人。"城太郎叨念道。

可是不管怎么说，二人能虎口脱险，无疑是多亏了渡边的侄子柘植三之丞的帮助。倘若还能再见到武藏，该如何向那人致谢才好呢，阿通甚至想到了这些。

"好，走吧。"

"打扮好了？"

"你怎么能这么说呢，城太郎。"

"可是你看上去很高兴啊。"

"你不也是吗？"

"当然。但高兴就是高兴，我才不会像阿通姐那样遮遮掩掩呢。让你听听我怎么大声喊吧。我高兴！"他手舞足蹈，"但万一师父不在可就没意思了。我先去前面找找看，你说呢，阿通姐？"说着他便跑了起来。

阿通跟在后面走下柑子坂。她比飞跑而去的城太郎还急，心早就飞向了坡下，可脚反倒快不起来了。就以这种样子……她望望出血的脚，又瞅瞅被泥土和树叶弄脏的衣袖。她摘下沾在袖子上的枯叶用指尖摆弄着，结果卷在树叶中的白色絮状物里钻出一条吓人的虫子，爬到她的手背上。尽管她在山里长大，却无比讨厌虫子。她吓了一跳，猛地一甩手。

"快走啊！你在那儿磨蹭什么呢？"坡下传来城太郎兴奋的声音，听着如此有力，看来已经找到武藏了。阿通立刻从他的声音里察觉到这一点。

"啊，终于……"她忽然在心里安慰起至今为止的自己来。想到终于实现夙愿的恒心，她不由自主地自豪起来。她抑制不住内心雀跃的欢欣，但也十分清楚这只是女人一厢情愿的欢喜。即便见了面，武藏又能在多大程度上接纳她的心呢？她为即将见到武藏而喜悦，又为见到武藏后的悲伤而心痛。

十一

坡道背阴处的土都冻结了，可一下柑子坂，茶屋一带始终一片艳阳照耀，甚至连冬天都会有苍蝇。茶屋面向山脚下的水田，贩卖牛穿的草鞋和粗点心等。城太郎正在那里等待阿通。

"武藏先生呢？"阿通边问边张望起聚集在茶屋前的人们。

"没在这里。"城太郎茫然地断言道，"怎么回事啊？"

"哎？"阿通简直不敢相信似的，"怎么会呢？"

"可是哪里都没有啊。茶屋的人我也都问了，都说没看见那样的武士……一定是哪里出了差错。"城太郎的表情并不那么沮丧。

阿通虽然也信以为真，一度大喜过望，可美好的心情就被城太郎如此随意地破坏了，她不禁厌恶起城太郎那毫不在乎的样子来。这是什么孩子啊！

"你没有去那边更远处看看吗？"

"看了。"

"那边的庚申冢后面呢？"

"没有。"

"茶屋后面呢？"

"都告诉你没有了！"城太郎不耐烦地回了一句，只见阿通忽然把脸扭向一边。

"阿通姐，你哭了？"

"关你什么事。"

"你可真糊涂，我还以为你是个聪明人呢，原来也像婴儿一样啊。这事从一开始就不可信，你却信以为真。就算武藏师父不在，你也用不着哭鼻子抹眼泪啊？"城太郎仿佛没有一丝同情心，反倒哈哈笑了起来。

阿通真想一屁股坐下。世上的一切忽然变得暗淡无光，她的内心沉浸在之前的——不，迄今从未有过的迷失里。哈哈大笑的城太郎那发黑的虫牙看起来那么可恨，自己怎么会跟这样的孩子同行呢。她甚至想，若是能够把他丢下，独自一人该多好，想怎么哭就怎么哭。

仔细想来，尽管二人在寻找的是同一个武藏，可城太郎只把武藏当成师父来敬仰，而阿通则是用生命在追寻。而且每每遇到这种情况时，城太郎总是若无其事地立刻就恢复了生气，阿通却相反，一连几天都无精打采。城太郎内心的某个角落总怀着乐观的希望，认为一切都没什么，不久后肯定会在某个地方碰到武藏，而阿通却无法这么乐观地看待将来。

难道自己一生都会这样，既无法与武藏相会，也无法跟他说上一句话？阿通越想越消极。恋爱追求的是相思，而恋爱者却又钟爱孤独。即使不恋爱，阿通也有一种天生的孤儿性格，对于周围事物和别人的感觉，她比谁都敏锐。阿通露出有些任性而生气的样子，默默朝前走。

"阿通姑娘！"这时，有人在后面喊了起来，并不是城太郎。阿通一看，一个人踩着枯草从庚申冢的碑后出来，大小两刀的刀鞘都湿了。

十二

原来是柘植三之丞。刚才明明觉得他已径直登上坡顶而去，现在竟忽然间又冒了出来，这让阿通和城太郎都感到不可思议。而且，此人还如此亲昵地呼喊阿通，真是个怪人。

城太郎立刻冲了上去。"大叔，你骗人！"

"怎么了？"

"你说武藏师父就在这坡下提刀等着，可哪里有武藏师父的影子？这难道不是说谎吗？"

"笨蛋！"三之丞叱骂道，"要不是这谎话，你的同伴阿通姑娘能从那三人手里逃出来吗？哪有像你这样强词夺理的？你还得对我说声谢谢才是！"

"那，大叔是为了让那三人上当才故意瞎编的？"

"明知故问。"

"原来如此，我说是吧。"说着，城太郎转向阿通，"果然是瞎编的。"

听对方一解释，阿通觉得自己朝城太郎胡乱发些脾气也就罢了，朝陌生的柘植三之丞抱怨可就没有任何理由，于是连连曲膝致意，感谢对方搭救。

三之丞显得很满足。"若说那野洲川的野武士，最近老实多了。但一旦被他们盯上，恐怕无法平安地从这山道脱身。不过，听这小家伙先前所讲，看来你们担心的那个宫本武藏还是个颇睿智的人，想必不会轻易犯下差错，落入他们网中。"

"除了这条大道，去往江州路的路还有好几条吗？"

"当然有。"三之丞抬起头，眺望晴空下的冬日山岭，"如果走伊贺谷，有一条从伊贺的上野过来的路。如果去安浓谷，有一条从桑名和四日市来的路。伐木的山路和近道有三条左右。不过依我来看，那个宫本武藏恐怕早就换了道脱离危险了。"

"那就安心了。"

"危险的倒是你们。刚才好不容易把你们从豺狼群里救了出来，却又摇摇晃晃地在这大道上溜达，这种样子在野洲川不让人立刻抓去才怪呢。要不你们跟我来吧，虽然有些险，但一条谁也不知道的近道，我领你们去。"

之后，三之丞便领着两人穿过甲贺村上方，一直走到通往大津海峡的马门岭。他详细指点道路，说道："来到这儿后就可以安心了。晚上早点住下，小心点走就行。"

阿通连连致谢，要分别时，三之丞意味深长地又望了她一眼。"阿通姑娘，再见了。"他带着一丝幽怨说道，"一路上我一直以为你会问，可你最终还是没有问我。"

"问什么？"

"我的姓名。"

"可是在柑子坂时我已经听到了。"

"你还记得？"

"你不是渡边半藏大人的侄子柘植三之丞大人吗？"

"多谢。虽然听起来有些以恩人自居的感觉，但不知你是否会永远记住它？"

"嗯，您的恩情我会永记在心。"

"我不是这个意思。我是说我现在仍然独身，伯父半藏是个挑剔的人，否则我真想把你带到家里……算了，前面有家小客栈，那儿的主人也跟我很熟，你告诉他一声我的名字住下就行了。那就……再见。"

十三

有时，尽管明白对方的好意，也知道对方是个热情的人，可是自己不但对他的热情丝毫不感到欣喜，甚至对方越是卖弄，自己就越是讨厌，这种情形并不鲜见。阿通对柘植三之丞便是如此。

心术不正之人——大概是最初的印象妨碍了判断，即便到了分别时分，阿通也不愿在内心道一声感谢，反倒有一种从狼嘴里逃出般的解脱感。与三之丞分别后翻过一个山岭，就连那不怕生人的城太郎也丢下一句："讨厌的家伙！"

从道理上讲，对于将自己救出虎口的恩人，本不该在背地里说这种坏话，可是连阿通也不由得点点头。"真是的，究竟是什么意思呢？还要我记得他是独身……"

"一定是卖了个关子，想让阿通姐以后嫁给他……"

"真讨厌。"

之后，二人的旅途就十分平安了。但令他们遗憾的是，即使到了近江的湖畔，过了濑田的唐桥，又过了逢坂的关口，也没再打探到武藏的消息。

年末的京都已经竖起了门松。看到街市上迎春的装饰，尽管为眼前失去的机会悲伤，可阿通也从中看到了未来的希望。五条大桥畔，一月一日早晨——倘若不是这个早晨，那就是从二日一直到七日的每个早晨——那个人说必定会去那里。阿通是听城太郎说的。这并非武藏等待她的约定，独独这一点令她感到无比伤感。但是无论如何，只要能够见到武藏，她的希望就能实现八九分。

只是，倘若这时——突然，阿通的期盼中又蒙上了一层阴影，那是本位田又八的影子。武藏所说的从元旦到七日间每天早上都来这里，是为了等待本位田又八。听城太郎讲，那个约定只是托朱实转达，也不知是否真正传进了又八本人耳里。又八千万别来，只武藏一人来就好了，阿通不由得祈祷起来。带着这些杂念，从蹴上一进入三条口那年底令人眼花缭乱的人山人海中，她忽然觉得又八似乎会在那里走动，武藏似乎也会。更让她害怕的是，又八的母亲阿杉说不定什么时候也会从背后突然冒出来。

最兴奋的莫过城太郎了，好久没有感受到的城市景色和噪音让他无比兴奋。"要住下吗？"

"不，还不行。"

"天还这么亮，就是住进客栈也没意思，那就再往前走吧。到那边似乎就有集市了。"

"我们不是还有比去集市更重要的事情吗？"

"什么事情？"

"城太郎，你难道忘了从伊势一直背过来的东西？"

"哦，这个啊。"

"总之，若不到乌丸光广大人的府邸里去一趟，把荒木田大人拜托的东西送去，我们就不会轻松。"

"那，今晚就可以住在他家喽？"

"这怎么像话。"阿通望着加茂川笑道，"尊贵的大纳言大人的府邸怎么会留宿浑身是虱子的城太郎呢？"

冬蝶

一

负责照看的病人从被窝里逃走，没有了下落，这的确应该令看护者震惊。不过，住吉海边的客栈也对病人生病的原因略知一二，并不担心擅自逃走的病人会再次投海，只是托信使给京都的吉冈清十郎送去一封通知函，并没有派人去追去找，未付出一点辛劳。

于是，朱实拥有了脱笼小鸟般的自由。但朱实毕竟曾一度在海里昏死过去，根本无法快乐地享受这自由。何况那个可恶男人给少女内心留下的难以磨灭的伤害，以及伴随而来的精神和生理上的不安，更是不可能在短短的三四天之内痊愈。

"真不甘心……"在载重三十石的船里，朱实仍伤心不已，眼泪甚至比淀川的流水还多，而且这种伤心也不单是悔恨，因为内心恋着另外一个男人。自己与那人的永久希望遭到了清十郎的暴力破坏，这种伤心便更加复杂。

淀川上，搭载着门松的稻草圈和装点春天之物的小船忙碌地来来往往。看到这情形，朱实犹豫起来。"若是去见见武藏……"思考之时，泪水又簌簌地滚落。

武藏会在五条大桥畔等待本位田又八。

这个正月，朱实不知等了多久。她喜欢那个人。自从产生了这种心情，无论看到城里的何种男人，她都没再心动过。加上她总拿武藏同与养母阿甲鬼混的又八做比较，思慕之情便一直萦绕心头，从来都没有断过。

如果把思慕比作线，那么爱恋就是将线在内心里缠起来的线球。即使多年不见，线也会独自抽出，遥远的回忆和最近听到的传闻都会变成线，将线球越缠越大。

朱实也一样，从在伊吹山下的时光到昨天，她的这种少女情愫中就洋溢着可爱野百合的清香。可是现在，她只觉得这一切都已在心底被打得粉碎。虽然没人知道这些，她还是不自觉地认为世人都在用奇怪的眼光审视着她。

"喂，姑娘，姑娘。"被人这么一喊，朱实才注意到自己像冬蝶一样，正瑟瑟地走过黄昏中五条附近的寺町，周围可见枯柳和塔影。"那是带子还是绳子啊？似乎开了正拖在地上呢。我来给你系上吧。"

说话的是个浪人，语言粗俗，身形枯瘦，腰间插着两把刀。这无疑是朱实在这里看到的第一个男人，原来是正在闹市和冬日陋巷瞎逛的赤壁八十马。

只见他啪嗒啪嗒地拖着磨秃的草履，凑到朱实身后，然后捡起拖在地上的绳带一端。"姑娘不会是经常在能乐狂言里出现的那种疯女人吧？别让人笑话啊⋯⋯脸蛋那么漂亮，稍微整整乱发再走吧。"

二

　　大概是觉得讨厌，朱实仿佛没听到一样继续前行。赤壁八十马则把她的行为当作年轻女人的羞怯。"姑娘看似是京都人啊，是离家出走，还是从丈夫家逃出来了？你可要当心啊。像你这样的花容，还有那恍惚的表情⋯⋯谁都能看出出了事。别在街头徘徊了，现在的京城虽然没有了罗生门和大江山那种贼窝，可是一看到女人就浑身发痒的野武士、流浪汉和人贩子可比比皆是⋯⋯"

　　朱实一句也不回答，可八十马依然尾随她自言自语。"真的，"他继续道，"听说，最近许多京都女人被以大价钱卖到江户。从前藤原三代将城邑开在奥州平泉的时候，就有大量京都女人被卖到奥州，如今这目的地变成了江户城。德川的二代将军秀忠正拼命致力江户开府，所以京都女人被不断地卖到江户，什么角町啦，伏见町啦，境町啦，住吉町啦，这边花柳巷的分店都开到二百里之外的江户了。姑娘会立刻被人盯上，你可得多加注意，千万别让人卖到那里去，也别让那些可疑的野武士之类拐了去，否则就危险了。"

　　"去！"朱实突然像打狗一样抡起袖子，瞪着后面，

"去去！"

八十马哈哈大笑。"咦，你这人还真是个疯子啊。"

"少烦我！浑蛋！"

"哈哈哈，这越发是地地道道的疯子了，真可怜。"

"多管闲事！"朱实说着摆出架势，"小心我拿石头打你。"

"喂喂。"八十马仍不依不饶，"姑娘，等等。"

"谁管你，死狗！"朱实其实很害怕。骂了一句后，她甩开对方的手，拼命逃跑。前面便是之前人称"灯笼大臣"小松大人的府邸遗址，如今已是一片茫茫的茅草地。朱实像游泳一样朝那里逃去。

"喂，姑娘！"八十马如猎犬般在茅草的波浪间跳跃着追赶。

黄昏之月像鬼女裂开的嘴一样，悬在鸟部山上。不巧太阳正在落山，附近也没有人经过。而且更令她失望的是，尽管两町开外有一群人正没精打采地下山，可即使听到了朱实的呼喊，他们也没有跑过来帮助的意思。因为他们都穿着白色礼服，戴着附有白绳的草笠，手持念珠，刚刚送葬回来，眼泪还未干。

三

朱实一下子被推出很远，扑通一下跌在茅草丛里。

"啊，抱歉抱歉。"居然还有如八十马般可笑的男人，先把对方推倒，然后边道歉边压到对方身上，"痛吗？"他紧紧搂住朱实。

朱实恼羞成怒，立刻朝那张胡子拉碴的脸扇起耳光。啪啪啪，她接连扇了三个耳光，可是八十马毫不在乎，反倒将此当成享受一样，眯着眼睛主动伸过脸，令人十分无奈。但他紧紧抱住朱实的手丝毫没有放开。

看到对方死皮赖脸地靠近，无数胡须像针一样扎过来，朱实苦不堪言。她连气都喘不过来，只得一通乱抓。挣扎中，她抓破了八十马的鼻孔，那鼻子顿时像狮鼻一样变成了朱色。可是八十马仍不放手。

黄昏的钟声从鸟部山的阿弥陀堂传来，宣告着诸行的无常。可是在为非作歹之人的耳朵里，这色即是空的梵音也无非对牛弹琴。淹没了男女的茅草枯穗只是一个劲地翻起波浪。

"给我老实点！有什么好怕的！给我做媳妇吧。有什么不好的！"

"我想死！"朱实的喊声过于悲痛而坚决，八十马不禁"啊"了一声。

"为什么？"

朱实像山茶花的花蕾一样紧紧蜷成一团。八十马努力想用语言化解朱实身体的抵抗。这个男人似乎多次做过这种事，连这种过程都要享受一下。他面孔并不狰狞，反倒十分从容，像是在玩弄到手的猎物。

"有什么好哭的！不要哭。"八十马将嘴唇贴到朱实的耳朵上，软硬兼施，"姑娘难道没有经历过男人？骗人的吧，像你这样的年龄……"

朱实想起了吉冈清十郎，想起了上次痛苦的呼吸。但这一次，她却有了一种上次无法比拟的镇定。上次的一刹那，她甚至连房间四周隔扇的格棂都看不清了。

"你先等等！"朱实不禁像蜷缩的蜗牛一样说道。她病后的身体像火一样烫，可八十马并不认为这是生病的发热。

"你让我等等？好好，我当然会等……但你若是逃跑，我可就来狠的了。"

朱实使劲抖抖肩膀，甩掉八十马那纠缠的手，盯着他那终于离开一点的脸，站了起来。"你要干什么？"

"难道你还没弄明白？"

"不要欺负我是个女人，我也有女人的气节……"被草叶划破的嘴唇上渗着血。朱实紧咬双唇，眼泪簌簌地流下来，与血一起滑过白皙的下巴。

"别装腔作势了，看来你未必是个疯子。"

"当然！"突然，朱实猛地一推对方的胸膛，撒腿就跑，对着月下茫茫的茅草狂喊起来："杀人了！杀人了！"

四

从这时的精神状态来说，比起朱实，八十马反倒完全变成了疯子，尽管只是一时的。亢奋至极的他已经顾不上讲究什么技巧，他已经扒掉了人类的皮，彻底变成了一头情欲的野兽。

"救命啊！"还没在青色的月光中跑上十间远，朱实就被野兽咬住了。她咬咬牙，硬是将白皙的小腿蜷倒在地，任黑发缠绕在脸上，使劲蹭着大地。虽说春天已经临近，可花顶山上吹下来的风依然萧瑟，似乎要把这片原野变成霜地。痛苦的挣扎让她雪白的胸部完全暴露在寒风中，八十马的眼睛立刻变成了欲火的窗口。

这时，只听砰的一声，有人似乎突然用硬物在耳边打了一下。八十马的血液顿时停止了循环，全都汇集到遭受击打的地方，愤怒之火从那里喷发。他大喊一声："痛！"同时不知所措地回过头，却再遭迎头痛击。

"你这浑蛋！"嗖！只见带节的尺八在空中发出鸣响，又朝八十马脑门上砸下来。这次他已无暇思考还击，只是肩膀瘫软，眼珠一翻，立刻像纸糊的老虎一样摇头倒向后面。

"这么不禁揍。"出手的虚无僧一面提着尺八，一面观察八十马。八十马已经张开大嘴昏了过去。由于两下都打在脑门上，就算回过神，这个男人也一定会变成痴呆。一想到这罪孽比狠心杀死对方还重，虚无僧愈发仔细查看起来。

朱实茫然地望着那虚无僧。此人五十上下，胡须稀疏，手持尺八，看起来倒也像个虚无僧，但脏兮兮的衣服上别着一柄太刀，让人着实难以判断究竟是乞丐还是武士。"没事了。"说着，青木丹左卫门露出盖过下唇的板牙笑了，

"你可以安心了。"

朱实这才回过神来。"多谢。"她赶紧整理了一下凌乱的头发和衣服，用依然惊恐的眼神环视四周。

"你是哪儿的？"

"家吗？家是……家是……"朱实立刻抽泣起来，两手捂脸。青木丹左卫门问她原因，她也无法告知全部实情，便半真半假地答着，然后又开始啜泣。什么母亲跟别人不同，要拿她的身体换钱，她刚从住吉逃到这里等等，只能说到这种程度。"我就是死也不回家了。我已经无法再忍。若说起丢脸的事，小的时候，她甚至还逼我做过从战后的死尸身上扒东西的勾当。"

比起可恨的清十郎和刚才的赤壁八十马，朱实觉得养母阿甲更可恨。她突然对养母恨之入骨，于是又把脸埋在两手间哭了起来。

心猿

一

这条小松谷正好处于阿弥陀峰下，为歌中山和鸟部山环抱，清水寺的钟声也近在耳边，十分幽静，干风吹在脸上的寒冷感觉也与众不同。

来到这条小松谷后，青木丹左说道："就是这儿，我的临时住处多么悠闲自在啊。"他回头看着领来的朱实，绽开长着稀疏胡须的上唇一笑。

"就是这儿？"尽管觉得有些失礼，朱实还是禁不住反问了一句。

这是一座荒凉的阿弥陀堂。如果这也算住处，那附近空置的堂塔伽蓝可真不少。由于这里到黑谷和吉水一带是念佛宗的发祥地，所以祖师亲鸾的遗迹颇多，念佛行者法然房被流放到赞岐的前夜，似乎就曾在这小松谷的佛堂等处，与随行的诸位弟子和皈依的善男信女洒泪分别。

那已是承元年间春天的故事，而今夜却是连落花都没有的冬末。

"请进吧。"丹左率先登上佛堂的走廊，推开格子门，朝朱实招手。朱实犹豫了，不知是该接受他的好意，还是该另寻住处。"这里面很暖和，虽然是稻草席，可也有东西铺……还是你连我都怀疑，以为我也是可怕的坏人？"

朱实摇摇头。青木丹左人品不坏，她已经安下心来，而且对方已年过五十。让她犹豫不决的只是他所谓住处的佛堂极其肮脏，他的衣服与皮肤的污垢上也散发出阵阵臭味。可是朱实一时又找不到其他地方住，倘若再让赤壁八十马之流撞见，不知又会是何种遭遇。况且她的身体仍在发热，浑身绵软，恨不能立刻就躺下休息。于是她说道："可以吗？"随后开始踏上台阶。

"当然可以，住几十天都行，这儿没有人会来捣乱。"

堂内一片漆黑，让人担心会有蝙蝠之类突然飞出来。"等等。"丹左在角落里咔咔地磨着打火石，点上不知从哪里捡来的短架灯。朱实此时再往里面一看，锅、陶瓷器、木枕、席子等一应俱全，都是捡来的。丹左烧开水，说是要给朱实做烫荞麦面饼吃，他往残破的炭炉里添上木炭，再放入引火木条作为火种，接着便开始呼呼地吹。

真是个热心人——心情稍微平静下来后，朱实也不再介意肮脏的环境，跟虚无僧一样，适应了这种生活。

"对了，你刚才说身上发热，浑身无力吧？大概是感冒了。在烫荞麦面饼做出来之前，先躺在那里休息一下吧。"

一旁的角落里是用席子和米袋之类做成的睡铺。朱实把随身带的纸垫在木枕上，立刻躺了下来。被子由破旧的纸蚊帐充当，当然也是捡来的。

"那我就先睡了。"

"好好，你什么也不用担心。"

"给您添麻烦了。"朱实说着伏地致意。正要拉上纸被子时，被子中忽然窜出一个长着电光般眼睛的活物，越过她的头逃去，吓得她尖叫一声俯下了身。

二

比起朱实，更加吃惊的反倒是青木丹左，快倒空的荞麦粉袋子一下子从他手中滑落，把膝盖都弄白了。"啊，什么？"

朱实仍没敢抬头。"不、不知是什么东西。一只比老鼠大得多的小兽，从角落里跳了出来……"

"是松鼠吧？"丹左闻言望望四周，"松鼠倒是经常会嗅到食物前来。可是哪里都没有东西啊。"

朱实悄悄抬起头。"啊，在那里！"

"哪里？"丹左一转身，猛地往后一看，果然有只动物正孤零零地蹲在那既无佛具也无本尊的朱栏内。看到丹左的目光，它吓得畏缩起来。那并非松鼠，而是一只小猴子。

丹左面露疑色，这或许让小猴子觉得他好欺负。它在朱栏里哧溜哧溜来回转了两三圈，又返回原先的位置，若无其事地抬起那毛桃般的脸，眨了眨眼睛，一副似乎要说什么的样子。

"这家伙……从哪儿进来的呢？怪不得饭撒了一地，难不成……"

小猴子似乎明白"难不成"这句话的意思，还没等丹左靠近便率先逃开，一下子藏到佛堂深处。

"哈哈哈，真可爱。只要给它点食物吃，它就不会捣乱了。先不管了。"说着，丹左拍拍膝上的白色荞麦粉，重新在锅前坐下，"朱实，没什么好怕的，睡吧。"

"没事吧？"

"不是山猴子，大概是哪里喂养的猴子逃出来了，不用担心。那样的被褥冷不冷？"

"不冷。"

"那就睡吧。这病，只要安静地卧床休息，很快就好了。"说着，丹左往锅里加入荞麦粉，添上水，然后用筷子搅起来。

残破的炭炉里，炭火在熊熊燃烧。丹左先把锅架在炉子上，然后趁这个空隙切葱。菜板是佛堂里的旧案几，菜刀似乎是生锈的小刀。他连手都不洗，就把葱末移到木碟里，再将案几擦擦，就直接当饭桌了。锅里翻滚的开水逐渐让佛堂里暖和起来。丹左抱着枯木般的膝盖，饥饿的眼神凝视着沸腾的水泡，仿佛人间的至乐尽在这锅中，连煮饭都让人那么快乐。

和每天晚上一样，清水寺方向又传来了钟声。尽管严寒的修行即将结束，初春也已临近，可一到腊月，人的忧愁也多了起来，整夜摇晃金鼓的声音和在寺院中斋戒祈祷者哀伤的咏歌声不绝于耳。

我咎由自取，该受这种惩罚，可城太郎不知怎么样了？那孩子什么罪过也没有，父母的罪应该由父母来偿还，大慈大悲的南无观世音菩萨，请保佑城太郎吧。为了不让烫荞麦面饼糊在锅底，丹左轻轻搅动着筷子，同时在身为父母者的脆弱内心里祈祷。

"讨厌！"突然，睡梦中的朱实大喊一声，仿佛脖子被勒住一样，"畜、畜、畜生……"丹左抬头一看，朱实的脸紧贴在木枕上，眼睛虽然闭着，却流下了两行泪珠。

三

朱实被自己的梦话惊醒，睁开眼睛。"大叔，我刚才在睡梦中是不是说过什么？"

"嗯，吓了我一跳。"丹左来到枕边帮她擦拭额头，安慰道，"大概是烧的吧，你看这大汗……"

"那我……说了什么？"

"很多。"

"很多？"朱实本就发烫的脸羞得更红了，她把纸蚊帐做的被子蒙在脸上。

"朱实，你在诅咒一个男人吧？"

"我说的是这个？"

"嗯。你怎么了，是被男人抛弃了？"

"不是。"

"被骗了？"

"不是。"

"我知道了。"丹左露出已猜出来的样子。

朱实一下子坐了起来。"大叔，我、我……我该怎么办呢？"在住吉遭到侮辱之事，她一直不想告诉别人，始终闷在心里。而现在，心中的愤怒和悲伤让她无法不把这些说出来。她忽然抱住丹左的腿，像说梦话一样呜咽着讲述。

"唔……"久未闻过的女性气息钻入丹左的鼻子和眼睛，让他浑身火热。本以为近来已彻底断绝绝俗念，但如今，形同枯木的残体忽然像注入了热血般膨胀起来，肋骨下面的肺和心脏也充满勃勃生机。这种感觉他真的很久没有过了。

"你说的那吉冈清十郎，就是犯下这种罪孽的家伙？"他追问道，不禁憎恨起这个清十郎来。不，用憎恨都不足以表达他心底的愤怒。让他老迈的血液如此激动的不仅仅是愤怒。仿佛自己的女儿遭到了蹂躏一样，一种奇怪的妒忌心让他的肩膀开始发抖。

朱实已经将丹左当成了可信之人，认为可以向他说出一切。"大叔……我不想活了，不想活了。"她趴在他的腿上痛哭，弄得他简直不知所措。

"别哭，别哭。你又没有从心里答应他，所以你的心还没有遭受玷污。女人的心灵比身体更重要，所谓的贞操只是心的事情。就算没有把身体交给他人，可如果心里想着其他男人，哪怕只有一瞬间，女人的贞操也已经被玷污了。"

这种观念上的宽慰仍无法让朱实安心，她依然泪流不止，热泪浸透了丹左的衣服。"不想活了，不想活了。"她依然叨念个不停。

"不哭，不哭……"丹左抚摩着她的后背，却无法用同情的目光去注视她那白皙脖颈的战栗。这粉嫩肌肤的香气也已经被其他男人盗取过了——他竟不由得生出奇怪的想法。

不知什么时候起，小猴子悄悄来到锅边，叼起一样食物便逃。一听到声音，丹左立刻把朱实的脸从膝头推下来。"混账！"他挥起拳头。

看来，比起女人的眼泪，更让丹左动心的还是食物。

四

天亮了。丹左一大早便说道："我要去城里化缘，就拜托你看家了。我得去讨来你的药和热乎乎的食物，还有油和米等东西。"他说罢披上破抹布一般的袈裟，抱起尺八和斗笠，离开了阿弥陀堂。只要不下雨，丹左就得去城里行乞。

他戴的并不是深笠，而是普通的竹编斗笠，脚上拖着后跟已经磨没了的破草履，鼻下的胡须十分寒碜，就像行走的稻草人一样。

今天早晨的丹左尤其疲惫。他昨天一夜都没有睡好。苦恼而悲伤的朱实喝完热腾腾的荞麦汤后出了点汗，随后便沉沉睡去，丹左却整夜都没有合眼，直到天亮。即使到了早晨，来到明媚的阳光下，让他未眠的原因也仍然残留在他的脑中、盘踞在他的心底，迟迟不肯离去。

正好与阿通年龄相仿……他想。与阿通比起来，虽然性情截然不同，但朱实要比阿通可爱。阿通虽然高雅，却有一种冰冷感。而朱实或哭，或笑，或怒，都有一种诱惑力，就像一束强光，从昨晚起就让他那干枯的细胞变得年轻，充满活力。可是无论如何，年龄的衰老已经是不争的事实。他每翻一次身，都会惦念起朱实的睡姿，但另一颗心却立刻告诫他：我这个人究竟怎么回事？怎么会这么卑鄙？身为池田家的谱代，高官厚禄，这样的生活让我生生毁了，从姬路的藩地流浪到这里，堕落成流浪三界的落魄之身，不就是因为女人吗？不就是因为忽然间对阿通产生了像刚才那样的情愫吗？

丹左一面告诫自己，一面又斥责自己：怎么还不长记性？好了伤疤忘了疼。啊，尽管手持尺八，身披袈裟，可自己离普化的澄明悟道境界还远着呢。什么时候才能达到露身风体的悟道境界？

丹左惭愧地闭上眼睛，逼着自己入睡，好歹熬到了天亮。疲惫之感依然黏在他今天早晨的身影上，让他踉踉跄跄，无精打采。

抛弃这种邪心吧。那么可爱的一个姑娘，还受到了可怜的伤害，就安慰一下她吧。要让她知道，并非这世间的所有男性都是色鬼。回去的时候给她讨些药和其他东西，若是能够让她高兴，一天的行乞也就没有白费。其他的欲望就节制一下吧。

纷乱的心情终于稍稍平静，丹左的脸色也终于好了一点。这时，他正走过的山崖上忽然传来吧嗒一声，一只鹰随即展翅掠过太阳。他抬头一看，只见灰色的小鸟羽毛像飞舞的棉絮一样，正从树叶已落光的柞树枝头朝自己飞落。

鹰抓着小鸟升上天空，可以清晰地看到展开的翅膀下方。"抓到了！"远处传来人声。接着，鹰主人的口哨声也响了起来。

五

不久，两个狩猎打扮的人从延念寺的后坡走了下来。一人左拳托鹰，右手提着盛猎物的网袋，后面跟着机灵的茶色猎犬。原来是四条道场的吉冈清十郎。另一人比清十郎年轻许多，体型反而更刚健，身穿华丽的少年窄袖和服，斜背着三尺有余的大太刀，留着额发。说到这里，剩下的就不用介绍了，除了岸柳佐佐木小次郎，别无他人。

"对，就是这一带。"小次郎环望四周说道，"昨天傍晚，我的小猴子与猎犬争斗，结果尾巴被咬了，大概是吃了苦头，在这一带藏起来后就再也没有露面……是不是躲到那边的树上去了？"

"怎么会呢？猴子也有腿。"清十郎毫无兴致地说道，

"用鹰就够了，哪有带着猴子打猎的？"说着，清十郎在石头上坐下。

小次郎坐在树根上。"也不是我带来的，是它自己跟来的，我也没办法。可是那小东西那么可爱，一时不在身边还真觉得空落落的。"

"我以为喜欢猫和哈巴狗之类动物的只有女人和闲人，没想到像你这样的修行武者也喜欢小猴子，看来真是不能一概而论啊。"对于在毛马堤上亲眼所见的小次郎的剑法，清十郎的确十分尊敬，可在其他兴趣和处世方面，小次郎就显得十分幼稚。看来年龄小就是不一样，在一个宅子里只同住了三四天，清十郎就很清楚了。他不再对小次郎抱有十分的尊敬，二人相处得反倒更融洽，没过几天已十分亲密。

"哈哈哈。"小次郎笑道，"那还不是因为在下幼稚。若是对女人有了感觉，什么小猴子之类，恐怕早就丢在脑后不管了。"说着，他又要开始悠闲的杂谈，清十郎脸上却越发流露出不安的神色，和踞在拳头上的鹰一样，眼睛深处不断闪着焦虑的光。

"那个虚无僧怎么回事？一直站在那里，一动不动地朝我们这边看。"清十郎突然有些警觉地嘟囔起来，于是小次郎也回头一看。清十郎用好奇的眼神盯着的，当然是一直呆立在远处的青木丹左。此时，丹左正背过身，慢腾腾地朝反方向走去。

"岸柳先生，"清十郎像是忽然想起什么似的，一下子站起身，"回去吧。我怎么想都觉得现在不是狩猎的时候。今天已经是腊月二十九了，回去吧，回道场。"

可是小次郎似乎在嘲笑他的焦躁，冷笑道："好不容易带着鹰出来狩一次猎，才抓到一只山鸠和两三只斑鸫而已。再往山上爬一点看看吧。"

"算了，心情不佳的时候，就连鹰都飞得不如意。还是回道场，练习练习。"清十郎自言自语地丢下一句，话尾的语气与平常大不相同。看那样子，就算小次郎不愿意，他自己一人也要先回去。

六

"那就一起回去。"小次郎也一同迈开步子，脸色却不愉快，"清十郎先生，我这么执着地劝你，是不是弄得你不高兴啊？"

"怎么会呢。"

"昨天和今天都劝你狩猎并把你领出来的，不正是我小次郎吗？"

"不……你的好意我十分清楚。但已到了年底，而且也如我与你说过的，与那个宫本武藏的重要比武已经迫在眉睫了。"

"所以我才劝你悠然放放鹰、打打猎什么的，养精蓄锐。但就你的性情来看，似乎无法做到这点。"

"通过近来的一些传闻来看，那武藏真不可小觑啊。"

"那你就更应该不急不躁，精心准备。"

"我也不是慌乱，但轻视敌人乃是武道的大忌。在下以为在比武之前该进行充分的磨炼，万一落败，也要是那种竭尽全力后的落败。毕竟，实力上的差距谁都没有办法……"

尽管小次郎对清十郎的正直抱有好感，可同时也看透了他胸襟狭隘这点，不禁暗暗为他感到可惜。以这种器量，他无法长久继承吉冈拳法的名声和偌大的道场。还是他弟弟传七郎的气魄更大一些，他想，可是那个弟弟放纵无度，虽然能力似乎比清十郎强一些，可是名望等一切皆无，完全是个毫无责任心的富家公子。

小次郎也曾被介绍给传七郎，可是二人性情完全不合，一开始就彼此反感。而清十郎为人正直，只是胆小谨慎，小次郎想帮他一把，便故意怂恿他出来狩猎，好让他完全忘记与武藏的比武，可他根本就无法放松，还说要回去再好好练习一下。这种认真态度诚然可贵，可是在与武藏会面前的这几日练习究竟能有多大的效果呢？小次郎甚至想如此反问。可是他的禀性便是这样，这让小次郎深切地意识到自己根本就帮不上忙。

两人刚要踏上归途，一直在脚下转来转去的茶色猎犬却不知何时不见了影子。"汪！汪！汪！"远处传来凶猛的叫声。"啊，看来是通知我们有猎物。"说着，小次郎的眼睛亮了起来。

清十郎却觉得猎犬多此一举。"别管它，待会儿它就会追上来。"

"可是……"小次郎有些惋惜，"我去看一看，你先在那里等一会儿。"

小次郎循着叫声向前跑去，抬眼一看，猎犬已经跑入了一座边长七间的正方形古老阿弥陀堂，冲着破败的窗口又叫又跳，跃上去又跌下来，正在用爪子胡乱抓着红色的柱子和墙沿。

七

猎犬究竟嗅到了什么而如此狂叫呢？小次郎走向另一入口，贴着佛堂的格子门往里瞅。就像在窥视漆壶一样，里面黑黢黢的，什么也看不见。他哗啦一声推开门，猎犬随之摇着尾巴，一下子跳到他脚下。

"去！"小次郎踢开猎犬，它却亢奋起来，毫不退缩。待小次郎走进佛堂，猎犬突然从他身旁窜过，率先向里面跑去。接着，意外的女人尖叫声刺破了小次郎的耳膜。那绝不是一般的惊讶，声嘶力竭的尖叫和激昂的犬吠纠缠在一起，发出嗡嗡的回响，仿佛要把佛堂的房梁震裂。

"啊？"小次郎连忙跑过去。一瞬间，他明白了猎犬狂追的目标是什么，同时，一个拼命叫喊着抵抗的女人也映入眼帘。

朱实一直盖着纸蚊帐躺在地上。忽然，被猎犬发现的小猴子从窗口跳了进来，藏到她的身后。猎犬紧追过来，就要咬向朱实。朱实仰面翻倒，小次郎则用力踢向猎犬，致其一声惨叫。二者几乎同时发生，毫厘不差。

"痛！痛！"朱实哭着挣扎起来。猎犬大张着嘴咬住她的左上臂。

"还不撒口！"说着，小次郎再次抬脚朝猎犬的侧腹踢去。可是他第一脚已把猎犬踢死，无论再怎么踢，那咬住朱实胳膊的大嘴也不松开。

"拿开！拿开！"

小猴子一下子从朱实身体下面跳了出来。小次郎两手扳住狗的上下颚。"这狗东西！"咔吧一声，剥胶似的声音传来，猎犬的头耷拉下来，差一点就被掰成了两半。小次郎砰的一下将其扔到门外。"没事了。"他说着坐到朱实旁边。朱实的上臂却绝非无碍，雪白的手臂像红牡丹一样血流如注，那雪白和鲜红让小次郎感到一阵剧痛和震颤。

"没有酒吗？清洗伤口的酒……不，不可能有，这种地方怎么会有呢？那可怎么办？"小次郎使劲捂住她的手臂，灼热的血液汩汩地溢到了他的手腕上，"一旦中了狗牙上的毒，有可能会变成疯子。进了这屋子后，那狗就像是疯了一样。"他一时不知如何处置，嘟囔起来。

朱实痛苦地皱着眉头，迷迷糊糊地向后挺着白皙的玉颈呻吟："哎？变成疯子？好，那就干脆变成疯子好了，变成疯子。"

"别、别犯傻了！"小次郎忽然把脸贴上去，吸起她上臂的血来。嘴里吸满后就吐掉，然后再继续咬住那白皙的肌肤。

八

黄昏时，外出化缘的青木丹左有气无力地回来了。他打开已经十分昏暗的阿弥陀堂的门扉。"朱实，很寂寞吧。我回来了。"他把在路上讨来的药、食物和油壶等放在一角，"你等一下，我现在就给你点上灯……"可是灯亮了之后，他的心却暗了下来。"咦？去哪儿了？朱实、朱实！"

朱实不见了。

遭遇突然变故的一厢情愿一下子变成无处发泄的愤怒，丹左觉得周围的世界顿时一片黑暗。从愤怒中清醒过来后，他又陷入了难以言喻的孤独。他再也不会年轻，也注定不再拥有荣誉和野心。意识到自己的衰老，他欲哭无泪。

"不但得到救助，还得到了那样悉心的照顾，却默默地离去……难道这就是尘世……现在的年轻女人就是这个样子，还是她依然在怀疑我？"丹左不断地发牢骚，用猜疑的目光环视朱实睡的地方。定睛一看，地上扔着腰带头之类撕裂的小布片，上面沾着少许血迹。丹左不禁胡思乱想，浑身充满了不可思议的忌妒。他懊恼地踢乱稻草睡铺，买来的药也扔到了外面。尽管乞讨了一天，饥肠辘辘，可他连做晚饭的力气都没有了，拿着尺八，叹息着走到阿弥陀堂外廊。

接着，足足有半刻时间，尺八一直让他的烦恼游荡在天空里。尺八代替他向空中自白：人的情欲，只要不到进入墓地的那一天，无论形式如何改变，都会像磷一样以元素的形式潜藏在人体深处。反正是被其他男人糟蹋过的姑娘，为什么独独自己非得被道德观念束缚，整夜都忍受不眠之苦呢？

后悔、自我鄙视……杂乱的感情找不到归宿，在血管深处游荡，这正是所谓的烦恼。尽管丹左吹着尺八拼命地反省，努力从感情的混沌中平静，可他终究是个罪孽深重之人，无论他多么认真，那吹禅之竹仍未清澈。

"虚无僧，有什么高兴的事让你今夜独自吹起了尺八？若是在城里讨的赏钱多，买了酒肉，那就让我也一醉吧。"一个乞丐从地板底下探出头说道。这个瘫子乞丐常年住在地板下，每天从下面看着像王侯一样生活在上面的丹左，羡慕不已。

"你……你大概知道吧。我昨晚领到这里来的那个女子到哪里去了？"

"那样的美女怎么能让她逃？今天早晨，一个背着大刀留着额发的年轻人跟小猴子一起把她带走了。"

"额发年轻人？"

"看样子不坏，比你我都强。"也不知有什么可笑的，地板下面的瘫子独自笑了起来。

公开信

一

一回到四条道场，清十郎便吩咐道："喂，把这个放到鹰房的栖木上。"说着把鹰交到门人之手，解开草鞋。他脸上分明挂着不高兴，全身仿佛都竖着刀子。

门人拿走草笠，打来洗脚水，留意着清十郎随时都会发火的情绪，小心地问道："一起去的小次郎先生呢？"

"过会儿就回来了吧。"

"会不会是一时贪玩，走散了？"

"让别人等着，自己却怎么也不回来，我就一个人先回来了。"

清十郎换了衣服，在起居室坐下。起居室外的中庭对面是宽阔的道场。自腊月二十五闭场之日起，直到新春的开场日，那里一直都关闭。近千门徒一年中总是进进出出，现在一下子没了木刀的声音，整个道场像是变成了空房子。

"还没回来吗？"清十郎在起居室里问了门人好几次。

等小次郎回来后，就把他当成练习靶子，也可以把他看作不久就要会面的武藏。

清十郎抱着这种想法等待，可到了傍晚甚至夜里，小次郎始终没有出现，第二天也是如此。日子终于逼近年末的最后几天。

这天是除夕，中午，吉冈家的前厅里拥满了讨账的人，恍若集市。"你们想怎么样？"态度一直谦卑的商人不再忍耐，大声呵斥起来，"你们以为管家和主人都不在就没事了吗？你们打算让我们跑几十趟吗？"还有一个男人敲打着账簿抗议："若光是这半年的账，看在你们上一辈是老主顾的份上，我们也就算了，可是你看看，这是今年盂兰盆节的账单，这是前年的账单。"

进出的有木工、瓦匠、日用品店老板和布庄老板，还有清十郎到处玩乐时去过的茶屋戏棚的主人，全都是讨账的。这些还算是小数目，还有弟弟传七郎连个招呼都没打就随意借下的大笔高利贷。"我们要见清十郎先生。你们门人没用。"光是坐下来赖着不走的就有四五人。

平常，道场的账目和生活方面的开支都由祇园藤次以管家的身份打理，可是他却于数日前带着外出募集来的钱款，与蓬之寮的阿甲逃之夭夭了。

门人们也不知该怎么办。清十郎只嘱咐一句"就说外出了"，然后就躲在屋里不肯出来，传七郎也当然不会在除夕这样危险的日子回到家附近。

这时，六七个人气势汹汹地闯了进来，是自称吉冈门十杰的植田良平及其他门人。良平瞪着讨账的人们，怒喝一声："喂，怎么回事？"他劈头问道。

负责回绝的门人一脸不言自明的表情，简单解释了一下原委。

"这有何难，不就是讨账嘛。既是借债，给了不就行了。等到本家情况好转的时候再来吧。不愿意等的，就来道场，我用别的方式来接待。"

二

听到植田良平蛮横的话语，讨账的商人们也顿时火冒三丈——要我们等到本家情况好转的时候是什么意思！不愿意等的去道场又是什么意思！正因为上一代任职室町将军家兵法所带来的信义，我们才低三下四，逢迎取悦，物品也出借，什么东西都借，你们让明天来我们就明天来，你们让后天来我们就后天来，什么事都唯唯诺诺，把你们奉为名门望族，可你们也别蹬鼻子上脸。若是被你一吓唬，我们这些讨账的就吓退了，那我们商人还怎么活？！若是没了商人，光你们武士就能让这个尘世维持下去，那你们随便好了！反感的情绪自然在讨账人之间燃起了怒火。

良平盯着这群吵吵嚷嚷的商人，觉得他们像傻子一样。"快，回去回去！在这儿待一辈子也没用。"

商人们沉默下来，却根本没有动的意思。于是，良平冲一个门人喝道："来人，给我轰出去！"

一直压抑怒火的商人们似乎再也无法忍耐。"这样做岂不是太过分了！"

"有什么过分的?！"

"再怎么也不能把我们轰出去啊。"

"那你们为何还不乖乖地回去? 今天可是大年三十啊。"

"我们也不知能否过这个年关，才拼命求老爷呢。"

"本宅也很忙。"

"只要付了账，我们什么怨言都没有。"

"你过来！"

"去、去哪儿? "

"你这不讲理的家伙！"

"太、太可恶了！"

"住嘴！" 良平一把抓住那个男人的衣领，一下子扔到侧门外。站在那里的讨账人慌忙躲开，但有两人没来得及，摔在了一起。

"谁? 还有谁有意见? 借着鸡毛蒜皮的小账当盾牌，赖在吉冈家不走，真是岂有此理！我决不会答应。就算是小师父让给，我也不答应。来，一个一个的，都给我过来。"

商人们看到良平的拳头，赶忙都站起来。可是逃到门外后，发觉自己的无力，他们又破口大骂："快到头了！等到这门上被贴上房屋待售的封条，我们就拍手大笑！""为期不远了！""那时我们就能出口气了！"

良平听着门外的抱怨捧腹大笑，接着便与其他人一起朝后面清十郎的起居室走去。

清十郎正情绪低落，一个人抱着火盆。

"小师父，这么安静，怎么了？"良平问道。

"不，没什么。"看到六七个心腹门人进来，清十郎稍微调整了一下情绪，脸色好看了点，"日子越来越近了。"

"已迫在眉睫了。关于这件事，大家也都非常着急，要通知武藏比武的地点和时间吗？"

"这个嘛……"清十郎沉思起来。

三

武藏曾在来信中提到，比武的地点和日期由对方决定，并希望对方正月初之前在五条大桥畔竖一牌子作为回复。

"地点，首先得确定地点。"清十郎叨念着，"京北的莲台寺野如何？"他与门人商量道。

"行。那，日期和时间呢？"

"松之内，还是过了松之内？可是……"

"最好早一些，以防武藏那家伙玩一些卑劣手段。"

"那么，八日如何？"

"八日？八日好啊。正好是先师的忌日。"

"父亲的忌日啊，那算了……九日的卯时下刻，就这么定了。"

"那就照此记在牌子上，在今晚竖到五条大桥畔？"

"嗯……"

"您可想好了？"

"当然。"清十郎只能如此说。但他从未想过会输给武藏。他从幼时就被父亲手把手传授本事，无论何时与眼前任意一个高徒比试，他都从未输过，更不用说初出茅庐的乡野武者武藏。这一点他还是很自负的。

尽管如此，他却从前一阵子起忽然感到胆怯，心神不宁。至于原因，他自我解释为并非懈怠了武道的钻研，而是近来身边琐事繁多，劳他分神。

朱实可以说是其中最大的原因。自那之后，他的心情就一直不愉快。接到武藏的挑战书后，他匆匆赶回京都，结果祇园藤次却逃之夭夭。到了年关，家中的财政状况愈发困难，讨账的人每天都拥上门来，让他无暇保持平静。而暗暗仰仗的佐佐木小次郎也在来到这里后不见了踪影，弟弟传七郎也不知去向。他原本没把武藏看成大敌，觉得自己一人就可应付，没到非得需要其他人帮助的地步，但今年年底，他不由得觉得非常孤独。

"小师父请看，这样如何？"

植田良平等人已经在新削好的白木板上写下了告示，从另一个房间里拿来给清十郎看。清十郎抬眼一看，文字墨迹还未干。

答示

致作州浪人宫本武藏阁下

应约比试之事

地点：京北莲台寺野

时间：正月九日卯时下刻

对以上神文誓约如下：

万一对方违约，则宣告天下任人耻笑。若本方违

约，即遭神罚也。

庆长九年除夕夜

平安吉冈拳法二代清十郎

"嗯，可以。"清十郎大概这才放下心来，使劲点点头。

于是这天晚上，植田良平便将告示牌夹在腋下，带着

两三个人，大步朝五条大桥走去。

孤行八寒

一

吉田山下住着很多公家武士，每年只领取一点粮饷，终生过着平淡无奇的生活。他们的房屋平静地相邻，造型紧凑、门扉简朴，带有极其保守的阶级颜色，从外面一看就知道屋主是何人。

不是这儿，也不是这儿……武藏一家家看门牌。难道已经不住这儿了？他似乎失去了寻找的动力，伫立在原地。

父亲去世时见过一面后，武藏就再也没见过姨母，对她只有遥远少年时的模糊印象。可是除了姐姐阿吟，与他有血缘关系的就只有姨母之类的人。昨日一踏进京都，他忽然想了起来，便想寻访一下试试。

在武藏的印象中，姨父在近卫家当差，是个俸禄很低的下级武士。本以为在吉田山下立刻就能找到他们家，可来到这里一看，同样的住宅竟有那么多，房子很小且都在树丛深处，紧闭着蜗牛似的门，有的有门牌，有的没门牌，既难找又难以询问。

一定是变换住处了，算了吧。武藏放弃了，开始返回市里。市区上空笼罩着一层夕霭，在年货市场灯光的映照下，雾霭微微地泛着红色。除夕的傍晚，京城里到处都是喧闹声，往行人多的街上走一走，便会发现人的目光和步伐都与往日不同。

"啊？"武藏回头朝擦肩而过的一名妇人望去。虽然已有七八年未见，可那个女人无疑是从播州佐用乡嫁到京都的姨母。武藏一眼就觉得是，但为了谨慎起见，他又尾随观察了一阵子。

这名年近四十的小个子妇人抱着一大堆年货，拐向武藏刚才一路走来的孤寂岔道。

"姨母大人！"武藏喊了一声。

那名妇人十分惊讶，上下打量了他一会儿，那为日常琐事和生计所累而早已爬上皱纹的眼角终于现出惊喜。"啊，你不是无二斋的儿子武藏吗？"听到这位自少年时代以来第一次见面的姨母呼喊自己的名字，让武藏既感到意外，更觉得悲凉。"是，正是新免家的武藏。"他再次强调了一遍。

姨母只是打量着他，既没有说你长大了，也没有说差点认不出了，只是冷冷地说："那，你到这里干什么来了？"反倒是诘问般的语气。

武藏对很早就与自己分别的生母没有任何记忆，可是与姨母说起话来，他便不由得在心底追寻起亡母的音容笑貌，甚至包括眼角和发型。母亲活着的时候也是这种身材吗？也是这种声音吗？"我也不是专门来的，因为来了京都，忽然就想起姨母大人。"

"你刚才去找我家了？"

"是，虽然有些唐突……"

姨母闻言竟说道："那还是算了吧。在这里见了面就行了。回去吧，快回去吧。"说着她摆摆手。

二

这就是多年不见的姨母说给亲外甥的话？武藏只觉得这比任何人都让他心寒。这个傻小子天真地以为除了亡母，这位姨母便是至亲，现在他不由得感到一阵懊悔，不禁反问道："姨母大人，这又是为什么？既然您让我回去，那我就回去，可是刚在路边碰面就打发我回去，这实在让我难以理解。如果有想要斥责我的地方，请您直接责骂就是。"

被武藏如此顶撞，姨母似乎也有些尴尬。"那就稍微来坐坐，去见见你姨父吧。只不过……你姨父那个人，你好久才来这么一次，若是再弄个失望而归……我是出于一片好心，觉得你好不容易来一趟，弄得不高兴就不好了。"

听她这么一说，武藏多少感到了一丝安慰，便跟着姨母进了家门。不久，拉门对面传来姨父松尾要人的声音。听着那接连的咳嗽声和冷冷的嘀咕声，武藏再次感觉到这一家四壁的冰冷，只得扭扭捏捏地待在隔壁的房间。

"什么，无二斋的儿子武藏来了？唉，终于还是来了……那你到底是怎么回事，怎么还让他进来？为什么不跟我打个招呼就让他进门？瞎胡闹！"

　　武藏终于忍耐不住，便把姨母喊过来，想要早早告辞。

　　"你来了？"这时，要人打开拉门，隔着门槛皱起眉毛，仿佛看到牛草鞋踩到了榻榻米上一样，分明把武藏看成肮脏的乡下人。"来干什么？"

　　"正好路过，就顺便过来问一下安。"

　　"真会撒谎啊。你就是撒谎我也知道。你为害乡里，遭到众人的憎恨，玷污了家名，现在正在逃亡吧？居然还敢厚着脸皮跑到亲戚家来。"

　　"十分抱歉，我正打算不久后向祖先和故乡谢罪呢。"

　　"那为什么至今仍未回到老家？真是恶有恶报，无二斋姐夫大概也正在地下落泪吧。"

　　"我打扰得太久了。姨母大人，告辞。"

　　"喂，等等！"要人骂道，"你若再在这里瞎转悠，小心飞来横祸。你还不知道吧，那本位田家的倔强老太婆，叫什么阿杉，半年多前就来过一次，这不，从前些日子起又多次来恫吓我们夫妇，不是让我们说出你的下落，就是逼问你来过没有，还气势汹汹地赖着不走。"

　　"那个老太婆连这儿都来了？"

　　"我已经从那个老太婆那里听到了一切。你我若不是血亲，我早把你绑起来送到那老太婆手上了。当然我无法这么做。你若不想连累我们夫妇，稍微歇歇脚之后，就趁着今天晚上走吧。"

真让人想不到，姨父和姨母竟完全相信了阿杉的话语，如此看待自己。难以言喻的孤独和生来寡言的秉性让武藏心灰意冷，低头不语。但夫妇二人看来终究还是动了恻隐之心，姨母说让武藏到旁边的房间稍微休息一下，似乎这已是最大的善意了。武藏默默地走进另一间屋子，由于数日来的疲劳，再加上天亮后还要到五条大桥赴约，他立刻抱着刀躺下了。这世上终究只有他孤身一人。他在黑暗中拥抱着孤独。

三

姨父和姨母之所以毫不客气，故意如此狠心而不留情面地责备武藏，大概正因为是他的血亲吧，武藏只能如此认为。尽管他一度火起，甚至想在门上吐口唾沫离去，可他宁愿如此解释，横卧下来。面对屈指可数的几个亲戚，自己应尽量善意地理解他们，一旦有个三长两短，要一辈子互帮互助，他这么想。

可是，武藏的这种想法不过是不懂世事的他单纯的感伤而已。年轻的他，不，更确切地说是幼稚的他，无论是看人的目光还是观世的目光，都还太过短浅。

倘若这是在他成名或是成为巨富后做出的思考，自然毫无不当，但这并不是在寒冷的除夕身着沾满污垢的旅装，好不容易找到亲戚家时所要考虑的事情。

不久，证明这种想法错误的情况便出现了。你去稍微休息一下——姨母的这句话给了武藏力量，他抱着空肚子等待。可是，尽管从傍晚时分厨房就飘来了做饭的香气，传来锅碗瓢盆碰撞的声音，他的房间里却没有一个人进来。

火盆里只有萤火虫般的一点火星。饥饿和寒冷都还是次要的，武藏枕着胳膊，昏昏沉沉地睡了二刻多。"啊……除夕夜的钟声。"当他无意间猛地坐起来的时候，数日来的疲劳一洗而空，大脑清醒极了。京城内外寺院的钟声隆隆地鸣响，诸行烦恼的一百零八声钟声使人反省一年中的所有行为。我是对的，我做了该做的事，我无悔——这样的人能有多少呢？武藏想。钟声的鸣响，只能激起武藏的后悔，只会让他沉浸在对后悔之事的追忆中。不止今年，去年、前年、大前年，哪一年自己没有经历过不耻辱的日子？没有经历过无后悔的日子？

人似乎总是这样，刚做过什么事便立刻就会后悔，甚至对于终身伴侣，大多数男人都抱有追悔不及的悔恨之情。女人后悔尚可原谅，可是女人的牢骚声并不常闻，男人的怨言却时常会传入耳朵，他们甚至还会用雄壮的话语称自己的妻子为穿烂的破鞋，比哭诉还悲壮，丑陋至极。

虽然没有妻子，可武藏也有这种共通的后悔和烦恼，他已经在为造访姨母一家而感到后悔了。他仍未失去依赖亲戚的想法，尽管时常告诫自己要独立，却会忽然间依赖起别人来。真是傻瓜、糊涂！我仍未成熟！一旦惭愧起来，武藏便觉得自己越发丑陋，被耻辱感深深打击。

"对，那就先写下来吧。"不知想起了什么，武藏解开吃穿住行永不离身的包袱。

而这时，一个旅行打扮的老太婆已站在这家的门前，砰砰地叩起门来。

四

那是武藏的杂记簿，是个将半纸四折后装订起来的本子。武藏将其从包袱中拿出，立刻拽过砚台盒。本上有他漂泊期间偶得的感想、禅语、地理记事、自诫和随手画的画。

武藏提着笔，凝视着空白。一百零八声钟声还在忽远忽近地鸣响。我什么事也不应后悔——他如此写道。每次发现自己的弱点，他都要写下一句自诫的话。可是光写下来毫无意义，必须像早晚诵经一样铭记在心，因而辞句也必须像诗句一样朗朗上口。或许是这个缘故，他苦吟着，把"我什么事也"修改成"我做事"，念叨了一句"我做事不应后悔"，但大概仍觉得不符合心境，又把最后的文字消去，方才搁笔。我做事不后悔！他总觉得最初的"不应后悔"没有气势，必须是"不后悔"——我做事不后悔！

"好！"武藏这才满意，并在心中发誓。若要达到做什么事情都不后悔的高远境界，还须不断磨炼心志。我一定要达到这种境界让人瞧瞧！他在心中打下理想的桩基，坚定了信念。

这时，身后的拉门开了，冻得有点发抖的姨母窥视屋内。"武藏……"她仿佛在用牙根私语，声音颤抖地说道，"预感居然应验了。一直觉得让你留下来不妥，果然时不凑巧，本位田家的阿杉叩门时发现了你脱在门口的草鞋，又在叫嚣武藏来了，把武藏交出来……啊，在这边都能听见了，你听听。武藏，怎么办？"

"阿杉大娘？"

武藏凝神一听，果然是那一字一顿的呆板口吻，沙哑的声音像吹进来的寒风一样呼啸着。

除夕夜的钟声已经敲完，新年伊始。如果在元旦一大早遇见不祥的血光一定会不吉利。她面现难色，催促着武藏："快逃吧，武藏，逃了就万事大吉了。你姨父正在与她周旋，说不记得来过这样的人，拼命阻挡呢，你就赶紧趁机从后门……"姨母不断地赶武藏走，替他拿起行李和斗笠，还把姨父的皮袜和一双草鞋放到后门。

"姨母大人，别怪我不识趣，能否先让我吃一顿茶泡饭？从昨晚起我就一直饿着肚子。"

姨母闻言说道："现在哪里还顾得上这些！快，快拿着这个上路吧。"她用白纸包着递来的是五块方年糕。武藏恭恭敬敬地收下，说了句"保重"，便悄悄出来，踏着结冰的路，像只被拔了毛的冬鸟，走进漆黑一片的天地。

五

天寒地冻，武藏的头发和指甲全都像冻住一样，只有呼出的气息呈现一片白色，而且这气息仿佛也会立刻聚集在嘴四周的汗毛上凝结成霜。

"真冷！"武藏冻得脱口而出。就算是八寒的地狱也没有这么冷，为什么自己会觉得如此寒冷呢？难道独独今晨是这样？或许是心比身体还冷的缘故吧，武藏尝试自问自答。他原本就是一个不果断的人，就像依恋母亲的婴儿一样，心为幼稚的感伤而动摇，深感孤独，甚至羡慕起别人家温暖的灯火。这是何等寒酸的心情啊。为什么不感谢孤独和漂泊，从中生出理想并感到自豪呢？

原本冻得发痛的脚一下子热了起来，热气直达脚尖，呼到黑暗中的白色气息也用热气般的魄力驱走了严寒。没有理想的漂泊者，没有感激之心的孤独，这是乞丐的一生。西行法师与乞丐的最大区别就在于心里有没有这些。

一道白光从脚下闪过。武藏定睛一看，原来自己已踏在薄冰上。不知何时，他已下到河滩，正走在加茂川东岸。水面和天空都还一片漆黑，一点也看不出天亮的迹象。发现自己正走在河边后，武藏突然迈不动脚了。尽管刚才在伸手不见五指的黑暗中，他都能若无其事地从吉田山走到这里。

"对，燃堆火烤烤吧。"武藏走到河堤后面，在那里划拉了一些枯枝、木屑等可燃的东西，磨起打火石。点火实在需要细致的努力和耐心。

终于，火焰在枯草上燃烧起来。武藏像堆积木似的，小心地将可燃物堆上去。火力达到一定程度后，一下子蹿升的火焰开始熊熊燃烧，长长的火舌甚至要朝武藏脸上扑去。

武藏从怀里摸出年糕，放在篝火上烤了起来。望着表面急剧膨胀的年糕，他又想起了少年时的新年，无家可归的伤感又像泡沫一样在心里闪烁。年糕既没有咸味，也没有甜味，可是他却嚼出了"世间"的滋味。

"这就是我的新年。"武藏烤着火，大口吃起年糕。似乎突然间想通了似的，他的脸上浮出两个酒窝。"真是个好年，就连我这样的人都能得到五块方年糕，看来无论对谁，上天起码都会让他过一个年啊。屠苏酒便是加茂川那满满的水，门松便是东山三十六峰。对了，净净身，等待新年的日出吧。"

武藏走近河滩，解开衣带，脱掉全部外衣内衣，扑通一下将身子沉到水中。他像戏水的水鸟一样溅起水花，清洗着全身。不久，当他使劲地擦拭皮肤时，破云而出的晓光隐约映在他的后背上。这时，有人看到河滩上未燃尽的篝火，已然站在了河堤上。尽管身形和年龄与武藏截然不同，却也是个被执着心驱使的旅人——本位田家的阿杉。

针

一

　　果然在，臭小子！阿杉心里兴奋地喊着。不知是欣喜还是恐惧，一直紧张的心竟乱了。"你这个混账！"她焦虑的心情和哆嗦的身体突然间丧失了一致性，不禁一屁股坐在河堤的小松树下。"太高兴了！终于让我碰上了！这大概也是在住吉海边死于非命的权叔在天有灵吧。"

　　阿杉至今仍把权叔的一块遗骨和几缕头发包在腰间的旅包里，一直贴身带着。权叔啊，就算你死了，我也不觉得孤独。我们二人踏上旅途时曾共同发过誓，不杀了武藏和阿通，誓死也不会回到故土。即便你死了，你的灵魂也没有离开我，我老婆子仍觉得永远和你走在一起。不杀武藏决不罢休，你就好好看着，从地下好好看着吧！

　　尽管阿杉早晚念叨，每天都重复这些话，但说起来，权叔化骨后只过了七天。可是阿杉的想法很是坚定，除非自己也化为白骨，否则决不会放弃。数日来，她就像鬼子母神一样，血红着眼发疯般寻找，终于查到了武藏的行迹。

在她耳边一闪而过的最初线索，便是在街头巷尾听到的传言：近日吉冈清十郎要与武藏比武；其次便是昨天傍晚，吉冈门下的三四个人在五条大桥的人流中竖起了告示牌。

那上面的文字，阿杉用无比兴奋的目光不知读了多少遍。狂妄的武藏，居然不知道天高地厚跑到这儿来，明摆着会被吉冈杀掉，真是傻得可爱。不过那样一来，曾在乡亲们面前信誓旦旦的阿杉可就没有颜面了。她无论如何也要在武藏被吉冈杀掉之前亲手杀了他，揪着这鼻涕鬼的发髻给故乡的人们看看。

阿杉一下子兴奋起来。她在心里祈祷着先祖神佛的佑护，身上带着权叔的白骨，决心就是挖地三尺也要把武藏找出来。

于是，她再次去叩松尾要人的门。但一通恶骂和猜疑之后，她不得不失望而归。

现在，她刚回到二条河滩的堤上，发现河滩下非常明亮，以为是乞丐在生火取暖，便毫不在意地往下看了看，结果发现在离尚未燃尽的篝火十间远的水边，一个一丝不挂的男子不畏严寒，刚从水里上来，擦拭着健壮的身体。

武藏！看清对方便是武藏后，阿杉一屁股坐在地上，久久无法起身。对方现在正赤身裸体，这绝对是冲过去手刃对方的绝佳机会，可是阿杉干枯的心做不到这些。随着年龄的增长，更加复杂高亢的感情已经占了上风，仿佛她已经取下武藏的首级。

"太高兴了！是神的护佑，还是佛的显灵？能在这里遇上武藏绝不可能是偶然。是我平日的执着得到了回报，是神佛要我手刃仇敌。"她双手合十，数次拜天。这种悠然的心态，她还是有的。

二

河滩上的一块块石头在晨光的沐浴下浮现出来。武藏穿上衣服，系紧衣带，佩带好大小两刀，随后原地跪下，默默地朝天地低头一拜。机不可失，阿杉的心情振奋起来。可此时武藏已经跳过河滩上的水洼朝反方向走去。倘若从远处喊，恐怕会让他溜掉，于是阿杉慌忙在堤上追赶。

新年的朝霞晕映出柔和的光线，勾勒出元旦街市的屋顶和桥梁白亮亮的轮廓，天空里还有星星，东山一带的山坳里仍是黎明前墨一般的昏暗。钻过三条便桥下，武藏来到河堤上，大踏步朝前走。武藏，你给我站住！阿杉几次想喊，可是考虑到对手与自己的距离等种种条件，这个颇为细致的老太婆还是跟了数町的距离。

武藏早已知道阿杉跟在后面。由于从刚才起就察觉了，他故意没有回头。一旦回了头，四目一对，顿时就会知道阿杉将作何反应。对方虽说是个老太婆，但已成了决心杀掉自己的疯子，自己必须好好应对，起码得避免受伤。

可怕的对手！武藏暗自思忖。若他还是在村子时的那个武藏，他一定会毫不犹豫，不是立刻击退她，就是让她口吐鲜血一命呜呼。可现在他不想这样，怨恨的一方应该是他。阿杉之所以把他当成永世的仇人追杀，完全源于感情上的偏见和误解，只要解开这个结就好。可若是由他来解释，就算说上百万遍，阿杉都只会当作耳旁风。"是吗，真的是那样？"她不可能忘记宿怨，冰释前嫌。可是，无论她什么样，如果能从儿子又八的口中亲耳听到两人去关原前后的情形以及所有事情经过，恐怕就不会再把武藏看作本位田家的仇人，也不会再怨恨他是横夺儿媳而逃的恶棍。

好机会，就让阿杉见见又八。说不定又八已经先在五条大桥等着了呢。武藏坚信自己的约定已传到又八那里，因而只要到了五条大桥，让阿杉和又八见一面，此间一直遭受误解的他就可以脱离困境。

五条大桥马上就要到了。从小松大人的蔷薇园、平相国入道府等豪宅鳞次栉比的平家繁荣时代起，这一带就是民宅和行人汇集的中心，战国以后也保留了旧态，可现在每一家仍关门闭户。除夕夜洁净的清扫痕迹依然清晰地浮现在尚在睡梦中的家家户户门前，徐徐地迎来微微泛白的元旦阳光。

阿杉从后面看着武藏巨大的足迹，连这足迹都令她憎恨。

距离桥畔还有一町半町的时候，"武藏！"阿杉终于喊了出来，仿佛要一口吐出喉咙里的积痰。她两手握拳，伸着脖子向前追去。

三

"往那边走的没人性的东西，你没长耳朵吗？"

武藏并非没有听到。虽说是老态龙钟的老太婆，但连那豁上一命的脚步声听着都令人害怕。他仍未转身，继续往前走。不好，麻烦了！不知为何，他突然间想不出办法了。

"喂，你给我站住！"此时，阿杉已经绕到武藏前面，瘦削的肩膀一伸一缩，干瘪的肋骨一起一伏，喘着粗气，含着唾沫调整了一会儿呼吸。

迫不得已，武藏也只好打了个招呼："哦，这不是本位田家的大娘吗？哪阵风把您吹来了？"

"呸，不害臊！这句话我问你才对。虽说在清水寺的三年坂让你小子轻易逃脱了，可今天，你的狗头，我老婆子算是拿定了！"阿杉将满是皱纹的斗鸡一样的细脖子伸到高大的武藏面前说道。她的喊声简直要把露出牙根的门牙吹走，在武藏听来，这甚至比壮汉的怒吼都要可怕。

这种畏惧的心情大部分源于少年时的一些先入之见。还在又八淌着黄鼻涕，武藏也才八九岁，两人最调皮捣蛋的时候，一听到阿杉在村里的桑田或者本位田家的厨房里大吼"淘气包"，两个人便吓得屁滚尿流，仓皇逃走。那雷鸣般的怒吼声似乎至今仍残留在武藏脑海深处。从孩童时代起，武藏就不喜欢这个老太婆，她性情乖僻，从关原回村后又对他用尽毒辣手段，这些憎恨全都让他刻骨铭心，可由于从小就有种无法战胜这个老太婆的惯性思维，因此事到如今，憎恨已经逐渐淡化。

与此相反，阿杉怎么都看不惯这个看着长大的淘气包武藏。白秃疮头，拖着鼻涕，只有腿又细又长，活脱脱就像个畸形儿。她从武藏婴儿时起就对他再熟悉不过，尽管她也承认自己衰老和武藏成人的事实，可一直将武藏看作小毛孩的观念却丝毫未变。

一想起被那个小毛孩戏弄成这样，阿杉便觉得哪怕不考虑在乡亲们面前的名分，仅仅在私人感情方面，她也无法原谅。把武藏拖进墓地，已成了她如今活在世上的最大愿望。"你什么也别再说了！是乖乖地把人头交过来，还是尝尝我老婆子的执着之刃？武藏，你可想好了！"说着，阿杉把左手手指朝嘴唇上一抹，大概是朝手上吐了口唾沫吧，接着便按住短刀柄逼了过来。

四

有个词叫"螳臂当车"，嘲讽的就是像阿杉一样的干瘦螳螂挥舞着镰刀般的细腿对抗人类的样子。阿杉的眼神极像那螳螂的表情，不，就连皮肤的颜色和身形都像极了。武藏一下子停住，像看儿戏一样看着阿杉逼上来的脚步，他的肩膀和胸膛完全就是嘲笑那螳螂的铁车。

尽管觉得有些可笑，武藏却笑不出来。他突然觉得阿杉很可怜，反倒产生了想安慰敌人的难以言喻的同情。"大娘，您先等等。"说着他轻轻按住阿杉的胳膊。

"什、什么？"阿杉手中的刀柄和露出唇外的门牙同时打着哆嗦，"卑、卑鄙小人！我老婆子光是过年迎的门松都比你多四十几次！你这点花花肠子就想来骗我，我岂会上你的当！我也没必要听你的废话，受死吧！"她的皮肤已经变成土色，语气中也透着殊死一搏的决心。

武藏点点头。"我明白，我明白，我十分明白大娘的心情。不愧是新免宗贯家臣中极有分量的本位田家的遗孀啊。"

"你少来这一套，臭小子！你以为被你这个毛孩子煽动两句，我老婆子就会忘乎所以吗？"

"大娘的缺点就是太偏执，我希望您再听听我武藏的话。"

"遗言吗？"

"不，是辩解。"

"懦夫！"阿杉愤怒地跷起脚，抬高矮小的身体，"不听不听！这么紧要的关头，我没空听你所谓的辩解！"

"那就先把您的刀让我保管一会儿吧。不久后又八也会来到这里，到时候一切事情就不言自明了。"

"又八？"

"是这样，去年春天我就托人告诉又八了。"

"告诉他什么？"

"今天早晨在这里会面。"

"你撒谎！"阿杉摇着头大喝一声。如果武藏与又八真的有这种约定，此前在大坂见到又八的时候，他肯定会告诉自己，但他从未接到过武藏的口信。阿杉仅凭这一句，就认定武藏撒谎。"别丢人了，武藏，你也是无二斋的儿子吧？你爹难道就没有教导过你，该死的时候就要光明磊落地去死？别玩这些语言游戏了！如果你想看看我老婆子有多执着，这神佛护佑的利刃有多厉害，那你就试试吧！"她缩回胳膊，甩掉武藏的手，突然大喊一声"南无"，一下子抽出小太刀两手握住，径直朝武藏胸口刺去。

武藏一闪身。"大娘，您冷静些！"他轻轻拍了拍阿杉的后背。

"大慈，大悲。"阿杉急了，一回头又是几声"南无，观世音菩萨"，再次挥起凶狠的太刀。

武藏抓住她的手腕，将她拽到一边。"大娘，您这样下去，待会儿就累了。您看，五条大桥就在那边，您先跟我来一下。"

阿杉隔着被扭住的手臂，恶狠狠地盯着武藏，接着便像吐唾沫似的将嘴唇一收，呼的一下将积蓄在腮帮子里的气息喷了出来。

"啊……"武藏一把推开阿杉，一只手连忙捂住左眼，向后跳去。

五

武藏的眼睛顿时像着火似的一阵灼热，仿佛进了火星似的生疼。他将捂在眼皮上的手拿开一看，手上并没有血，可是左眼却睁不开了。

阿杉一看对方慌乱起来，更加自鸣得意。"南无，观世音菩萨。"她立刻一刀接一刀地斩了过去。武藏有点慌，身子一避，又斜着向后一弯。这时，阿杉的太刀刺透了他的衣袖，唰地掠过肘部，血顿时染红了衣袖的白色内里。

"中了！"阿杉狂喜，更加拼命地乱抢小太刀，仿佛连根基坚固的大树也打算砍倒。她根本就没有意识到对方其实没想还手，只知道一个劲地呼唤清水寺观世音菩萨，一面不停呼喊，一面在武藏周围绕来绕去。

武藏只是不断地移动身体应对，可是一只眼睛剧痛不已，而左肘尽管只是擦伤，滴落的血液却把袖子都染红了。失策！当他意识到这点时，已痛感失败。被对手如此抢占先机，甚至还负了伤，对他来说还从未有过。只是这不是简单的胜负问题，因为他对这个老太婆全然没有斗志。从最开始，他就没有考虑过胜负，身形笨拙的老太婆的小破刀，他根本没有放在眼里。可是这不就是失败吗？从武道的大局观来看，这完全是武藏的失败，可以说，武藏的不成熟已经彻底暴露在阿杉的执着和利刃之下。

武藏自己也忽然意识到了这种疏漏。我错了！他使出全力，用力一拍仍得意忘形的阿杉的肩膀。"啊！"阿杉顿时扑倒在地，刀一下子从手里飞了出去。

武藏用左手捡起刀，右手夹起正要爬起来的阿杉。"哎，真可惜！"阿杉像只乌龟一样在武藏腋下挣扎着喊道，"神灵不在了？佛也没了？我明明捅了敌人一刀，却……啊，天啊！武藏，既然被你抓住，我决不会受辱，你就砍下我的头吧！来啊，砍我老婆子的人头！"

武藏闭口不言，只是默默地大步向前。阿杉从喉咙里挤出嘶哑的声音，继续喊个不停："落得这种下场，是武运，也是天命！若是神的意思，我决不后悔。若是听到权叔死在旅途上，我老婆子也被反击杀死的消息，又八也一定会奋起报仇！我老婆子决不会白死，反倒会成为挽救那孩子的良药。武藏，快把我老婆子的命拿去！你这是要去哪里？你想让我死也受辱？快砍下我的头！"

六

武藏根本不听，夹着阿杉一路走到五条大桥畔。放在哪儿呢？他似乎在思考该如何处置阿杉，打量着四周。"对……"他下到河滩，将阿杉轻轻放到拴在桥桩上的小船里，"大娘，您就先在这里辛苦一下吧，不久后又八就会来了。"

"你、你要干什么？"阿杉推开武藏的手和旁边的草席，"又八是不会到这儿来的。哦，看来你是觉得光把我杀了不解气，还想让我在五条大桥的行人面前丢尽脸，让我受辱之后再死？"

"随您怎么想吧。不久后您就知道了。"

"杀了我吧！"

"哈哈哈。"

"有什么好笑的！难道你不敢朝我老婆子这细脖子上咔嚓来一下？"

"不敢。"

"为什么？"阿杉朝武藏的手咬去。迫不得已，他必须把她绑到船梁上。任凭阿杉怎么咬，武藏仍动作悠然。他将一路提来的白晃晃的短刀放进刀鞘，放回阿杉腰上，就要离去。

"武藏，你难道不知武士之道吗？若是不知道，那我来告诉你！喂，你给我回来！"

"待会儿再说。"武藏回头看了一眼，便向河堤上走去，可在东山的阿杉仍在后面号叫不已。他只好返回来，给她盖上好几张草席。此时，巨大的太阳正上露出火红的一角，这是今年第一天的阳光。

武藏站在五条大桥前出神地望着日出，红红的阳光仿佛可以映入腹部深处。在这雄壮的太阳面前，一年中所有狭隘的牢骚全都隐身遁形，心里只剩下清爽。光是活着的喜悦就让武藏感动至极。"而且我还年轻！"五块方年糕的力量甚至充盈到了脚后跟。

武藏转过身。"又八似乎还没有来啊……"他观察着桥上，忽然"啊"地叨念了一声。比自己更早就等在那里的既不是又八，也不是别人，竟是织田良平等吉冈门人昨日立在此处的告示牌，上面写着比武地点是莲台寺野，时间是九日卯时下刻。他凑过去，凝视着崭新的木板和墨迹。光是读读文字，他浑身就充满了斗志和热血。

"啊……疼！疼！"武藏再次难忍左眼的刺痛，不禁摸摸眼皮。他无意间一低头，不禁咯噔一下，下巴下面竟有一根针。仔细一看，针像霜柱一样刺在衣服的领子和袖子上，熠熠闪光。四根、五根……他一下子发现了好几根。

七

"啊……原来是这玩意儿。"武藏拔下一根针，仔细察看。针的大小与普通的缝衣针相仿，粗细也一样，只是没有穿线的针孔，针身也不是圆的，而是三角形。"死老太婆。"武藏瞅瞅河滩，心有余悸地说道，"这不是传闻中的吹针吗？做梦都没想到这老太婆竟然还会这种暗器……啊，真危险。"

武藏顿时燃起了强烈的好奇心和求知欲，将那些针一一收在手里，再次结实地插在衣领中，不让其脱落，想将其作为日后研究的材料。据他有限的经验，一般的武者之间对是否有吹针之术存在分歧。主张有此术者认为，这是一种非常古老的护身术，一开始只是那些从大陆来的织女和缝工们的一种游戏，后来得到进一步发展，最后被用到武艺里，虽说不是独立的武器，但作为攻击中的奇招，似乎直到足利时代都还在使用，总之说得有板有眼。而反对者则认为这纯粹是胡说八道，光是辩论习武者有无这种儿戏般的行为便是一种耻辱。他们根据武道的正道论，表示虽不清楚来自大陆的织女和缝工们是否玩过这种游戏，可游戏终归是游戏，不是武术。最重要的是，人的口中有唾液，光是热、冷、酸、辛等刺激就有许多人受不了，断然无法毫无痛觉地将针尖含在口中。

不过，支持者主张这种行为能够实现。当然，这需要修炼。修炼好后，人可以在唾液中含入好多根针，并运用微妙的气息和灵活的舌尖，将其吹入敌人的眼睛。

反对者则反驳道，纵然能够做到，可还有针的力度问题。人的五体之中，难道只有眼睛才是攻击的焦点吗？就算吹到眼睛里，如果刺到眼白则毫无用处。只有刺入瞳孔正中，才有可能致敌人失明。而且这并不致命，这种女流之辈玩弄的雕虫小技根本就不可能发展。

于是支持者又反驳说，谁也没有说它像其他武艺那样获得长足发展，只是现在仍留有这种秘技确是事实。

武藏也曾听到过这种议论，却没有往心里去。当然，他不认为这种小伎俩便是武艺，也从未想到有人真的会使用这种针。现在他才痛切地感到，无论多么无聊的世间杂谈，倘若听者有心，其中便总会有在日后能派上用场的东西。

尽管眼睛仍疼痛不止，但幸而瞳孔没有被刺到。只是靠近内眼角的眼白阵阵发热，不停地流泪。武藏摸索身上，想撕下一块布片擦拭眼泪，可衣带和袖子都不能撕破，让他一阵犹豫。

这时，只听刺啦一声，身后传来撕裂丝绸的声音。武藏一回头，一名女子正用牙齿将红色的内衣衣袖撕下来一尺多，继而一溜小跑地来到他身边。

微笑

一

是朱实。她没有梳元旦的发型，衣饰不整，还赤着脚。

"啊？"武藏睁大了眼睛，无意间喊了一声。这是谁呢？他觉得眼熟，却一下子想不起来。朱实一直坚信，就算武藏不像自己那样朝思暮想，哪怕那思慕只有自己的若干分之一，也起码会想着自己。不知从何时起，她一直这么坚信。

"是我……武藏哥……不，武藏先生。"朱实拿着撕下来的红布条，羞怯地靠到武藏身旁，"你眼睛怎么了？越用手搓越严重，快用这个擦擦吧。"

武藏默默地接受了朱实的好意。他用红布条捂住一只眼睛，仔细地打量朱实。

"你忘记了？忘记我了？"

看着武藏毫无反应的呆滞表情，朱实在满怀希望的激情中忽然感到一种眩晕。即使自己的灵魂已伤痕累累，她仍满心以为唯有武藏她已经紧紧抓住，却没想到连这都是自己一厢情愿制造出来的幻象。察觉到这些，她只觉得似有一股鲜血涌上心口，不禁用两手捂住从嘴唇和鼻子里涌出来的呜咽，肩膀颤抖起来。

"哦……"武藏想起来了。朱实的身影一下子唤起了武藏的回忆，大概是因为那身影中还残留着伊吹山下袖子上铃铛作响的天真无邪的少女的影子吧。他健壮的臂膀一下子抱住朱实那大病初愈般瘦削的肩膀。"这不是朱实妹妹吗？对，是朱实妹妹……你怎么到这种地方来了？为什么？为什么？"武藏的追问愈发激起朱实的悲伤。"你已经不在伊吹的家里了？你的养母怎么样了？"

一问起阿甲，武藏自然想到了阿甲与又八的关系。"你们现在还跟又八住在一起吗？今早来这儿的应该是又八啊，你该不会是替他来的吧？"

所有的话都只能让朱实的心越来越凉。她只是在武藏怀里摇头哭个不停。

"又八不来了吗？究竟是怎么回事？你说啊，光这么哭，让人稀里糊涂的。"

"不来。又八哥没听到那口信，他不会来的。"朱实好歹挤出这么一句，然后把泪湿的脸贴在武藏胸口，战栗不已。这样说好，还是那样说好，她一直设想的对话只不过像泡沫一样在热血中闪烁。最终被养母推向悲惨的命运——从住吉的海边到今日的经历，她怎么也说不出口。

新年第一天的灿烂阳光已洒满桥面，身着新年盛装到清水寺初次参拜的女人和身穿素袍和直垂礼服四处拜年的男人也多了起来。人群中突然现出一个身影，留着河童头，一身与过年过节毫不相称的打扮，正是城太郎。他来到桥中央，远远地看见了武藏与朱实。"咦？我以为是阿通姐呢，好像不是啊。"

二

　　幸好没人看，居然在大路边紧紧搂抱在一起。明明都是大人了，明明男女有别啊。眼前的这幕自然让城太郎惊讶不已，而且男人还是自己尊敬的师父。那女人也真是的。他的童心不由得悸动起来，既感到忌妒，又觉得可悲。他一下子来了气，甚至想捡一块石头扔过去。"我当是谁呢，那女人不是上次给又八捎信时拜托的那个朱实吗？既然是茶屋的女儿，肯定早熟，不过她什么时候与师父好上了？师父也真是的。我得赶紧去告诉阿通姐。"

　　城太郎四处张望，从栏杆看到桥下，可是哪里也看不到阿通的影子。"怎么回事啊？"刚才从借宿的乌丸家宅邸出来时，明明是阿通先出来的。她早就坚信今天早晨可以在这里见到武藏，所以还没过年就穿上了乌丸家女主人送的新年的窄袖和服，昨晚还又是洗头发，又是挽发髻，只等今晨的到来，简直连觉都不愿睡。天还没亮时，她就迫不及待地提议："趁这个空先从祇园神社到清水堂进行新年参拜，然后再去五条大桥吧。"

　　"那，我也一起去。"城太郎也要跟着去。平时当然可以，可今天他却成了恋爱的障碍。

"不行，我有些话想和武藏先生单独说，你天亮之后就先到别处转悠一下，过一会儿再去五条大桥。没事，我和武藏先生一定会在那里等到你来了为止。"说罢，阿通就一个人先出去了。

尽管也没闹别扭或生气，可城太郎的心情绝对称不上好。他已经不是完全不懂事的年龄了，也并非完全不懂朝夕相处的阿通的心情。男人与女人的感情大致上是怎么回事，他自己也曾与柳生庄客栈的小茶在马草棚的草堆里有过莫名其妙的苦闷挣扎经历。

可是，即使从那种经历来推断，城太郎也仍旧难以理解阿通平时哭泣消沉的样子，只觉得奇怪，身上发麻。虽然无法给予同情和理解，可当他看到扑在武藏怀里哭泣的不是阿通，而是朱实这个意外的女人时，他就一下子愤怒了。有什么了不起的，那种女人！他自然偏袒阿通。师父也真是的！他当作自己的事情一样生起气来。阿通姐在干什么呢？得先告诉她才是。

城太郎急忙在桥上桥下搜寻，可是怎么也找不到，他不禁开始焦虑不安。这时，远处的武藏和朱实似乎也顾忌到来往行人的目光，慢慢移向桥畔的栏杆。武藏抱着胳膊趴在上面，朱实挨着他，望着河滩。

城太郎沿着另一侧的栏杆溜过去，两人并没有察觉背后的动静。

"真慢，拜观音菩萨要拜到什么时候啊。"城太郎咕哝着，踮起脚望向五条坂方向，焦急万分。离他伫立之处十步远的地方有四五株粗大的枯柳，平时经常能在树上看到一群来啄食河鱼的白鹭，可今天不但看不见一只，还有一个留着额发的年轻人倚在像卧龙一样盘踞地面的老树干上，正凝神注视着什么。

三

武藏与朱实并排倚在桥栏杆旁。武藏不停跟朱实私语并微微点头，朱实也抛弃了女人的羞耻心，为了使二人更加真诚地面对彼此，她简直赌上了一切。但她那强烈的低音究竟能否穿透武藏的耳朵，就不得而知了。因为武藏尽管在频频点头，眼睛却看着别处。那情形与相爱的两人含情脉脉地窃窃私语完全不同。说得简单点，他现在的眼神就是一团无色无欲的火，一直盯着一个焦点，一眨不眨。

现在，朱实连怀疑对方眼神的意识都没有了。她完全沉浸在自己的感情中，一面自问自答，一面苦恼地呜咽。"啊……我已经把能告诉你的全都告诉你了，毫无隐瞒地都告诉你了。"说着，她将靠在栏杆上的胸脯一点点贴向武藏，"从关原合战算起，已经是第五个年头了。这五年间，正如刚才告诉你的那样，我的境遇和身体都变了。"她抽抽搭搭地说着，"可是……不，我一点也没变，思念你的心情一丝都没有改变，我敢断言。你能理解我吗，武藏先生？"

"嗯。"

"请理解我。受辱的事我也说了。我已经不再像初次与你在伊吹山下见面时那样，不再是纯洁无瑕的野花了。我已经受人践踏，成了普通的女人，不值钱的女人。可是所谓的贞操究竟指的是身体，还是心？就算身体上是清白的，可心底若是淫乱的，那不也称不上是干净的女人吗？我、我、虽然……虽然不能说出他的名字，可因为那个人，我已不是处女，但我的心没有遭到玷污。我至今仍抱着丝毫未受到玷污的心……你觉得我可怜吗？有事瞒着真心爱恋的人是痛苦的。见到你之后怎么说呢？不说，还是说？我整晚整晚地苦思冥想。最后我下定决心毫不隐瞒地把所有事情都说出来。请你理解我。你觉得这情有可原吗，还是你认为我根本就是个讨厌的家伙？"

"嗯，啊。"

"喂……究竟是哪一种？一想起来，我、我、我就悔恨不已。"说着，朱实把脸伏在栏杆上，"所以，我已经无法厚着脸皮求你爱我了……而且我的身体也让我没资格说这些。可是，武藏先生，我刚才所说的处女心，像白玉一样的初恋之心，唯有这个我没有失去。今后，无论过什么样的生活，无论遇到何种男人，这心也不会改变。"她的每一缕头发都在哭泣，都在战栗。濡湿了栏杆的泪水映着元旦的灿烂阳光，闪烁着无限希望的若水正潺潺流过。

"唔……唔……"莫名的感伤令武藏频频点头，但他的眼睛里依然闪着异样的光，注意力已被吸引到另一个地方。

倘若顺着他的视线寻去，在桥栏杆和河岸形成的两条钩形直线上，正好可以再引一条直线，形成一个三角形。沿着这条直线望去，就会看到从刚才起就倚在枯柳树干上的岸柳佐佐木小次郎。

四

小时候，武藏就曾听父亲无二斋说过："你不像我，我的眼睛这么黑，可你的眼睛却更偏茶色。据说你的叔祖父平田将监的眼睛就是焦茶色，目光十分锐利，你恐怕随你的叔祖父吧。"大概也是由于映过来的朝阳分外明媚，武藏的眼睛就像没有裂痕的琥珀一样清澈而锐利。

哈哈，就是这个男人啊。佐佐木小次郎此刻正望着早就有所耳闻的宫本武藏。武藏也不敢懈怠。那男人怎么回事？从刚才起，他的目光就和自己逼过去的视线在桥栏和河边枯柳间碰撞，无言地探测对方的实力。

若从武道的角度来说，两人就像在用剑的锋芒仔细审视对手的器量，与屏息凝神的状态也十分相似。而且无论是武藏还是小次郎，都有另一种疑惑。在小次郎看来，自己从小松谷的阿弥陀堂救出并悉心照顾的朱实竟与武藏如此亲密地私语，自然让他心生不快：可恶的家伙！极可能是玩弄女性的人。朱实也真是的，还以为她要去哪里呢，偷偷跟来一看……居然对着那种男人哭鼻子抹眼泪。这种不快感不由得化为唾沫涌了上来。

　　小次郎眼神里透出的清晰反感，以及修行武者擦肩而过时因自负心而产生的微妙敌对心理，武藏显然也能读得出来，他也不禁心生怀疑：什么人？看起来功力颇深——他推测着小次郎眼中的敌意到底是什么，觉得一定要提防此人。

　　由于并非用眼睛来看，而是用心在观察，所以即使说两人的眼睛正冒出火花也不为过。至于年龄，不是武藏小一两岁，就是小次郎要小一些，总之相差不大，都是年轻气盛，无论在武道、社会还是政治方面，都是自以为看透一切的自负青年。正如猛兽相见时便立刻会咆哮一样，小次郎和武藏初次会面，彼此也不由自主地毛发倒竖。

　　忽然，小次郎率先把视线转向一旁。尽管武藏从他的侧脸捕捉到了明显的蔑视，心里却觉得是自己的目光，不，是意志力，最终压服了他，微微轻松起来。

　　"朱实妹妹。"武藏把手放在正伏在栏杆上哭泣的朱实背上，问道，"那是谁？是你的熟人吗？那个修行武者模样的年轻人……他究竟是谁？"

　　朱实此刻才注意到小次郎的身影，哭肿的脸上顿时现出明显的慌乱。"啊……那个人……"

　　"他是谁？"

　　"他……他……"朱实支吾起来。

五

"身背威武的大太刀，一身耀眼华丽的装束，似乎是个十分傲慢的武者……那个男子究竟与朱实妹妹是何种关系？"

"也不是……也不怎么熟悉。"

"你只是知道那个人？"

"嗯。"朱实似乎害怕遭到武藏误解，一字一句地说，"我上一次在小松谷的阿弥陀堂被不知哪里来的猎犬咬伤胳膊，血流不止，就去了他所住的客栈叫来医生，后来又受了他三四天的照顾。"

"那，是跟你同住的人？"

"倒是没错……可我们之间什么都没有。"朱实强调道。其实武藏并非问两人之间有什么事，而是朱实自己错误地如此理解。

"这样啊。看来，详细情况你恐怕不太了解，但那人的名字之类起码问过吧？"

"嗯……他本名叫什么佐佐木小次郎，也叫岸柳。"

"岸柳？"

武藏已经不是第一次听到这个名字。虽然还不算闻名遐迩，但在诸国的武者之间也还算广为人知。武藏当然是第一次看到真人，但根据之前的听闻和想象，佐佐木岸柳似乎是个年长一些的男人，没想到竟如此年轻，令武藏十分意外。

那就是传说中的……当武藏再次把眼神投向小次郎的时候，小次郎正翻眼看着朱实与武藏窃窃私语的样子，微微泛起不屑的笑容。于是武藏也送去同样的微笑。只是这种无言的对抗中并没有释迦牟尼与阿难手拈莲花面带微笑那样的平和之光。小次郎的笑脸上是复杂的嘲讽和带挑战意味的揶揄，而武藏的笑容里也充满回应这种挑衅的刚勇和霸气。

尽管被夹在这样的男人之间，朱实却想继续倾诉自己的感情。趁她还没开口，武藏说道："那么，朱实妹妹，你先跟那个人回客栈，我之后再去见你……好吗？之后再见。"

"那你可一定要来。"

"我会去的。"

"那你要记住那家客栈啊。我在六条御坊前念珠店的客房里。"

"嗯。"

大概觉得光是得到这单纯的点头还不够，朱实突然拉过武藏放在栏杆上的手，紧紧地握在自己的衣袖里，眼含深情。"一定！好吗？一定！"

突然，远处有人哄笑起来，原来是背朝着这边离去的佐佐木小次郎。"哈哈哈，哈哈哈，哈哈哈，哈哈哈！"

听到有人大笑而去，城太郎顿时火起，从桥前方的路上睨视对方。尽管如此，他仍憎恨师父武藏，也为迟迟不来的阿通恼火。"怎么回事？"他跺着脚，朝街市方向走了几步，却立刻就在横在十字路口的牛车车轮间发现了阿通那苍白的脸。

鱼纹

一

"啊，在那儿！"城太郎大喊着跑了过去。阿通蜷缩在牛车下面。很少化妆的她今天早晨笨拙地做了发型、涂了嘴唇，尽管妆容很淡，却仍散发着馥郁的香气。乌丸家送的窄袖和服也是件像模像样的新春礼服，红梅底上点缀着白绿相间的桃山刺绣。

一看到车轮下透出来的白色衣领和红梅礼服，城太郎便擦着牛鼻子尖跑到阿通旁边。"你怎么在这儿啊？阿通姐，你在这儿干什么？"说着，他毫不在乎是否会弄乱阿通的头发和香粉，从后面一下子抱住阿通的脖子。"你在这儿干什么？让我等了老半天。你快去啊，快啊，阿通姐。"城太郎摇晃着阿通的肩膀，"武藏师父不是早就到那儿了吗？你看见了吗？你看，从这儿也能看见。但我很生气。快去啊！阿通姐，不快点就晚了！"他一下子抓住阿通的手腕使劲拽，可忽然发现她的手腕已经濡湿，脸也不肯抬起来。他觉得可疑。"哎呀,阿通姐,我还以为怎么了呢,原来是躲在这儿抹眼泪啊。"

"城太郎,你也快躲到后面来,省得让武藏先生看见。快,求你了。"

"为什么?"

"没有为什么……"

"真是的!"城太郎又生起气来,仿佛无处发泄愤懑似的说道,"你们女人可真麻烦,真是莫名其妙!天天叨着要见武藏师父,又是哭又是找,终于等到今天了,却突然藏到这里,还让我也藏进来……真让人哭笑不得!"

他的话像鞭子一样抽在阿通身上。阿通抬起红肿的眼睛,小声说道:"城太郎,城太郎……别再说了,求你了。连你都欺负我。"

"我哪里欺负阿通姐了?"

"别说了……快跟我一起老实地藏在这里。"

"我不!那儿不是有牛粪吗?元旦就哭鼻子,连乌鸦都会笑话。"

"别管那么多了。我……我已经什么都顾不上了。"

"那我就笑话你吧。就像刚才走远的那个年轻人一样,我也当作是新年的第一次笑,拍着手笑你吧。怎么样,阿通姐?"

"你就笑吧,爱怎么笑就怎么笑。"

"可我笑不出来……"城太郎擦着鼻涕,反倒一副要哭的样子,"啊,我明白了。阿通姐是忌妒了吧,忌妒师父在那儿跟别的女人说话。"

"不，不是。我才不会呢。"

"是，就是！你看我不也生气了吗？阿通姐，你就别管那么多了，不出去怎么行？真是不明白你是怎么想的。"

二

阿通想强忍着藏在那里，却经不住城太郎的强拉硬拽。"痛！城太郎，你就积点德吧，别那么残忍。还说我不懂事，你才是不理解我的心情呢。"

"我明白，不就是忌妒吗？"

"不……不光是这些。"

"没事的，出去又能怎样？"

阿通终于贴着地面从牛车后面缓缓起身。就像拖渔网一样，城太郎使劲朝远处踮脚张望。"已经不在了，朱实已经走了。"

"朱实？朱实是谁？"

"就是刚才和武藏师父靠在一起的那个女人。啊，武藏师父也要走了。你不抓紧他就真走了。"城太郎已经顾不上阿通，拔腿要跑。

"等等我，城太郎！"阿通站起来，再次朝五条大桥畔看了一眼，似乎在确认朱实是否还在。仿佛恐怖敌人的身影终于离去，她的眉毛总算舒展，松了一口气，接着又慌忙躲到牛车后面，用袖口擦了擦哭得红肿的眼睛，梳理头发，整整装束。

城太郎急了。"快点，阿通姐！武藏师父似乎已下到河滩了。别打扮了，没空了。"

"去了河滩？"

"嗯。他去河滩干什么呢？"

两人立刻朝桥畔跑去。

此时，吉冈的门人竖在那里的告示牌前已聚集了许多行人，有人大声读了起来，还有的向周围人打听这个陌生的宫本武藏是何许人也。

"借过一下。"城太郎掠过人群，从桥栏杆边往河滩下面望去。阿通本以为一下子就能看到武藏的身影，可仅仅片刻之间，武藏已经消失了。

他究竟在哪里？

说起来，武藏刚才甩开朱实的手，硬是把她打发走后，觉得就算在桥上等，又八也不会来了。而且他已看了吉冈一方的告示牌，也没有其他事需要等待，所以立刻下了河堤，跑到桥桩下盖着草席的小船旁。草席下面，被绑在船梁上的阿杉一直挣扎个不停。

"大娘，很遗憾，又八不来了。以后若是遇上，我会好好鼓励一下那个懦弱的男人，大娘您也争取把他找出来，你们母子平平安安地过日子吧，这样做或许比整天要拿我武藏的人头更对得起你们家的列祖列宗。"说罢，他将小刀伸到草席下面，割断绑在阿杉身上的绳子。

"喂，你烦不烦？真是大言不惭的臭小子！有空在这儿多管闲事，还不如杀了我老婆子，或者让老婆子我杀了你！武藏，赶紧来个了断！"

阿杉满脸青筋暴跳，从草席下面露出头。但就在如此短的时间里，武藏已经横穿加茂川，像跳跃的鹡鸰一样，踩着沙洲和石头奔上了对岸的河堤。

三

阿通并未看见，可是城太郎看到了向河对岸一闪而过的人影。"啊，师父。师父！"他跳下河滩。阿通也跟着跳了下去。

哪怕稍微绕一点路也好，为何此时不从五条大桥上跑过去呢？阿通被城太郎牵着鼻子，无奈之下跟在后面，可城太郎一步之错带来的灾难，却绝不只是再次与武藏擦肩而过的遗憾。在城太郎兴奋的脚步前，一切都不足以成为障碍，盛装打扮的阿通却立刻被河水困住。已经到处都看不到武藏的身影了，看到眼前无法跳过的水流，她不禁像濒死之人一样绝望地喊了起来："武藏先生！"

这时，有人却回应了一声："啊！"原来是推开小船上的草席站起身来的阿杉。

阿通回头一看，顿时"啊"的一声捂住脸，拔腿就逃。

阿杉的白发在风中竖起。"阿通！你这个贱女人！"由于心情极度高亢，她的声音反而低了下来，"我有事找你，你站住！"语调仿佛要劈开水面一般。

倘若依照阿杉的胡乱猜忌来判断此时的情形，事情已经糟得不像样了：武藏之所以要给她盖上草席，是因为事先约好要在这里与阿通幽会。结果好事不成，武藏甩下阿通而去，于是阿通那贱女人便哭着喊武藏回来。对！这个老太婆立刻便把自己的胡乱猜忌当成了事实。可恨的贱女人！她对阿通的憎恨甚至超过了武藏。从订婚时起，她就把儿子的媳妇当成了自己的媳妇，仿佛儿子遭到嫌恶便是自己遭到了嫌恶般气愤不已。

"你站不站住！"喊第二声的时候，阿杉的嘴简直快要裂到耳根，疯狂地在风中追赶。

"这、这老婆婆是什么人？"惊诧不已的城太郎一把抓住阿杉。

"滚开！"虽然声音并无弹力，可怕的力量却令城太郎后退。这个老太婆究竟是什么人？阿通姐为什么吓得逃走呢？城太郎完全糊涂了，但他至少能感觉到事态非同小可。而且身为宫本武藏的第一弟子，居然被一个老太婆干瘦的胳膊推了出去，他怎么也咽不下这口气。"老太婆，你敢推我？"说着，他猛地朝已前行了两三间远的阿杉扑去。阿杉就像惩罚孙子一样，左手扳住城太郎的下巴，啪啪啪就是三四个耳光。"看你这饿鬼的样，还敢挡我老婆子的道！看我不打你，看我不打你！"

"你，你，你……"城太郎伸着脖子，紧紧握着木刀柄。

四

悲伤也罢，痛苦也罢，尽管不知别人如何看待，可对于阿通来说，她现在的心态和生活绝非不幸，她甚至满怀希望，每天都像在快乐的花园中。当然，她痛苦、悲伤的时候也很多，可她从来都不相信离开痛苦和悲伤，快乐就能单独存在。可是唯独今天，她一直抱持的这种心态差点消失。她悲痛地意识到，此前纯真的心已经裂成两半。

朱实与武藏——当她从远处望见他们旁若无人地靠在五条大桥栏杆上的一瞬，她的腿就开始颤抖，头晕目眩，差点摔倒在地，于是便蜷缩在牛车后面。

今天早晨为什么要来这里呢？她追悔莫及，瞬间甚至想到了死。她觉得男人便是谎言的集合体，憎恨与爱，愤怒与悲伤，她甚至开始嫌恶自己，哭泣根本无法抹平她心里的痛苦。

可是，在朱实出现在武藏身旁时，自己为什么就不能站出来，表明自己的爱意呢？尽管全身的热血发疯般化为了忌妒之火，可仍有几分理性压制着自己：卑鄙，下流！她拼命责备自己。冷静！她把内心的冲动全都死死地压抑在所谓女人的修养下。可是朱实一离去，她顿时抛掉了所有忍耐。她要对武藏说。虽然她原本就无暇思考究竟要说些什么，可是她打算把心中所有爱恋都说出来。

人生的道路总是有阴差阳错。而且在某种情形下，明明只要依照常识就可完全明白的事情，却会由于突然映入心间的阴影而造成一步走错后悔十年的恶果。错过了武藏，却遇上了阿杉。今天是元旦，本该是个好日子，对她来说却太不吉利，她的花园里净是蛇。

阿通拼命逃了三四町远。平时她一做噩梦，梦中便一定会出现阿杉那张脸。可现在却不是梦，那张脸正向她追来，她连气都喘不动了。回头一看，她这才松了口气，调整了一下呼吸。阿杉正站在身后半町远的地方，抓着城太郎的脖子。城太郎则拼尽全力抱住阿杉，无论阿杉怎么打、怎么摔，他都不放手。

不久后，城太郎或许就会拔出腰间的木刀，一定会这样。如此一来，阿杉势必也会拔刀相对。阿通深知那个老太婆对谁都毫不留情，弄不好城太郎会被她杀掉。"怎么办？"这里已经是位于七条的河的下游。抬头朝堤上望，看不见一个人影。阿通既想救城太郎，又怕接近阿杉，只能急得原地打转。

五

"臭狗屎，臭老太婆！"城太郎拔出木刀，脖子却仍被阿杉死死地夹在腋下，怎么也挣脱不出来。他胡乱蹬地，越是在空中乱踢，敌人便越嚣张。

"这个捣蛋鬼，玩什么把戏！你是学青蛙吗？"阿杉那像兔唇一样露出的板牙上显出一股胜利的傲慢，使劲拖着城太郎朝前走。但看到站在远处的阿通，阿杉忽然计上心头，在心里嘀咕起来：这么追下去实在不明智，就凭自己的腿脚，就算再拼命追打，恐怕也抓不住阿通。虽然骗术对武藏那样的对手不管用，可眼前却是容易上当的女人和孩子，不如先用花言巧语哄住他们，然后再慢慢收拾。

于是，阿杉立刻举起手喊了起来："阿通，阿通！"她呼喊着远处的阿通，"喂，贱女人阿通，为什么你一看到我老婆子就逃跑！上次在三日月茶屋时这样，现在也是，一看到我就像见了鬼似的仓皇逃跑，我真不知道你到底是怎么想的。你难道就不明白我的心意吗？是你想错了，疑神疑鬼。我老婆子绝对没有要害你的意思！"

站在远处的阿通仍面带疑虑，而被夹在阿杉腋下的城太郎却喊了起来："真的吗，真的吗，老婆婆？"

"是那个姑娘误解我老婆子的心了，把我当成了可怕的人。"

"那，我去把阿通姐叫来，你快放手。"

"慢着，我听了你的话一松手，你若是给我一木刀逃跑了怎么办？"

"我怎么可能做出这么卑鄙的事？若因误解而彼此怨恨，那多没劲啊。"

"那你去告诉阿通那个贱女人，本位田家的老太婆在旅途中与河滩的权叔死别了，尽管腰上系着他的白骨，任这将死之身漂泊在旅途上，可是现在与从前不同，已经心有余而力不足。我曾一时痛恨阿通，可是现在已经没有丝毫怨恨了。不管她和武藏如何，我现在仍把她当成儿媳妇一样看待。虽然我不敢说重续旧缘，可是难道她就不愿听听这些年来我老婆子的难处，商量商量将来的事情吗？她就不可怜可怜我这个老婆子吗？"

"老婆婆，你的话太长了，我记不住。"

"只告诉她这些就行了。"

"那你快松手。"

"好，好好去说啊。"

"知道了。"城太郎朝阿通跑去，把阿杉的话原原本本地告诉了阿通。

阿杉故意不看他们，在河滩的岩石上坐下。河边的浅流里，一群小鱼正描绘出悠然的鱼纹。来，还是不来？阿杉用比鱼影还快的余光注意着阿通。

六

虽然阿通十分怀疑，最初怎么也不肯过来，可架不住城太郎的再三劝说，不久后终于战战兢兢地朝阿杉走来。阿杉心里窃喜：已经上钩了！她一声冷笑，长长的板牙露出唇外。"阿通！"

"婆婆。"阿通在河滩上屈身跪倒在阿杉脚下，"请原谅我……请原谅……事到如今，我也不想再做任何解释了。"

"你说什么呢。"阿杉的语气听起来像从前一样慈祥，"原本就是又八那家伙不对，他大概永远都会憎恨你的变心吧。我老婆子也曾一时觉得你是个可恨的儿媳，可是都过去了。"

"那您原谅我了？原谅我的任性了？"

"可是……"阿杉的话含糊起来，也低身蹲在河滩上。阿通抠开河滩上的沙砾，温润的河水便汩汩地从沙坑中涌出。"这件事，虽然身为母亲的我来回答也行，但无论如何，你曾与又八有过婚约，能否再见一次我那不争气的儿子？原本就是又八喜新厌旧看上了其他女人，现在他也没脸再让你与他复合，就算他想，我老婆子也不会答应这种放肆行为。"

"嗯，哎。"

"怎么样，阿通，见见又八吧。你和又八见个面，再由我老婆子与他说清楚。然后我再帮着出一两个主意，做母亲的责任尽到了，面子也有了。"

"是……"

一只小蟹从河沙中爬了出来，似乎禁不住耀眼的春光，连忙躲到石头下。城太郎抓住小蟹，绕到阿杉身后，放在她的小发髻上。

"可是……婆婆，事到如今，我觉得不去见又八反倒更好。"

"不是让你们单独见面，有我在一旁陪着。见面之后，把该说的都说清楚，这对你今后也没坏处。"

"可是……"

"就这样吧。我是为了你的将来才劝你的。"

"但又八哥现在在哪里呢？婆婆知道他的下落吗？"

"马上就……就……能知道。前些日子我们还在大坂见过一面呢，后来他又跟从前一样耍起性子，丢下我从住吉逃跑了，但那孩子事后也一定后悔了，一定在这京都一带寻找我呢。"

一听这话，阿通顿时毛骨悚然。但正因如此，阿杉的劝说听上去才合情合理，而且阿通也突然怜悯起这个一直受儿子拖累的老太婆。"婆婆，那我也一起帮您寻找又八哥吧。"

阿杉紧紧握住阿通把玩沙子的冰冷的手。"真的？"

"嗯……"

"那你先和我去我住的客栈吧……啊，啊！"说着，阿杉站起身，把手伸到脖子后头，抓住了小蟹。

七

"啊，我以为什么呢，真讨厌！"阿杉哆嗦着甩掉耷拉在指尖上的小蟹。看着她那可笑的样子，城太郎不禁在阿通身后扑哧一下笑出声来。阿杉这才发现是他在恶作剧。"是你？"她狠狠瞪着城太郎。

"不是我，不是我弄的。"城太郎朝堤上逃去，从上面喊道："阿通姐！"

"什么事？"

"阿通姐，你要跟老婆婆一起走吗？"

还没等阿通回答，阿杉便说道："对，我住的客栈就在那边的三年坂下面，我平时来京都都住在那里。已经没你的事了，你想去哪儿就去哪儿吧。"

"那我就先回乌丸的宅子了。阿通姐，你办完事后也早点回来。"

城太郎正要向前跑，阿通却忽然心慌起来。"等等，城太郎。"她说着从河滩追了上去。阿杉担心阿通会逃跑，也慌忙跟上。

抓住这片刻的工夫，两人商量起来。"城太郎，既然这样，那我就跟那老婆婆去客栈，抽空也会到乌丸大人那里去看你。你跟那边说一声，说还要麻烦他们一阵子，你可要一直等我处理完事情回来。"

"我会一直等你的。"

"还有……尽管我也会留意，但还是拜托你多找找武藏先生。拜托你了。"

"我不找。就是找到了，谁知道你还会不会再躲到牛车后面呢。你刚才就不该那么做。"

"是我犯傻。"

阿杉立刻从后面追过来，插进两人之间。尽管完全相信了阿杉的话，可阿通还是觉得不能在她面前透露一点武藏的消息，自然就不再说话。

即使和颜悦色地并肩走在一起，阿杉针一样细长的眼睛仍投来一缕缕让阿通难以放心的目光。尽管现在对方已不再是自己的婆婆，阿通仍感觉浑身上下不自在。但是，她没能看透阿杉更加复杂的诡计和横在自己面前的危险命运。

回到五条大桥畔时，这里已经人流如织，灿烂的太阳已高高地升到柳树和梅枝之上。

"咦，武藏？有这么个武者吗？"

"从未听说过。"

"可是既然以吉冈为对手，进行如此盛大的比武，那一定是个相当了得的武者了。"

告示牌前围了比黎明时分更多的人。阿通心中咯噔一下，不禁惊呆了，阿杉和城太郎也都望着那告示牌。行人七嘴八舌地议论着，去了又来，来了又去。